漱石、百年の恋。
子規、最期の恋。

萩原雄一

未知谷
Publisher Michitani

1898（明治31）年6月　熊本時代の漱石
県立神奈川近代文学館所蔵

Mutsu Family mutsu munemitsu
陸奥宗光　清子の父　カミソリ大臣　チャールズ・ミルトン・ベル撮影　ガラス湿板
（アメリカ議会図書館所蔵　テレコムスタッフ提供）

Mutsu　Family　mutsu　ryouko
陸奥亮子　清子の母　鹿鳴館の華・ワシントン外交の華　チャールズ・ミルトン・ベル撮影　ガラス湿板
（アメリカ議会図書館所蔵　テレコムスタッフ提供）

井上眼科　明治23年建築の煉瓦建て
（井上眼科提供）

御茶ノ水駅周辺　明治38年頃（井上眼科提供）

陸奥宗光別邸（根岸）（西宮雄作氏提供）

陸奥宗光別邸（根岸）
の階段手すり・陸奥家家紋
（西宮雄作氏提供）

旧古河庭園　コンドル設計

メリー・プリンス（妹）　明治19年11月来日
英語担当（お茶の水女子大学所蔵）

イサベラ・プリンス（姉）　明治20年1月来日
英語＆家事担当（お茶の水女子大学所蔵）

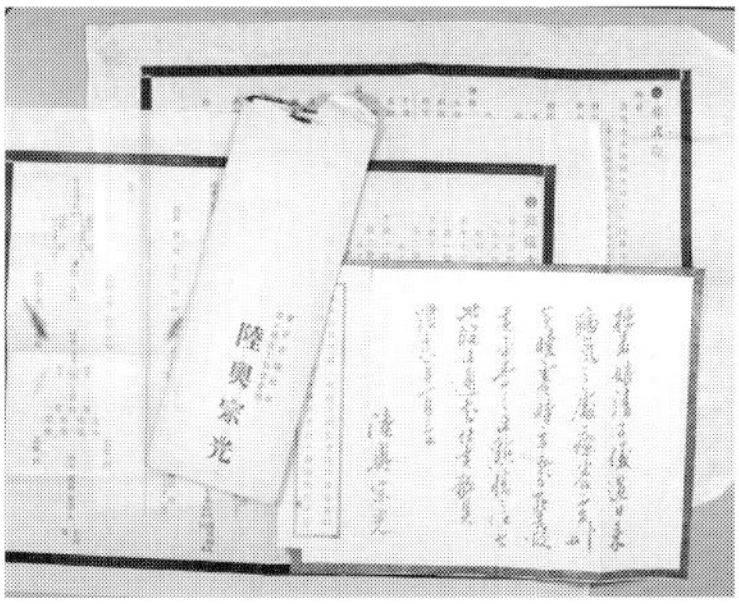

陸奥清子葬儀案内

正岡子規

正岡子規

陸羯南

正岡律

正岡八重

おゑん（右から二人目）

大塚楠緒子

大塚楠緒子

目次

漱石、百年の恋。子規、最期の恋。

漱石、百年の恋。子規、最期の恋。

一

「粋じゃないやね、金ちゃん。しわいよ」

「しわい？　しつこい、ってか？　この、おれが？」

「そうさ。クッ、クッ、クッ」

暗闇の中に、息を押し殺したような、悪戯っ子のような、善玉か悪玉か、年齢までも不詳の、不気味な笑い声が響き渡った。

「人違いだろ。おれは非人情、英語に言い換えればクールな江戸っ子だぜ」

金ちゃんと呼ばれた男が、眉間に縦じまを寄せながら大声で言い返した。

「なに、金ちゃんが非人情なものか。リアルに、しわい。粘り過ぎだよ。その金ちゃんが江戸っ子だって？　ならば、おまいの作品は馬琴並の勧善懲悪か？　いや、近松ばりの心中か？　笑わせやがら」

「いってえ、誰だ」

「へっ、誰だろうね」

声の主は、ふたたびクッ、クッ、クッと笑った。

「江戸っ子のおれを、コケにしやがって」

「おっと、金ちゃん。おまいが江戸っ子を名乗るのは、百年早いぜ」

「百年？　江戸っ子は気が短いんだぜ。百年も待てるか」

金ちゃんが口から唾を飛ばしながら怒声を張り上げた。

「待てるさ、金ちゃんはしわい。あしは『夢十夜』の「第一夜」だって、ちゃんと目を通しているんだぜ」

「うるさい。おれは江戸っ子の中の江戸っ子だい。しわいなんて二度と口にするな」

「でもさ、金ちゃんったら、こっちの岸に来そうで来なかったじゃないか。こちとら、待ちくたびれて、首がキリンになっちまったぜ」

「陳腐な比喩だな。いってえ誰だ、てめえは」

金ちゃんの甲高い声が、クッ、クッ、クッの笑い声に鋭く斬り返した。

「陳腐はないぜ、このあしさまに向かって」

カッ、カッ、カッ。今度は相手に豪快に笑い飛ばされた。金ちゃんの斬り返しなんかは、どこ吹く風の勢いだった。

「偉そうな輩だな、いったい誰なのだ？　きみの名は？　いや、名を名乗れ！」

「ちっ、判らんかい」

「えっ、その舌打ちは、もしかして子規？　のぼさんか」

「なんだ、舌打ちで気が付くのかよ。このあしの女義太夫士のような美声で思い出せよ」

子規が相変わらず高笑いをしながら応じた。女義太夫士だって？　またしても陳腐な比喩だ。

金ちゃんの理性は比喩について『文学論』の講義をしたくなった。でも、熱い感情の方が、次から次へと溢れ出て来た。

「子規、ってか。懐かしいなあ。でも、待てよ。子規ならば、おれがロンドンに洋行している間に、くたばっただろ」

「おい、金ちゃん。ヨモダをかますんじゃないよ」

「ヨモダ？」

「とぼけるなっていう意味よ。おまいだって、さっきめでたくこっちの岸に渡って来たじゃろが。まあ無粋にも、三途の川に右足の爪先だけを突っ込んで、水が冷たいの、濁っているだの、オフェリアみたいに美しく流されたいだの、無暗にヨモクレタ挙句にさ」

「ヨモクレタ？」

金ちゃんはまたしても首を捻った。

「わけがわからない、って意味さ」

「ふむ。その人を小馬鹿にした言い回し。確かにのぼさんだ」

「当り前よ。金ちゃんを迎えに来る奴なんて、あししか居ないさ」

二人は野球のボールくらいの大きさだった。でも、眩しいほどに光輝く球体だった。そして、その二個の球体が、上になったり、下になったり、前後が入れ替わって横にぐるぐると回ったりした。まるで二匹の仔犬がじゃれ合っているように見えた。

「そうか。のぼさんがおれを迎えに来てくれたのか。善光寺の御本尊様じゃなかったんだ。生前に鏡子と手を繋いで参拝したのにな」

「なあん、そがいにヨモクレルもんじゃないぜ」

「ヨモクレル？　今度は現在形か」

「無責任っていう、伊予弁だ」

「いやあ、意味がわからん」

金ちゃんと呼ばれた光の塊は、短い溜息を漏らした。のぼさんは生前、こんなにお国訛りを駆使しただろうか。

「のぼさん、頼むから、なるべく東京弁で話してくれよ」

「ちっ、こちらではな、松山よりも東京が偉いだなんて地図はないんだぜ」

のぼさんは真っ赤になって、激しく上下した。金ちゃんは怒るなよと呟くと、ピンク色に染まって、少し微笑んだ。

「おれを出迎えて、これからどこへ連れて行ってくれるんだい」

「ちっ、まだ自覚が足りねえな。菊坂にダライ菊人形を観に行くわけじゃないぜ」

「ダライ？」

「面白いだ、三四郎くん」

「そうぷりぷりするなよ、与次郎くん」

与次郎くんと呼ばれた光の塊は、また真っ赤になって、それからふうっと息みたいな気体を吐き出した。

「いいかい、金ちゃん。おまいはさっき大往生したのだぜ。御令嬢に、もう泣いてもいいよって、ヨモクレタ言葉を口走った後でな。あしがこれからおまいを案内するのは、いわゆるあの世じゃけん。金ちゃん、自分の立場をわきまえてくれよな」

「そうか。おれは死んだのだっけ」

「のんびりしてらあ、金ちゃんにはアズラされるのう」

「アズラは知っている。おれに手を焼くってか。じゃあ、おれが死んだのなら、朝日新聞に連載中の『明暗』はどうなっちまうんだ」

そう言って、金ちゃんと呼ばれている塊が真っ青になった。

「どうにもならんさ。なに、ちょうどよかったじゃないの」

のぼさんが鼻梁に小皺を寄せて、にーっと笑った。

「未完だぞ。いいわけがない」

金ちゃんの体が、ちょっと濃い青色に変わった。のぼさんは「ちっ」と舌打ちをして、「あしは見抜いているけん」と付け足した。

「『明暗』は、金ちゃんの『長恨歌』だろう」

「な、なんでさ。突拍子もない」

「そうかな。金ちゃんの初恋の相手を知っている者ならば、誰だって読んだ瞬間に気が付くよ。玄宗皇帝はあの世まで楊貴妃を追い駆けた。金ちゃんも、玄宗皇帝と同じ行為をしたい。その願望が『明暗』の主人公津田をして、人妻になった清子を伊豆の温泉まで追っ駆けさせた。まるでおんなじじゃないか。どこが違う」

そう言われると、金ちゃんは口を結んだまま、しゅんと縮こまった。

「伊豆の旅館では、津田の部屋の上の階に、清子の部屋がある。近いのに、階段や廊下が複雑で、簡単には行き来ができない。ちょうどこの世とあの世のようにね」

「深読みのし過ぎだ。あれはまるっきりの虚構、嘘八百の、たかが小説じゃないか」

金ちゃんは反発したけれど、その声は小さくて、しかも震えていた。

「そうかな。じゃあ、なんでヒロインの清子が初登場した原稿に、わざわざ金ちゃんが自筆で『きよこ』とルビを振るんだい」

「それは、」

金ちゃんはピンク色に染まった。

「ほら、ごらん。鏡子夫人が「さやこ」と読まないためだろ」

「いや、そんな――」

「違うとは言わせないぜ。「清子」なんて、ほっとけば読者は誰だって「きよこ」と読むさ。これまで、金ちゃんは『坊っちゃん』を始めとして、多くの小説に「キヨ」を登場させただろ」

「そうさ。キヨは鏡子の幼名だからな。ほんの女房孝行さ」

「女房孝行だって？　この嘘つきのヨモクレ野郎が。嘘をつくと、閻魔大王に舌を引っこ抜かれるぞ。いったい、ここをどこだと思っているんだ」

「いや、まあ、それはご勘弁を」

金ちゃんは両手の掌を顔の前で合わせたつもりになった。

「金ちゃんの小説に出て来るキヨは、みんな女中とか乳母とかばあやじゃないか。一人残らず主人公の生活の面倒をみる女だ。違うか」

「まあな」

「でも『明暗』の「清子」には、「子」がついていて、「キヨ」ではない。女中や乳母やばあやでもない。主人公の理想の女だ。あれもこれも言わすな。『明暗』の清子はきみの初恋の相手、天上の恋人、「さやこ」その人じゃないか。女房孝行だなんて、とんでもないぜ」

「大きな声で言うなよ」

「ここは、あの世だ。向こう岸の鏡子夫人の耳には届かないよ」

「そうか、よかった」

金ちゃんは小さな溜息を漏らすと、ふたたび透明な塊に戻った。のぼさんはその金ちゃんを見て、にやりと笑った。

「ようやっと、本心を吐露したな。この俄か恐妻家め。じゃあ、付いて来な」

二個の光の塊は、高速で移動を始めた。

「遠い所まで行くんだね」

「遠くはないよ」

「でも、なかなか着かないじゃないか」

後ろの光の塊が不満を口にすると、前の光の塊はまた一瞬真っ赤に染まって、動きを停止した。

「あのね、金ちゃん。もうとっくに、入り口には着いているんだよ」

「どこがさ、ただの真っ暗闇だぜ」

「おい、よせよ。帝国ホテルの玄関じゃないんだ。ベル・ボーイでもお出迎えすると思ったのかい」

「まさか。でもさ、入り口に着いているんだろ。それならば、さっさと中に入ろうよ」

「待ちなよ、金ちゃん。きみに大問題があって、簡単には中に入れてくれないんだよ」

「おれに問題があるってか」

「そうさ」

だから、さっきから入り口近辺をぐるぐると回っていたのさ。のぼさんはこう付け足すと、声を立てないで笑った。

「おれにはなんの問題もないさ。あるわけがない」

金ちゃんが唇を尖らした。のぼさんが口端の片方を歪めながらしゃべった。

「究極の難問題だよ。この大問題を解決しないとな」

「よしとくれよ。おれは倫理的な作家で通っていたんだぜ。おれの身の上に問題なんかあるものかは」

そう反語で叫ぶと、今度はその光の塊が真っ赤に染まった。

「大きく出たね。金ちゃんが倫理的な作家とはね。でも、天上では、嘘は通らんよ。いくら小説家でもね。たちまち、閻魔大王の怒りを買って、バシッと舌を抜かれるぜ」

「嘘なんかつくものか」

「じゃあ、浮世ではどうだった。鏡子さんや御子息、御令嬢たちにはどうだったのさ。おまいは嘘を突き通していただろ」

「何を言うか。おれは嘘なんか――」

「いや、図星だろ」

二個の光の塊は、互いに互いの眼の底を覗き込んだ。

「おまいは頭が悪くなると、決まって清子《さやこ》が出て来る。清子《さやこ》が出て来ると、家庭内暴力の権化だ。鏡子夫人を張り倒したり、髪を鷲掴みにして、あの巨体を部屋中引き摺り回したりしたじゃないか」

「巨体などとは、口がひん曲っても言うな。鏡子がへそを曲げる」

そうかい。のぼさんは鼻梁に小皺を寄せて、にーっと笑った。

「こちら岸に来たら、いきなり俄か恐妻家で、鏡子夫人のご機嫌とりか。じゃあ、あれはどうだい。他人の面前で、御子息の一人を、下駄を履いたまま足蹴にしただろ。あれは、」

「いや、あれは——。あの、その、この——、おれの頭が……」

「ほら、みろ。金ちゃんが倫理的だったなんて、お世辞にも言えやしないやね。いずれにしろ、今のままでは、おまいは天上の仲間に入れないんだよ」

こう突き放された光の塊は、ひゅうと歪んで、たちまち瓢箪のような形になった。

「仲間にしてくれなんて、誰が頼んだのさ」

「ほお。天上の仲間になりたくないのか」

「仲間にしてやる、なんて、のしかかって来るならばね」

のしかかって来る、か。のぼさんは反復すると、鼻梁に小皺を寄せて、にーっと笑った。

「文部省に博士の称号を突き返したときの剣幕だな」

「いけないいか」

「いいよ、別に。でも、天上には、おまいを百年待っている、妙齢のお嬢が居るぜ」

そう言われた光の塊は、ぱっとピンク色に染まって、形も元の勾玉に戻った。

「妙齢のお嬢？　いったい誰だよ」

「答えるまでもないだろ。生前のおまいの小説の中に、白百合になったり、見合い相手の御令嬢になったりして現れた、ほらさっきからあしたちの会話にもちょくちょく顔を出す、あのお嬢さ」

「えっ、清子《さやこ》さんか。清子《さやこ》さんが待っているのか」

「そうさ。彼女の生前の姓名は、陸奥清子《むつさやこ》だろ。金ちゃんがお茶の水は井上眼科の待合室で、偶然再会した、一目惚れの相手さ。金ちゃん、陸奥のお嬢と指きりを交わしたのだろ」

のぼさんは、ふたたびクッ、クッ、クッ、と引きつったように小さく笑った。金ちゃんと呼ばれている塊は、今度は頬を紅鮭色に染めた。

「この世では一緒になれなくても、あの世では一緒になろうって」

「おい、なんでおれたちの秘事まで知っているのだい」

「知っているさ。金ちゃんは江戸趣味だからな。粋じゃないけれどね。馬琴の勧善懲悪はもちろん、近松の心中にも強く憧れているじゃないか」

「心中なんかに、憧れているものかは」

金ちゃんがぷうっと膨れた。のぼさんはけたけたと笑った。

「あの世で一緒になろう、は立派な心中だろうが」

「違う。おれと清子《さやこ》は一緒に死んでいない」

ごまかすなよ。のぼさんは口端を歪めて、声を立てないで笑った。

「一緒に死ぬ、だけが心中ではないだろうが」

「どういうことさ」

ヨモダを言うなって。のぼさんはせせら笑った。東京弁に直すと、とぼけるなよ、か。

「金ちゃん自身が、『夢十夜』の「第一夜」で書いたではないか」

「な、なにをさ」

金ちゃんは上になったり下になったりして、最後にぶるぶるっと震えると、のぼさんの正面で静止した。のぼさんが穏やかな口調で続きを話し始めた。

「女が死んで、百年が経ち、男も死んだら、女が白百合の姿で迎えに来て、二人は天上で結ばれる——。あれこそ、時間差心中だろ。金ちゃんの憧れの」

「やめてくれ。それ以上、なにも語るな」

「なあに、『へらへらへったら、へらへらへ！』だな。こちとら、なんでも知っているんだぜ。あしはとうに死んで、ずっと霊魂だったんだもの。生身のおまいの夢を盗み見るくらい、ちょょいのちょょいだ」

「やな奴だな」

「金ちゃん。はっきりと訊くぜ」

「なにさ」

「この先、鏡子夫人だって、こっちの岸に来るぞ。そのとき、おまいを百年待っていた陸奥のお嬢との間は、どうするつもりだい」

「そんな——」

金ちゃんと呼ばれている光の塊は、ぱちぱちと火花を飛ばしながら、のぼさんの周囲をぐるぐると回った。

「答えられないのか」

「ああ、今は答えられない」

金ちゃんはのぼさんの正面よりやや下で静止すると、正座のような格好をして、体を縮ませた。

「金ちゃん、胸の裡を吐露しちまいな。きみを百年待っていた、時間差心中のお相手のお嬢と、天上で一緒になりたいのだろ」

「もちろん、そうだ」

金ちゃんはしんみりと、しかししっかりと呟いた。

「おっ、やっと正直人間になったな。このハイカラ野郎め」

「ハイカラ野郎とはなんだ！」

「なに、ハイカラ野郎だけでは不足だよ。ハイカラ野郎の、ペテン師の、イカサマ師の、猫被りの、香具師の、モモンガーの、岡っ引きの、わんわん鳴けば犬も同然な奴！」

のぼさんは江戸っ子の喧嘩みたいに、すらすらと言い放った。金ちゃんは口あんぐりして、それから首を傾げると呟いた。

「その口上って、『坊っちゃん』の口癖じゃないか」

「ばれたか。じゃあ、言い直す。非倫理的、非道徳的、非人間的、浮気の権化の、エロ三文文士の、国民的非人情作家の、男のクズの中のクズ野郎！」

のぼさんは言い終わると、大声で笑った。金ちゃんは、また真っ赤になった。

「のぼさんの説教なんか、こっちの耳が汚れらあ。それより、とっとと清子《さやこ》さんに逢わせてくれよ」

「だからさ、鏡子夫人はどうするんだい。おまいはまだ答えてないぞ」

「なに、天上の恋愛、地上の婚姻さ」

開き直ったな。のぼさんは、金ちゃんの言葉を聴くと、ふたたび声を立てないで笑った。

「耶蘇教とは、正反対の言い草だ」

「おれをエゴイストだと非難するのかい」

「なに、金ちゃんのその気持が本当ならば、天上ではエゴイストでもなんでも、許されるのさ。自我の許容量が莫大だからな。でも、金ちゃんの場合は、その気持が嘘だから、閻魔様的に大問題なんだよ」

「おい、のぼさん」

金ちゃんは勾玉の形をやめて、真四角に固まった。

「さっきから黙って聴いていれば、嘘だ、嘘だって、おれを大嘘つきのこんこんちきみたいに言い募るじゃないか。いったいおれのどこが嘘だと言うのさ」

「自分の胸に手を当てて、深く考えてみな」

のぼさんがいつになく冷たく言い放った。金ちゃんは自分の胸に手を当てたつもりになった。

「いっこうに、解らないよ。どこが嘘なのさ。いわれのない中傷は、たとえのぼさんでも許さないぞ。おれは閻魔様の前に連れ出されたって、胸を張って舌を突き出すぜ」

「ほう、そうかい。じゃあ、はっきりと思い出させてやろう」

「えっ、おい、どうするんだい」

金ちゃんは上になったり、下になったりした。

「いいかい、今から二つの時代に、しゃんしゃんと連れて行ってやる」

「なんだ、清子《さやこ》さんの前じゃないのかよ」

「うるさい。金ちゃん、そがいにヨモクレルもんじゃないぜ」

のぼさんは金ちゃんを一喝した。金ちゃんは真四角のまま縮み上がった。

「まず、連れて行く時代は、浮世の日時で明治二十四年、耶蘇暦一八九一年の七月十六日だ。場所はお茶の水で、井上眼科の待合室だ。次の時代は、明治四十四年、同じく耶蘇暦で言えば一九一一年、六月の十七日。こちらの場所は長野の善光寺だ。どうだい、単語を耳にしただけでも、どちらも懐かしいだろ。今から二十五年半前と、今から五年半前だ。この二つの事件には、ちょうど二十年の時の差がある」

「二十年、か」

「そうさ。『三四郎』で広田先生が口にする、あの二十年だよ」

のぼさんはそう呟きながら、金ちゃんの心に、生前の金ちゃん主演の二本の動画を「直接入力」し始めた。

二

ふうっと意識が遠退いた。

そして、ふと我に返ったら、明治二十四年の七月である。

井上眼科の待合室は、はたして混雑していた。おれは窓口で初診の手続きを済ますと、長椅子に腰を下ろした。名前を呼ばれるまでには、相当の時間を要するだろう。こう予測して、あらかじめ本を同伴していた。読書は親友とのおしゃべりと同意語だ。わくわく、どきどきしていれば、待ち時間なんて、わずか一刹那と化す。きょうの親友はイギリスの詩人ウオーヅウオースだ。ところが、この親友はたびたび行間に意味多重の英単語を発する。仕方がない。おれはその都度鞄から英英辞書を引きずり出して、彼の行間の感情にまで共鳴して行く。

しばらくは、ここが眼科の待合室だと忘れた。それでも、たまに玄関のドアの開け閉めの音が耳についた。

また誰か患者が入って来た。でも、これまでの患者とは、明らかに異質だった。おおっと複数の小さな感嘆が湧き起こって、待合室の雰囲気が一変した。おれも思わず、親友から顔を上げて、ドアの方に顔を向けた。すると、若い女の後姿が目に入った。少女は待合室との段差の縁にしゃがみこんで、履物を直していた。唐人髷の銀杏返しに結って、茶の棒縞の着物で、流行りの唐縮緬の灰色の帯をお太鼓に結んでいる。町人娘風の恰好だけれど、色使いが粋で、身分が解らない。何人かがおおっと驚きの声を漏らすくらいだから、よほどのべっぴんに違いない。おれはいっそう好奇心を刺激されて、その少女が振り向くのを待った。しかし、その少女はなかなかこちらに顔を向けない。いっそう腰を屈めて、他人の履物の位置まで整頓した。井上眼科は去年、西洋風の赤煉瓦造りの二階建てに改築されたが、履物は依然日本風に脱いで上がるしきたりである。それにしても、親切な少女だ。おれがこう胸の中で呟いた瞬間、その少女がさっと立ち上がって体を回転させた。たちまち、少女の顔がおれの両目に飛び込んで来た。

「あっ、あっ、あっ」

おれは小さな叫び声を三連発で漏らすと、親友を両膝の上から床にずり落としてしまった。あの少女だ。痩せぎすなのに、丸顔。左頬に大きな黒子が二つ。間違いない。いや、忘れもしない。

「この世で、たった一つ、自分のために創り上げられた顔」の少女だ。おれは胸がつぶつぶして、呼吸もできなくなった。


もう四年も前になる。神田一ッ橋の第一高等中学校予科に通っていた時だ。下校する際に、隣接する東京高等女学校（通称、一橋高女）の正門前を歩いていたら、そこに腕車（人力車）待ちの少女が立っていた。先に断っておくが、おれはのぼさんとは違う。断じて、べっぴんの女学生を物色していたわけではない。

だから、その少女がおれの目にとまったのは、彼女がべっぴんだったからではない。その少女に心が行く前に、彼女の左右に構える二人のご婦人が気になったのだ。二人のご婦人は西洋人だった。当たり前だが、その口からは外国語が流れ出ていた。しかも、その流れ行く先に、かの少女が立っていたのだ。そして、その少女も外国語で言葉を返していた。耳を澄ますと、三人の会話は英語だった。おれは唖然として、少女の顔を見つめた。すると、目に見えぬ矢で、たちまち血の臓をぶち抜かれたのだ。

「この世で、たった一つ、自分のために創り上げられた顔」

この表現以外に、どんな言葉も頭に浮かばなかった。

服装はきょうと違って、真っ白いドレスで、長い髪を背中で一本に束ねていた。

白百合。おれは口の中で呟いた。白百合、百年のあとまで、あなたに従います。

しかし、すぐに三台の腕車が到着して、各々が別々の腕車に乗り込んだ。おれは黒塗りの腕車の車窓を見つめた。少女の左の横顔が見えた。大きな黒子が二つあった。間もなく、三台の腕車は、同じ方角に走り去って行った。


「この一目惚れが、ヒントだろ」

「なんだよ、のぼさん。気分が高まって来たところで」

今度は金ちゃんが、のぼさんのお株を奪って、チッと舌打ちをした。のぼさんは、もう真っ赤ではなかった。透明に近い水色になっていた。

「金ちゃんの『こゝろ』を思い出すね。語り手の「ぼく」が、混雑する鎌倉の海岸で、初めて「先生」と出会う場面だ。「先生」は西洋人と話していたから目立った。「ぼく」は、西洋人と話す「先生」に興味を持った。そうだろ。また『三四郎』では、金ちゃんと重なる「広田先生」が、自分の初恋を三四郎に語るじゃないか。十二、三の少女で、馬車だか俥に乗っていた。車窓越しに見えた少女の横顔には黒子があった——」

「のぼさん、いつ読んだのさ」

「みんなと同じさ。毎朝、茶を飲み、梅干を齧りながら、朝日新聞でな。結構楽しみだったよ」

「嘘だ。のぼさんこそ、閻魔大王に舌を引っこ抜かれるぞ。こっちの世界に朝日新聞があるものかは」


おれはこの白いドレスの美少女と、もう一度会いたかった。

「この世で、たった一つ、自分のために創り上げられた顔」

この美少女は、一橋高女の前に立っていたのだから、当然ここの女学生だろう。こう推定して、下校時間を見計らっては、何度か正門前に佇んでみた。でも、この美少女の姿は、二度と見掛けなかった。

しかし、二人の西洋人のご婦人とは、たびたび出会った。声を掛けて、美少女の動向を訊いてみたい。でも、二人を目の前にすると、口が固まって、声が出なかった。二人は共に鼻が高く、服装はいつも灰色の、いわゆる修道女の制服だった。そのうちの一人は、頬骨が張った厳しい顔つきで、目つきの鋭さから、老いても益々頑固な鷲を連想させた。もう一人は、やや丸顔だったが、やはり目つきが剣呑で、獰猛な大型のマタギ犬の姿と重なった。

無理だった。鷲とマタギ犬に、英語を駆使して、美少女の動向を訊き出すなんて。地獄で閻魔大王を英語で騙すくらいに壁が高かった。

それが、今四年ぶりに、いきなり井上眼科の待合室で出会えたのだ。この広い東京で、ふたたび出会えるなんて。これはもう東京専門学校（早稲田大学）の便所で、隣に慶応の福沢諭吉が立っていたような、まったくの不可思議、いや奇跡、なに運命だ。おれたちはきっと赤い糸で結ばれている。

「百年あとまで、あなたに従います」

おれはウオーヅウオースを読むふりをしながら、銀杏返しの少女の顔を何度も盗み見た。

「ついでだ、告白しろ」

「えっ、」

違うよ、銀杏返しのお嬢にではないよ。のぼさんは鼻梁に小皺を寄せて、にーっと笑った。

「英文科を選んだ、本当の理由をさ」

「まいったな」

あれもこれも、のぼさんには見抜かれている。

予科終了間際の梅雨時だった。同級生の間で「真性変物」の異名を持つ米山保次郎が、小雨舞う中、ふいにおれの実家にやって来た。そして。案内を請うまでもなく、ずかずかとおれの部屋にまで上がり込むと、「イモ金、建築家になるってか。だめだ、だめだ。建築家なんて。よしときな」と言い放ったのだ。イモ金はおれの渾名で、他家に行って何を食べたいかと訊かれると、決まって「芋を食わせて下さい」と遠慮したので、この不名誉な渾名が付けられてしまった。

「おい、イモ金。ここは西欧ではない。東洋の片田舎、日本だぞ。幕藩体制が終わって、未だ二十年ちょっとだ。父親たちの世代は、ちょんまげを結っていた国だぜ。日本なんて、表はもちろん、裏返したって野蛮な三等国だ。その証拠に、我が国の建築物の多くは、木と紙と藁で済んでしまう。イモ金が一流の建築家になって、死に物狂いで腕をふるい、セント・ポールズの大寺院を凌ぐような美しい一流建築物を設計したって、その注文が石造建築でなければ百年後の天下後世に残る建物にはならないぞ。しかも、だ。石造建築の設計だったら、日本人の建築家には、国も金持ちも頼みはしないぜ」

そのとおりだった。おれは妙に納得してしまった。この米山保次郎は、成績こそ一番ではないが、同級生の中で一番頭が切れる。あの正岡子規が、人を誉めた覚えのないあののぼさんまでもが、彼を「高友」と呼ぶ。

「じゃあ、他に何かあるだろうか。人に有為な仕事で、百年後の後世にも残り、社交をしなくても構わない仕事が」

「ふん。あるさ」

「教えろ、なんだ」

すると、真性変物はにやりと笑った。

「教えてやるから、その前に飯を食わせろ。腹が減った。イモではないぞ、白米だ。おかずは牛肉がいいな。食い終わったら、イモ金にぴったりの専攻と職種を教唆してやる」

まったく、なにが「高友」なものか。この意地汚さは。まあ、もっとも、のぼさんはおれを「畏友」と呼ぶから、「高友」と言っても、この程度の卑しさなのだろう。

おれは新婚三ヶ月の兄嫁である登世に頼んで、牛肉を買って来てもらい、牛鍋を拵えてもらった。

しかし、それにしても、米山こそ、遠慮という単語が頭にない輩だった。牛肉を咀嚼する間もなく次から次へと口の中に放り込み、飯だって何杯でもお替りの碗を差し出した。まるで相撲取りに食事をご馳走している有様だった。

さて、真性変物は飯を食い終わると、ぶっきらぼうに呟いた。

「文学、だね」

「えっ」

予想外の専門領域だった。おれは面食らって、米山の顔をじっと見詰めた。

「文学だよ。イモ金は、文学をやれ」

「文学、かよ」

「そうだ、文学だ。建築なんかよりも、文学の方が、よっぽど息が長いぞ」

確かに、文学は人に倫理も説けて有為だし、後世にも残るし、社交をしなくてもいい。悪くはない。偏屈な自分には向いているかも知れん。

そう言えば、のぼさんも哲学科を専攻すると言っていたのに、最近では国文科を選択するかなと言い始めた。

もっともこれは彼の無学の（とのぼさん自身が言う）母上が原因だ。「哲学を学んだ者は、悩んで、悩んで、仕舞いには決まって自ら命を絶つ」と妙な信念を持ち出して、「のぼる、哲学だけはやめてくれ」と目を真っ赤にして止めるのだそうだ。

「面白い。母上は達観しておられる。仏陀の域だ」

おれは声を出して笑った。

「いや、笑い事ではない」

のぼさんは、顔をこわばらせた。

「あしの家系には、気がふれて自死を選ぶ血が流れている。あしだって、自分が怖い」

「まさか。自愛の強いのぼさんが、ありえない」

おれは相手にしなかった。しかし、のぼさんは鼻梁に小皺を寄せたままで、にーっと笑わなかった。

「うむ、文学か。文学なら、英文学はどうだろう」

おれは「高友」に訊いてみた。

「世界の覇者、大英帝国か。まあ、よかろう」

米山はもう興味がないといったふうに投げやりに答えると、ごちそうさんと言い放って、そそくさと帰って行った。後から知った事実だが、当時の米山は腹が減ると、実家から通っている同級生の家を渡り歩いて、議論をふっかけては飯にありつくのを生業？　にしていたそうである。この被害に二度も三度も遭遇した同級生は、米山を「高友」どころか、「議論乞食」と呼び捨てていた。

しかし、おれは「議論乞食」のお蔭で、目を見開いた思いがした。まるで濃霧が晴れたロンドン、文字通りトラホームが治癒したイモ金だった。
「よし、英文学をやって、英語で大著述を出版してやろう。本家の英国人が恐れ入って、へへえー、降参です、おみそれしやした、と土下座するような」

「まだええかっこしているだろう」

「なにがさ」

金ちゃんはむっとして、のぼさんの目を睨みつけた。のぼさんは鼻梁に小皺を寄せてにーっと笑った。

「英文学に決めた本当の理由を吐露しろよ」

「確かに、英文学の道を選んだのは、「真性変物」の「議論乞食」に勧められたから、だけではないさ」

「そうさね。「高友」は「文学」と言っただけだものな。彼の弁だけを是とするのならば、仏文学でも、独文学でも、露文学でも、いやいや国文学でも、たいして変わりはないはずだ。さあ、白状しろ」

「英語で会話を交わしたかったからさ」

「誰と?」

「そこまで、言わせるな」

金ちゃんが小さく叫ぶと、のぼさんはほくそ笑んだ。

「だらしねえな。女に人生を左右されやがって」

「羨ましいか」

「ふん」

のぼさんは鼻梁に小皺を寄せてにーっと笑った。

「金ちゃんは、ばかだ」

「ああ。おれは、ばかだ」

「笑わせやがる。金ちゃんは『こゝろ』のKか」


ドアに人体がぶつかる音が聞こえた。顔を向けると、半開きのドアに、小汚い老婆が引っ掛かっていた。老婆は両目だけではなく、足腰も覚束ない様子だった。家族が付き添って来ないのか。もし引っ繰り返ったら、亀の子と同じだ。自分の力では起き上がれないぞ。

このとき、銀杏返しが立ち上がって、ドアまで老婆を迎えに出た。なんだ、この薄汚い老婆は、銀杏返しの家族か。親類か。いや、それにしては老婆がみすぼらしい。二人は着ている物からしても、不釣合いで、若々しい姫と老婆の夜鷹くらいの格差を感じる。

「おばあちゃん。片手を貸して」

銀杏返しは笑顔で、か細い声を出した。

「どなたさん？　すまないねえ」

老婆がシミだらけの真っ黒い右手を伸ばすと、銀杏返しが細くて真っ白い五本の指で、その手を取った。そして、老婆の遅い歩みに合わせて、ゆっくりと受付の窓口まで引いて行った。

「あら、おばあちゃん。いいわねえ、お孫さん？」

窓口の看護婦が、軽口を叩いた。

「とんでもない。こんなに親切で美しい孫なんか、夢でいいから持ってみたいもんだ」

老婆が即答した。唾液音を感じる聴き取りづらいしゃべりだった。しかし、おれは自分がこそばゆかった。おれの尻は重すぎた。銀杏返しは頭で考える前に、体が反応して動き出していた。

銀杏返しは、心から親切だ。比べて、おれは非人情だ。自我が強すぎて、他人への同情心や共鳴感が欠乏している。これが明治の近代人の特徴ならば、きっと日本は滅びる。銀杏返しのように、自我を乗り越えなければ。

銀杏返しを細君にもらいたい。銀杏返しが細君ならば、どんなに充実した人生になるだろうか。いや、いきなりここまで望むのは、ぶっ飛び過ぎか。でも、気持ちは、もっと高ぶっている——。

「夏目さん。夏目金之助さん」

おれの名前が呼ばれた。はい。おれは短い返事をして、診療室に入って行った。銀杏返しは、おれの名前を「夏目金之助」と記憶の片隅に刻んでくれただろうか。


「お願いします」

おれが頭を下げると、井上博士はおれの顔を見覚えていて、微笑みながら、こう返してくれた。

「なんだ、梅雨が明けたとたんに、今夏はもう目をやられたのか」

きみの顔を見ると、ああ夏が来たと思って、汗が噴き出て来るよ。条件反射だね。先生は白衣の胸元を摘まんでぱたぱたとさせた。またトラホームでしょうか。たぶんね。まあ、診てみよう。

井上博士はおれを眼下の丸い椅子に坐らせると、両手の指を使って右の瞼、それから左の瞼と捲り上げて、その度におれの眼球を覗き込んだ。

「うん。間違いない。きみの十八番のトラホームだ。しばらく通院したまえ」

「はい」

「なんだ、通院がやけに嬉しそうじゃないか。変な奴だな」

井上博士は快活に言い切ると、大声で笑われた。


おれは受付で毎度お決まり？　の目薬をもらうと、「この世で、たった一つ、自分のために創り上げられた顔」を一瞥して、井上眼科の赤煉瓦の建物から外へ出た。でも、きょうはこのまま帰るつもりはなかった。

銀杏返しの家はどこか。名前は。一橋高女の正門前で初めて見たときには、声すら掛けられなかった。それは少女の左右に、鷲とマタギ犬が陣取っていたからだ。しかも、腕車で走り去ったために、後もつけられなかった。

東京は広い。頭の中はもっと広い。でも、想像の中だけでの再会では、やはり虚しい。おれが明日も通院するからと言って、銀杏返しが明日も通院するかは推定不能だ。また通院しても、その時間までは予測できない。きょうのこの機会は、千載一遇なのだ。これを逃したら、もう永遠に「この世で、たった一つ、自分のために創り上げられた顔」と出逢わないかも知れない。また出逢っても、それが今回と同じ四年後だったら、銀杏返しはおれとは別の男と所帯を持っているかも知れない。

そうさ、銀杏返しは、きっとどこかの御令嬢さ。なにせ腕車で一橋高女に通うのだから。家に帰れば、降って湧くほどの縁談が、小高い山を築いているさ。

いや、きょうの彼女は銀杏返しに結っている。銀杏返しは町人娘の髪型だ。案外、どこかのちょっとだけ大店の娘さんかも知れない。それならば、おれにも十分にチャンスはある。

ちょっと待て。甘い夢想はいったん捨てろ。今夢に耽っている暇はない。腕車だ。銀杏返しは、いずれにしろどこかの御令嬢だ。きょうも腕車で、井上眼科に来ているはずだ。お抱えの腕車が、どこかで待機しているに違いがない。おればばかだ。ばかだけれど、四年前と同じ失敗を繰り返すわけにはいかない。

「腕車だ、腕車だ」

おれはこう呟きながら、お茶の水の駅前まで走って、流しの腕車を捕まえた。車夫に事情を話して、井上眼科を見渡せる場所を探させた。車夫は腕車においらを乗せると、神田川の方に少し移動して、太田姫稲荷神社の鳥居近くで停車した。確かに、ここなら井上眼科のアーチ型の玄関が見渡せる。

「どうだい、だんな。幾分涼しくはないか」

車夫がにやりともしないで言った。ここには大きな椋《むく》の樹が立っていて、その葉陰が日除けには最適だった。

「一服するときには、いつだって、この木陰に陣取るんでさあ」

脇で団子屋が屋台を出していた。

「団子でも食っていよう」

おれは腕車から降りると、車夫に話し掛けた。

「あんことみたらしと、どっちがいい」

「だんな、おいらが女や子どもに見えますか」

「わかった」

おれはあんことみたらしを一本ずつ買って、みたらしを車夫に手渡した。

「おっと、すまねえ」

車夫はへっへっへっと妙な笑い声を付け足した。

「だんなは、あんですか」

おれは車夫を無視して、団子屋に話し掛けた。

「いつ頃から、ここに店を出しているんだい」

「へえ、春からです。初めは花見客を目当てにね」

「あの眼医者に、さっきどこかの御令嬢が入っただろう」

そうでしたっけ。団子屋は首を傾げた。お抱えの腕車でさ。ああ、あの黒い粋な腕車ですか。

確かに。

「その黒い腕車は、井上眼科に日参しているのか」

「いやあ、きょう初めて見掛けましたよ」

このとき、井上眼科の玄関のドアが開いて、銀杏返しが外に姿を現した。すると、どこからともなく黒い腕車が姿を見せて、おれの視界から美少女の姿を遮った。

「ようやっと、お出ましですぜ」

車夫が慇懃な口調で呟くと、早く腕車に乗り込めと、おれを急かした。


黒い腕車は井上眼科のアーチ型の玄関を離れると、こっちに向かって走り始めた。おれは車内で、思わず顔を下に向けた。傘でもあったら、上手く顔を隠せたのに。こう思って、しまったと舌打ちをした。海気屋で購入した蝙蝠傘を、井上眼科の傘立てに置いて来てしまった。

舶来の一品物の蝙蝠傘だった。色合は明るい紺色に染め上げてあり、広げるとふくよかな丸みを帯びる。店員が口上するには、フランスはパリの画家ルノアールが十年ほど前に発表した「雨傘」という油絵に描かれた雨傘をモデルにして、パリの傘職人が丹念に拵えた洋傘中の洋傘だと言う。おれは未だかってルノアールの油絵を観た記憶がない。しからば、店員に何を言われても、感心して頷くだけだ。でも、のぼさんにこの傘を見せたら、彼は「ルノアールか！」と嘆息して、盛んに羨ましがった。のぼさんはルノアールを知っているらしい。でも、美学を専攻している小屋保治に自慢したら、「女物だ」の一言で片付けられた。小屋という男は、いつだってこんな口の聞き方をする。きっと一生涯、女にはもてない輩だろう。

それにつけても、ルノアールの蝙蝠傘だ。盗まれるぞ。やはり、取りに戻るか。こう懸念した瞬間に、黒い腕車が、おれの腕車の前を通り過ぎた。おれの車夫が、はいよと声を出して、梶棒を下げた。もう、いかにも遅い。ルノアールの傘は、他人の物だ。

おれの腕車が、黒い腕車を追っかけ始めた。眼鏡橋を渡り、瞬く間に末広町を通り過ぎた。そして、上野広小路から入谷に向かい、入谷の四つ角で言問通りにぶつかると、左に折れた。この先は根岸ではないか。

どこまで行くのだろうか。金杉村一一七番地の陸羯南《くがかつなん》先生の新居さえ通り過ぎてしまった。のぼさんが敬愛してやまない陸羯南先生は、ここ根岸に一ヶ月ほど前に引っ越して来た。そのときは、のぼさんに依頼されて、おれも先生の引越しの手伝いに参上した。

「金ちゃんは、ちゃっかりしているよな」

「なにがさ」

「この引越しの手伝いだって、『三四郎』で使ったじゃないか」

「そうだっけ」

「ヨモダを言うなよ」

「ヨモダ？　ヨモダって、なんだっけ？」

「おとぼけなさんな、だよ。三四郎が広田先生の引越しを手伝う場面さ」

「そうか」

「そうさ。金ちゃんは、いつだって卑近な体験を適当にアレンジして、小説に活かすだろ」

「おい、おれ自身の体験だぞ。卑近とはなんだ。卑近とは」

金ちゃんが体をぷっと膨らませた。

「卑近は誉め言葉さ。身の回りの詰まらない行為を、文学の域にまで昇華させる、おまいの特殊能力を褒めちぎっているのさ」

「そうかな。誉められた気が、まるでしないな」

「なに、あしの短歌革新運動だって、似たような運動さ。自然の詰まらない風景だって、短歌にまで昇華させる運動だ」

のぼさんは鳩のように胸を張った。

「でも、のぼさん。陸羯南先生の新居には、おれと一緒に窓辺に並んで雲の話をする、今風の女性は現れなかったな」

「おい。美禰子さんが、平塚らいてふのような美禰子さんが、おまいの好みか」

「いや、」

そうだろうよ。のぼさんは鼻梁に小皺を寄せて、にーっと笑った。

「あの手の女はさ、大塚楠緒子も同じだが、森田草平や小屋保治に任せておけ」

いずれにしろ、陸羯南《くがかつなん》先生の引越しを手伝ったお蔭で、ここら根岸近辺までならば、おれにも多少の土地勘が出来た。しかし、もし金杉村を通り過ぎたら、これはもう芭蕉の世界だ。奥の細道だ。おれが知っている東京ではない。

　右手に大きな二階建ての洋館が見えて来た。言問通りから路地を少し北東に入った場所に建っている。他にはこの付近一帯に二階建ての家は皆無だ。と言うか、民家自体がぽつん、ぽつんだから、このばかでかい洋館は、相当遠くからでも目に付く。はたして、銀杏返しを乗せた黒い腕車は、言問通りを東に折れて、その洋館の正面に向かって走り始めた。周囲は田畑である。

　おれはその路地の手前で、車夫に「停めてくれ」と声を掛けた。たちまち、腕車は言問通りで立ち止まった。でも、ここで、おれは途方に暮れた。路地まで追っ駆けて行けば、洋館で行き止まりなのだから、探偵がばれてしまう。お茶の水のように、屋台の団子屋でも出ていないか。しかし、行き交う人の姿が見えない場所に、屋台が出るわけがない。きっとお化けだって出やしない。

　はたして、銀杏返しを乗せた黒い腕車は、その大きな洋館の庭に入って行った。そして、玄関の前で停車すると、銀杏返しが腕車から降りて来た。顔は丸いのに、冬の枝のように細い身体だ。その細い身体から、さらに細い右腕がドアに伸びた。しかし、銀杏返しは呼び鈴を押さなかった。真っ白い指には鍵が握られていた。彼女はそれをドアの鍵穴に差し込むと、自分で鍵を解いて、ドアの向こうへ姿を消した。

　家族の誰もが銀杏返しを迎えに出て来なかった。彼女に家族は居ないのか。それとも、旦那持ちで、夜になるまで、一人なのか。まさか。

　車夫も黒い腕車を引いて、お屋敷の裏手に消えた。

おれは流しの腕車から降りて、言問通りに佇んだ。

「だんな、どうしやす」

車夫が両眉を寄せながら、顔を近づけて来た。

「吸わないか」

おれは懐から敷島を出して、車夫に勧めた。

へえ、どうも。車夫は頭を下げて、一本抜いた。そして、懐からマッチを取り出すと、互いの敷島に順次火をつけた。よし、これなら腕車の客と車夫が、一息入れている図だ。

「だんな、自分が覗いて来ましょうか」

「いや、きみはここで待っていてくれ」

おれは敷島を箱ごと車夫に手渡すと、一人で二階建ての、壁には蔦が絡まる洋館に向かって歩き始めた。近づくと、バルコニー付きの大邸宅は、レンガ造りではなかった。どうやら松材、それもアメリカ産の松材で建築されているようだ。こんな洒脱な洋館を建てるのは、ただの大金持ちの実業家ではないだろう。感覚が日本人離れしている。

父親は、鹿鳴館の関係者か。

それとも、戸主が西洋人か。

えっ、銀杏返しは、ラシャメンか。確かに、ラシャメンならば、西洋人の女とも歩くし、英語も話す。

まさか、まさか、まさか。銀杏返しがラシャメンであるわけがない。そうだ、ラシャメンが一橋高女で勉学などをするものか。いや、今は明治だ。新しい時代だ。向学心に燃えるラシャメンが居たって、不思議ではない。おれは胃がかっと熱くなった。

この洋館の持ち主は、いったい誰だ。

おれは銀杏返しの苗字を確かめようと、大邸宅の敷地に近づいて行った。しかし、垣根が邪魔だ。表札が掛かっているドアの前までは行かれない。それでも、表札を読もうと、垣根の外で目を細めた。徒労だった。ちょっとした広さの庭が、おれと洋館との距離を作っていて、視力がドアの表札まで及ばない。仕方がない。垣根を回り込んで、使用人が出入りする勝手口に出た。すると、はたして勝手口にも表札が嵌めこまれていた。すぐに、文字を確かめた。

「陸奥宗光《むつむねみつ》」

ただこの四文字だけが書き込まれてあった。

陸奥宗光。えっ、あの陸奥宗光公か。海援隊に加わっていた、坂本龍馬の弟分の、維新の英雄の一人か。

参った。陸奥宗光は、西洋人のように背が高く、西洋人のように顔の彫りも深い。前妻に病死された後、美人の誉れが高い新橋芸者の小鈴と再婚した。伊藤博文閣下が小鈴に横恋慕したが、彼女は相手にもしなかった。これらは東京の若い男たちの間では、有名な話だ。その小鈴も今や鹿鳴館の華、ワシントン外交の華と持て囃されている。そうだ、確か二人の間には、一人娘が居たはずだ。

銀杏返しは、なんと、なんと、陸奥宗光公の御令嬢だったのか。ラシャメンだなんて、疑っただけでも、打ち首にされそうだ。

陸奥宗光か。彼の新政府でのご活躍は、おれだって新聞を読んで知っている。三年前に駐米公使兼メキシコ公使として、わが国最初の平等条約である日墨修好通商条約をメキシコと結んだ。彼は外務省きっての高級官僚で、新政府の切り札だ。帰国した今は、農商務大臣を務めている。お大尽はお大尽でも、政界のお大臣だ。しかも、その頭の切れから、カミソリ大臣の異名を持つ。銀杏返しは現役の閣僚の御令嬢だったのだ。

きょうは銀杏返しという髪型に騙された。銀杏返しは元々が町人の娘の結い方だ。きっと御令嬢は目立たないように、わざと町人の娘のような髪型に結って、一般人も受診する井上眼科へ通院して来たのだろう。

同時に、思わず、膝を打った。一橋高女の前で、銀杏返しをいくら待ち伏せしても、二度と巡り逢えなかったわけだ。銀杏返しは一家で渡米していたのだ。

いや、参った。「この世で、たった一つ、自分のために創り上げられた顔」の美少女は、現役閣僚の御令嬢か。まあ、ラシャメンじゃなかっただけは、ほっとしたが。

もしおれが建築家の道に進んでいたら、誰かの令夫人に収まった銀杏返しから、洋館建築の注文を承ったりもしただろう。

「この階段の手摺には、主人の家紋を入れて下さいな」

「はい。奥様」

社交ベタのおれは、それでも卑屈ににこにこと笑いながら、令夫人の注文に力なく頷くのだ。

こう思うと、「真性変物」で「議論乞食」の米山のご忠言に、心から感謝だ。

まったく、文学者でよかった。文学者ならば、帝大の博士になって、銀杏返しを妻に娶るのも可能ではないか。銀杏返し夫人の横で西洋長椅子に深く腰を埋めながら、どこかの勤勉な建築士に「バルコニーもあちら産の松材でね」とか「階段の手摺には夏目家の菊井の紋を刻むのだよ」とか、嫌味で陳腐な注文を口にする日常だって夢ではない。

そうだ、こっちだって天下の帝大生だ。「末は博士か大臣か」だ。現職の大臣の前に出たって、臆する必要なんて、どこにもない。頭では、このように合点できる。でも、きっと、実際にカミソリ大臣の前に出たら、心も体も縮こまるだろうな。なに、おれだけじゃないさ。情けないが、男なんて、誰だって、こんなもんだ。

おれはしばらくその場に佇んで、ぼおっとしていた。父親が「陸奥宗光」の衝撃が、飛行船からとび降りたように大き過ぎた。

帰ろうか。そう思った瞬間だった。洋館の中から洋琴の調べが聴こえて来た。曲名は判らない。でも、演奏しているのは、間合いから言っても、帰宅した銀杏返し、いや洋琴の音色に相応しく言えば、一橋高女の前で出逢った「白百合」、帰宅した「白百合」に間違いない。

「白百合さま。おれは、百年あとまで、あなたに従います」

井上眼科に立ち寄って、傘立ての中を引っ掻き回して探してみたが、はたしてルノアールの雨傘はどこにも見当たらなかった。

あきらめて、実家に帰った。それでも、まだぼおっとしていた。いや、ルノアールの雨傘が惜しくて、呆然としていたのではない。「この世で、たった一つ、自分のために創り上げられた顔」が、よりによって海援隊の一員、坂本龍馬の弟分、今をときめく「カミソリ大臣」の御令嬢だったとは。

それにしても、びっくりした。こんなに頭に血が上る日、こんなに心臓が破裂しそうな日、こんなに生まれて来てよかったと思える日が、自分の人生に用意されていたとは。

翌日、おいらはのぼさんに手紙を書いた。のぼさんは先月半ばに「あしは鬱だ！」と叫ぶと、試験を放棄して、木曽路経由で早々と松山へ帰省してしまった。なあに、鬱の輩が木曽路経由の旅行気分で帰省なぞするものかは。きっと試験に自信がなかっただけだろう。いや、この逃亡劇も、いかにものぼさんらしく剛毅で、しかもいい加減で、なんとなく微笑んでしまう。のぼさん宛てには諸事故事と書きたい事柄を書き散らして、一番書きたい心根は最後に付け足しの形で認めた。

ゑゝともう何か書く事はないかしら、あゝそうゝ、昨日眼医者へ行つた所が、いつか君に話した可愛らしい女の子を見たね、——銀杏返しにたけながをかけて、——天気予報なしの突然の邂逅だからひやつと驚いて顔に紅葉を散らしたね丸で夕日に映ずる嵐山の大火の如し其代り君が羨ましがつた海気屋で買った蝙蝠傘をとられた、夫故今日は炎天を冒してこれから行くきょうは土曜日なので、井上眼科も半ドンで終わる。ということは、銀杏返しがきょうも通院するならば、出逢える確率は平日の倍だ。

以前、おれはのぼさんに銀杏返しへの想いを白状していた。

「それがさ、ただのべっぴんじゃないんだ。白百合のように清純でさ。しかも、頭も切れそうなんだ。白人の女二人と英語で話しているのさ。英語だぜ、流暢だったな。一目見た瞬間に、百年の昔から百年の後まで、おれを従えて行く顔だと直感したね」

すると、のぼさんは「解る」と即答した。のぼさんはおれが白百合を初めて見かけた年の暑中休暇に、向島の長命寺の境内にある、桜餅屋「月香楼」に部屋を借りて過ごした。そして、そこの娘お陸《ろく》に恋をしたのだった。

ところが、のぼさんはその直前に友人と鎌倉を旅行していて、二度続けて「一塊の鮮血」を吐き出した。

「まあ、前の晩に熱弁し過ぎたからな。きっと咽喉を傷めたんだ」

のぼさんはいつもの軽い調子で高を括っていた。

ところが、友人みんなの強い勧めで医者に行ってみると、これは結核だと診断された。結核は死の病だ。亡国病だ。未来が潰される。

「大丈夫、まだ初期だよ。養生すれば回復するさ」

医者のこの言葉を信じて、また「長命寺」という縁起を担いで、のぼさんは松山には戻らずに桜餅屋の月香楼に下宿したのだった。

長命寺は大川沿いの静かな場所に建っていた。夜になると、人通りも絶えて、ましてやお寺なので、死の世界との境界線が見えづらくなる。すると、のぼさんは二日も経たないうちに、死への不安が膨らんで、不眠症に陥った。さらに、不眠症が高じて、「脳病」にまで進んだ。少なくとも、のぼさん自身は「脳病」だと信じた。いったいのぼさんは、自分の家系に「脳病」の血が流れていると信じている。それで、いつ自分がそこに堕ちるか、挙句に自死するかと、その不安にたえず苛まれている男だった。

しかし、のぼさんは月香楼でお陸を見かけて、たちまち救われたのだった。

「あしはさ、お陸《ろく》と出会うために、この世に生まれ、松山から上京し、この時期に胸を病んだんだな」

のぼさんは鼻梁に小皺を寄せて、にーっと笑った。

「お陸こそ、父母未生以前からの運命の女じゃけん」

「そうか、父母未生以前からか。おれもね、白百合は、この世で、たった一つ、自分のために創り上げられた顔だと思うんだよ」

「解るね」

「解るか」

「もちろんさ。金ちゃんも、やっと本気で他人の人生を愛したな」

「なんのことだい」

「恋ってさ、相手の人生を愛する行為だぜ」

井上眼科の前まで歩いて来たときに、白百合の後ろ姿に気がついた。きょうの彼女は洋装で、純白の服だ。服の種類はおれには判らない。でも、以前一橋高女の前で出逢ったときの、純白の洋服とは形式が違う。

白百合は井上眼科に入って行かない。すでに診察を受け終えたのだろう。きっと黒い腕車のお出迎えを待っているのだ。

おれは遅れをとった。すれ違いになる寸前だった。くわばら、くわばら。でも、こうも言える。きょうもなんとか巡り会えた。やはり、これが二人の運命だ。赤い糸で結ばれている、きっと。

おれは井上眼科の前を小走りに通り過ぎて、駅前に行くと、きのうと同様に流しの腕車を拾った。そして、白百合の黒い腕車を見つけると、その後をつけ始めた。

おれの眼病は、たかがのトラホームだ。明日が日曜日で休診だろうが、構うものか。なあに、毎年のように罹る、お馴染みの日常的眼病だ。診察なんて、どうでもよい。むしろ、いつまでも治らなくてもいい。夏期休暇中は毎日でも井上眼科に通って、毎日でも白百合と遭遇したい。トラホームで眼が潰れたりはしないさ、たぶん。

それにしても、黒い腕車はきのうと違う方向へ向かっている。ニコライ堂の脇を通り抜けて、ゆるやかな坂を下り始めた。どこへ行こうとしているのか。駿河台下に用があるのか。駿河台下の繁華街で、リボンとか便箋とか香水とか、何か女学生らしい買い物をするのだろうか。それとも、市電のターミナル駅があるから、そこから市電に乗り込むのか。どこか遠くへ行くのか。家人にさえ秘密の場所とか。いや、もちろん、おれは路地でも地獄でも、どこまでも白百合にくっ付いて行くさ。

しかし、予想に反して、黒い腕車は駿河台下の交差点を行き過ぎた。そして、靖国通りを靖国神社の方角へ進むと、麹町区に入って、いきなり富士見町の辺りで停車した。白百合が降りて、黒い腕車が走り去った。おれもあわてて車夫に停車を命じると、下車して、金銭を支払った。

白百合の後姿が、なんと目の前に見えた。停車を命じるのが、今少し遅かったら、白百合の真ん前で降りてしまうところだった。

白百合は人通りの少ない小路に入った。おれは、ただの通行人ですよという顔をして、後をつけた。すると、前を歩く白百合の香りが微かに漂って来た。植物系の香水の香りだ。

待てよ、この香りには覚えがあるぞ。そうだ、次兄の栄之助に連れられて、神楽坂行願寺内の芸者屋東屋に遊びに行ったときだ。そこで咲松と呼ばれる若い芸妓とトランプ遊びをした。このとき、咲松が「金ちゃん。江戸前の男なら、香水の香りくらい嗅ぎ分けなさいよ」と生意気を言った。そして、香水の瓶の蓋を次から次へと外すと、各々の香りを嗅がせてくれた。甘酸っぱい体験だった。でも、十七歳のおれは、減らず口を叩いた。

「てやんでえ。江戸前は江戸前でも、おれは江戸前のチンコロじゃねえ。東京の男だぜ。そんな香り、覚えなくたって、なんの不都合もねえよ」

「こらこら、粋がっていたら、粋な男になれないわよ」

その中に、今微かに香る香水と同じ香りの瓶があった。

何だったろうか。そうだ、ヘリオトロープだ。今、白百合が身に纏っている香水は、ヘリオトロープに違いない。

白百合は高級官舎の一棟に入って行った。こちらが本宅なのか。おれは玄関のまん前まで行ってみた。すると、そこには根岸の西洋館の勝手口とは違う、立派な表札が掛かっていた。主人の名だけではなくて、家族全員の名前が刻まれていたのだ。

陸奥宗光
亮子
広吉
潤吉
清子

そうか。白百合は、「清子」という名前なのか。陸奥清子。白百合の清廉さに相応しい名前だ。陸奥清子。この名前を生涯忘れないぞ。

それにしても、表札に家族の名前を全員記すとは。陸奥宗光農商務大臣は、さすがに欧化派だ。暗殺された森有礼文部大臣と同じで、在欧米の経験が豊富だから、生活も欧化しているのだろう。

これならば、通常の日本人とは感覚が違う。アメリカ産の松材で洋館も建てるし、きっと自由恋愛にも寛容ではないのか。というよりも、ご本人だって、芸者風情を本妻に直すくらいの男だ。押しも押されぬ立派な自由恋愛主義者に違いない。

　玄関から少し離れて、道端に佇むと、敷島を出して一服した。すると、陸奥家の角部屋のカーテンが半分ほど引かれて、窓も同じ分量だけ開けられた。カーテンはまたすぐに閉め切られたので、ふたたび部屋の中は見通せなくなった。しかし、カーテンの開閉は、白百合その人だった。あそこが「清子」の部屋か。

　しばらくすると、きのうの根津の洋館と同じ現象が起きた。洋琴の音色が聴こえ始めたのだ。おれは靖国神社の方角に顔を向けながら、目を瞑って、何曲か聴き入った。「清子」の洋琴は甘い調べだった。おれは胸がちくちくと痛んだ。不思議だった。これまで音楽に特別な関心なぞは皆無だった。それなのに、「清子」の洋琴の音色は、胸に突き刺さる。おれはわあっと叫んで、そこら中をめちゃくちゃに走り回りたい心持になった。

　次の日も、そのまた次の日も、おれは富士見町に通って洋琴の調べに聴き耳を立てた。一週間ほど通ったときに、松山ののぼさんに手紙を書いて、その中で次の一句を詠んだ。

　吾恋は闇夜に似たる月夜かな

まだ「清子」と将来の約束どころか、口をきいたこともない。我が恋は真っ暗闇である。しかし、名前も住所も判っているし、だいいち自分の気持は定まっている。現状はどう見ても満月どころか月夜とさえ言い難いが、胸の中には少なくとも新月の直後くらいの微かな月明かりが射している。こんな気持が句に化けた。

またもう一つ、同じ七月に、おれの心をうきうきさせる報道が新聞紙上を賑わせた。それは「凌雲閣百美人」の発表だった。「凌雲閣」は昨年十一月に浅草に開業した摩天楼で、「浅草十二階」とも呼ばれている。快晴の東京ならば、どこからでも見える高さだ。また十二階のうちの二階から八階までが売店で、しかも休憩室や眺望室も用意されている。この東京人風の心配りが当たって、今や大変な人気を博している。

しかし、とおれは憂いた。もしおれが建築家ならば、このようなバベルの塔を建てるだろうか。日本ならば、大地震に備えなくては。東京ならば、大火事にも備えなければ。

これらは、あながちおれの杞憂とは言い切れなかった。客寄せの目玉だった日本初の「電動エレベーター」が、早くも故障して動かない。たちまち、客足が急降下した。そこで、「凌雲閣」は「凌雲閣百美人」の催しを行なったのだ。これは故障したエレベーターの扉や階段の途中の壁に、東京中から選び抜いた芸者百人の写真を展示して、この中でも誰が一番のべっぴんかを一般投票で決めようという企画だった。

じつは、おれも密かに一票を投じていた。誰に、か。決まっている。机上に絵葉書まで飾ろうかという、新橋小松屋の「おゑん」にだ。深川芸者はおきゃん、向島芸者は芸達者、新橋芸者は美人揃いが相場だが、その新橋芸者の中でも「おゑん」は色が白くて、痩せ細っていて、きつねみたいな瓜実顔の、今にも死にそうな風情の、まあ幽霊みたいな、まったくもって見た目がおれ好みの芸者である。

この結果がようやっと発表されたのだった。いや、一等や二等に誰が選ばれたのかは、さほどの関心事ではなかった。新橋小松屋の「おゑん」が、何位なのか。入賞できるかどうかだけが、おれの興味だった。いったい、おれと同じ趣味の男は、そうは居ないだろう。いや、実際はそんなことはなく、たくさん居るのだろうか。

はたして、「おゑん」は六等で、次点に入賞したとの記事が載っていた。

そうか、「おゑん」は六位か。思いのほか、人気があった。じつは、「おゑん」は、眉の流線形も、目の輝きも、鼻の高さも、唇の形も、顔の輪郭を除けば、「清子」にそっくりなのだ。もちろん、おれの胸中で、「清子」は次点ではない。「清子」は特選中の特選だ。百年後だって、おれを従えて行く顔立ちだ。

顔立ちと言えば、芸者や浮世絵の玄人女は、前にも話したとおり、瓜実顔で今にも死にそうなか細い女が好みだ。なにせ玄人でも清潔そうに見えるではないか。でも、素人女は違う。丸顔で、えらの張った、自我がしっかりしているような、日本人離れした顔立ちが好きだ。「清子」ばかりではない。敬愛する兄嫁の登世の顔だって、この輪郭だ。

登世と言えば、それから十日もしない、七月二十八日にびっくりするような凶事が起こった。おれの軽佻浮薄な気持は、いとも簡単にぶっ飛んだ。この敬愛している兄嫁の、おれよりもたった一歳年上の登世が、二十五歳の若さで、悪阻のために死去してしまったのだ。もちろん、おれは富士見町通いを中断して、喪に服するために実家に蟄居した。

そして、初七日の八月三日になると、おれは兄嫁への追悼の意と敬慕を込めて、松山ののぼさんに少々長い手紙を書いた。そこには、次のような語句を散りばめた。

「子は闇から闇へ母は浮き世の夢二十五年を見残して冥土へまかり越し申し候」「夫に対する妻として完全無欠」「性情の公平正直なる胸懐の洒々落々として細事に頓着せざる」「悟道の老僧の如き見識を有したる」「かかる聖人も長生きは勝手に出来ぬ者」「社会の一分子たる人間としてはまことに敬服すべき婦人」「節操の毅然たるは申すに不及」「一片の霊もし宇宙に存するならば二世と契りし夫の傍か平生親しみ暮せし義弟の影に髣髴たらんか」

しかし、手紙の内容と違って、現実のおれは冷淡極まりない男だった。非人情、と非難されても諾だ。いや、恋そのものが、罪悪なのだ。恋は人を利己主義者にする。恋をすると、その誰もが恋愛至上主義者に変身して、「ばか」に堕ちるからだ。あの北村透谷を見よ。と言って、開き直っても仕方がない。おれはこののぼさんへの手紙で、今夏の夏目家の不幸に、おれなりに勝手に終止符を打ったのだ。

兄嫁の初七日の法事が終わると、おれはその翌日からふたたび毎日富士見町に通い始めた。すると、どうしたことだろうか。この蟄居した一週間で、おれの耳が進化していたのだ。「清子」の洋琴の音色が聴き分けられる。「清子」の気持ちが、洋琴の音色を通して、おれの気持にびしびしと伝播して来る――。きょうの「清子」は活き活きして元気だなと感じる日は、おれの心までが弾んで来る。きょうの「清子」はうち沈んでいるなと感じる日は、おれはその場に居たたまれなくなる。部屋にずかずかと上がり込んで、「清子」と直に話し、「清子」の肩を抱き締めたくなる。

二週間ほど経って、はっと気がついた。このままでは、いつまで経っても、おれは野良猫だった。陸奥邸の周りをうろつく、盛りのついた、しかも名前はまだ無い、一介の野良猫だった。きちんと陸奥家に話をつけるべきだろう。話をつける？　婚姻の申し込みか。婚姻の申し込みならば、早い方がいい。好敵手が出現しないうちに。いや、陸奥家ほどの家柄で、「清子」ほどのべっぴんだ。しかも、彼女は井上眼科の待合室での一件からも、気立てだって申し分がない。すでに結婚話の一つや二つや三つは舞い込んでいるだろう。あるいは、母親に「お嬢さんを下さい」と直接申し込んで、すでに母親の心を捉えている青年が居るかも知れない。いや、居るはずだ。こう考えると、たちまち胃がひっくり返ったようにかっと熱くなった。とっとと申込まなければ、好敵手たちと同じ線上にすら配置されない。

解っている。急がなくては。とっとと行動しなければ。でも、勇気が出ない。悪い結果ばかりが頭に思い浮かぶ。おれが申し込んでも、「清子」にその気がなかったら――。百年の恋は百年の片思いに変色してしまう。あるいは、父親のカミソリ大臣と男の力量を比べられて、たちまちおれが劣等だと判断され、むやみやたらに反対されたら――。

いったい、明治時代になっても、一般庶民の男たちには「性」が一番重要で、若い女と見るや、すぐに「野合」したがる。これらの野卑な連中は、結婚さえすれば「性」がただになると涎を垂らしている。また、元士族や大金持ちの実業家の子息たちは、未だに親が決めた「見合い結婚」が主流だ。こちらは、言うまでもなく「政略結婚」に過ぎない。このように「野合」にも「政略結婚」にも、「愛」なんてどこにもなく、「地上の婚姻」の愚劣さだけを象徴している。

しかし、都市の知識階級の中には、数こそ極端に少ないが、「自由恋愛」を体験して、その結果としての「自由結婚」という形も、やっと芽生え始めた。「清子」の父親はどうであろうか。彼は欧化政策支持者だし、芸者を正妻に直すくらいだから、きっと自由結婚主義者だろう。まさか政治家だからと言って、自分の地位保全のために、愛娘の「清子」に「政略結婚」を押し付けたりはしまい。

今月の下旬には、中村是公たちと富士山に登る約束がある。その前に行動を起こして、陸奥家からの吉報を得たい。上手く事が運べば、富士山頂で友人たちに「自由恋愛」と「自由結婚」の顚末を吹聴できる。きっと級友たちは羨望の眼差しを向けて来るだろう。

「なに、自由恋愛ってか。なに、自由結婚ってか。アホか、今は徳川の時代ではない、新政府の明治だぞ、自慢にもならん。帝大のおれたちならば、それが当然だろうよ」

山川信次郎が、唇を尖らしながら、こんな負け惜しみをほざくに違いない。

ところが、おれにはどうにも勇気が出なかった。「清子」の両親についての情報が少なすぎた。結果、事態は何一つ進行しないままで、月日だけが進んで行った。

「どうだ、金ちゃん。陸奥のお嬢への気持ちを思い出したか」

「なにを言っているか。おれの人生の中で、清子さんへの愛を忘れた一刹那なんて、どの時代にもないさ」

「そうかい。じゃあ、今から五年半前の、鏡子夫人とのこの約束はなんぞや」

のぼさんは鼻梁に小皺を寄せると、にーっと笑った。

「ほら、金ちゃん主演の、もう一本の動画だぜ」

のぼさんは金ちゃんの心に、残りの一本を「直接入力」し始めた。

「井上眼科から二十年後の金ちゃんだ」

三

この旅行のきっかけは、長野の教育会から講演に来てくれろ、との依頼文だった。おれは長野方面にはこれまで出掛けた経験がなかった。学生時分に、松山に帰省する子規から「長野を巡って行くからつきあえ」と誘われた。が、その気になれずに断ってしまった。しかし、子規が夭折してみると、あの時一緒に長野に行っておけばよかったと後悔もした。そんなほろ苦い思い出もあって、じつは「修善寺の大患」から一年も経っていない病後の身だったが、そこには目を向けずに受諾の返事をしたのだった。

また引き受けた理由は、別にもう一つあった。今年の二月に、文部省から「文学博士授与」の通知を受けた。が、すっぱりと辞退した。博士号なんて、通俗的で中味がない。清子の母親のような、「性悪の見栄坊」の女が欲しがるものだ。

おれは「朝日新聞」に、次のような駄文を掲載した。

「僅かな学者貴族が、学権を掌握し尽くすに至ると共に、選に漏れたる他は全く一般から閑却される」

これが文部省に喧嘩を売る呈となった。こんなあんなで、今やおれは反官僚視されている。それなのに、地方の一教育会が講演依頼をして来たのだ。長野教育会の反骨精神こそ、まことにあっぱれ。これを断っては江戸っ子がすたる。

しかし、清が、ではなかった、鏡子が断固反対した。

「また汽車に長い時間揺られるんですよ。せっかく皆さんのお蔭で治ったお体なのに。再びいけなくするような容態になったら、どういうお顔を向けるんですか」

「なあに、このあばた顔を向けるのさ」

「口の減らない人ですね」

「本当に、もう大丈夫だ。心配するに及ばないさ」

「いいや、だめです」

鏡子は、折れない。

「今のあなたの一人旅なんて、どこでどう病気を再発しないものでもなし、家で留守居をする私の身にもなってください」

「なに、車中なんて、坐っているだけじゃないか」

「強情な。どうしても、あなたは行くつもりですね」

「ああ」

この種の押し問答が続いた挙句に、鏡子はとんでもない条件を口にした。

「それならば、私もついて行きます」

おれは口あんぐりして、鏡子の顔を覗き込んだ。鏡子は本気で言っているのか。ただの、嫌がらせか。鏡子の表情は変わらない。どうやら本気だと懼れた。

「よせよ、みっともない」

「なにがです」

「なにがって、講演に出掛けるのに、古女房なんか連れて行く奴が、どこに居る」

しかし、このおれの軽口が、火に油を注ぐ結果となった。

「古女房とはなんです。じゃあ、あなたは柳橋辺りの若い芸妓かなんかだったら、お連れするの」

「おい、話の方向が違ってきている。話題を元に戻せ」

このような下らない夫婦喧嘩の最中に、小児科の豊田鉄三郎医師が見えた。子供の一人が微熱を出していたので、先生に往診を頼んでいたのだった。おれはこれ幸いと豊田先生を夏目家の内紛に巻き込んだ。

「ねえ、豊田先生。今度長野に講演に行くのですが、こいつがどうしてもついて行くと言い張るのです。小学校の先生ばかりが集まっている中に、女房なんか連れて行くのは、みっともないもいいとこですよね」

「いいえ、そんなことは決してございません。私の師である弘田博士は、講演にいらっしゃる時には、決まっていつも奥方とご一緒です」

「ほら、みなさい」

やぶへびだった。こうなれば、仕方がない。おれも腹を決めるしかなかった。それに確かに「修善寺の大患」のときは、鏡子の看病を心から有難いと思った。赤の他人の看護婦に、尿や糞の世話をさせるのは、心苦しいだけではなく恥ずかしい。しかし、女房ならば心苦しいだけだ（もし清子だったら、どうだろうか）。しかも、鏡子にはずいぶん心配もかけた。その一連の鏡子への感謝の気持を、講演旅行に女房を同伴するといった、どう考えても愚かな行動で表すのもまんざらではない。

「よし、長野に連れて行ってやろう」

「偉そうに」

「なんだと。豊田先生、こいつの減らず口に、ぶっとい注射針でも打ち込んでやって下さいよ」

上野駅では、鏡子には任せないで、おれが自分で動いて切符を二枚買った。一等は高崎までしか連結しないと言うから、初めから二等で長野まで通す心積りをした。

ようやっと軽井沢に着くと、迎えの方が来られて、そこから長野までの窓外の説明や案内をしてくれた。中でも印象に残ったのは、田毎の月と姥捨山である。

田毎の月は、万葉集にもその言の葉が見られる。山の斜面の狭い土地に、工夫に工夫を重ねて、小さな田を幾つも拵える。そこで、秋や冬に月が昇ると、刈入れの済んだ小さな水田毎に、月の影が映る。万葉人は、まるで月が群れて水遊びをしている美しさだ、と詠んだ。しかし、今は六月で、稲穂が田んぼを覆っている。田毎の月は見えない。いや、目を凝らすと、稲の根元に、たくさんの月影が漂っている。美しい。しかし、切ない。ここらの農民は、こんな貧相な小さな田んぼしか作れないのだ。こう思うと、おれは俄に胸が締め付けられた。

いったい姥捨も、貧しい農村の悲しい掟である。江戸時代まで続いた風習と言われているが、じつは今でも密かに行なわれているとも耳にする。飢饉になれば、年寄りが家族の中で一番初めに餓死させられて、その肉体すら生き残った家族の食材になる。これは、いつの時代でもどこの国でも、例外のない貧しい農村の掟だ。ついで、食材になるのは、小さな大人、つまり子供だ。年寄りも子供も、労働力としては非力だし、なによりも生殖能力がない。彼らを家族の中で最後まで生き残らせると、その一家は滅んでしまう。しかし、働き盛りで、生殖能力もある男女が生き残れば、その一家は再生可能である。強い者が生き残り、弱い者が死んで行く。これが貧しい農村の、いや人類全般の、いやいや命ある動物の、悲しい歴史なのだ。

では、都会に限ったらどうだろうか。確かに金銭的・物資的には田舎よりも裕福だろう。でも、都会の人間は、誰もが何かに追われている。その理由も解っている。単なる個人的な欲望を人類最重要のノルマと勘違いしているからだ。結果、都会の近代人の誰もが神経症を病む。

いったい都会の人間と田舎の人間と、どちらが幸福なのだろうか。もちろん、二者択一の問題ではない。だいいち、幸福の尺度は、各々個人の問題に帰着する――。

「あなた、起きて。着いたわよ」

「う、うん」

鏡子の声が安眠を破った。瞼を開けると、車窓の向こうで、迎えの方がおれの顔を眺めて、にこにこと笑っていた。

「先生、ぐっすりでしたね」

「そうさな。病後だからな」

その晩は、長野の犀北館に泊まった。すると、森成くんが高田から訪ねて来た。

「長野まで遠路をよう来てくださった。ここからならば、高田もすぐづら。帰りにはぜひ足を伸ばしてくんさい。私の母校の中学校でも、なにとぞ講演をして欲しいづら」

おれは断る理由もないから、これも引き受けた。

翌日は、講演の前に、鏡子と約束した善光寺詣りを果たした。おれは白いチョッキに麦藁帽子を被って、「お洒落だろう」と鏡子に自慢すると、胸を張って旅館の玄関から外へ出た。

善光寺の門前町の発展は、浅草の浅草寺の門前以上か。とりわけ、印象に残ったのは、「おやき」を焼いて売っている露店だった。おやきは横浜の南京町でみる広東料理の「肉饅頭」に似ている。鏡子は芯におはずけが入ったおやきを選び、おれは小豆餡入りのおやきを注文した。でも、鏡子から丸ごと一個食べるのは胃腸に障ると小言があって、半分に割られたおやきを手渡された。残りの半分は、言うまでもなく鏡子の胃袋に収まった。

境内に入ると、向かって左手に蓮池が広がっていた。真中に架かっている橋の上に立って、欄干から身を乗り出すと、下の古池の水を覗き込んだ。大きな鯉が自由自在に泳ぎ回っていた。人の顔くらいもある巨大な亀が、頭を持ち上げて大口を開いていた。真っ赤なザリガニが無敵の鋏を広げて、微力な小魚を狙っていた。

まあ、正直に言うと、多少気味の悪い俯瞰だった。この池の中で雑魚のおれが生きていたら、鯉や亀やザリガニにいいようにいじめられるのではないか。しかも、上から見下ろしている「神」は、お助けの蜘蛛の糸を垂らしてはくれないのだ。ちょうど今のおれが、亀やザリガニの食欲から小魚を助けないように。

本堂に参詣して、鏡子がおみくじを引くと、「大吉」が出た。すると、鏡子が「大吉、大吉」と大声を出して、子供のようにはしゃぎ回るので、つい混ぜっ返した。

「こういう人出の多い寺のおみくじは、参詣者を喜ばせるために、大吉ばかりなのさ」

「そんな意地悪をおっしゃるのならば、あなたも引いてごらんなさいな。本当に大吉が出ますかしら」

「いや、よす」

万が一にも「大凶」でも引いて、「病治らず」とか「病ぶり返す」とでも告知されたら、せっかくの心地よい旅の気分が台無しだ。

「ほら、ごらんなさい。ご自分でも大吉は希少と解っていらっしゃるんだから」

鏡子は勝ち誇ったように得意げに言い放った。呑気な奴だ。ついで、鏡子はそこに掛かっていた案内板を小さな声で読み始めた。

「お戒壇巡り、ですって」

内々陣の奥、右側を進むと、お戒壇巡りの入り口があります。お戒壇巡りとは、瑠璃壇床下の真っ暗な回廊を巡り、中程にかかる「極楽の錠前」に触れることで、錠前の真上におられる秘仏の御本尊様と結縁を果たし、往生の際にお迎えに来ていただけるという約束をいただく道場です。入り口にはタイ国王より贈られた仏舎利（お釈迦様の御遺骨）とお釈迦様が御安置されています。


「あなた、入ってみましょうよ」

「真っ暗だぞ」

「いいじゃないの、二人ですもの」

その二人が問題なのだ。おれはそう思ったけれど、声に出しては言えなかった。ここ善光寺のお戒壇巡りは、男女が手を繋いで潜り抜けると、「偕老同穴」を実現できると言われている。今、鏡子と「偕老同穴」を契ると、今から二十年前に井上眼科で再会した清子との約束はどうなるのだろうか。清子は十九歳で夭折する直前に、ベッドから真っ白い腕を出して、おれの手を握り締めると、もしもこの世で一緒になれなくても、きっとあの世では結ばれましょうね。先に天上に行った方が、後から来る方を待つのよ、と指切をしてくれた。わかった、誓うよ。おれが先に行ったら、あなたを待つ。わたくしが先に行っても、あなたを待つわ。

――この百年の誓いを反故にはできない。

「やめておこうよ」

「あなた、弱虫ねえ」

「やめとけ、やめとけ」

通りすがりの見知らぬ男が、にやにやと笑いながら、おれと鏡子を囃し立てた。

「中は真っ暗闇で互いの顔も見えねえぞ。スリも居れば、了見ちげえの痴漢も出る。てめえみたいな柔男じゃあ、こちらのご婦人を守り切れないぜ。やめとけ、やめとけ」

「あなた、行きましょう」

鏡子はおれの手を引くと、内陣の右側に回って、お戒壇巡りの入り口まで導いた。

「やはり、よそうよ」

おれは足がすくんだ。すると、鏡子が強い口調で言い切った。

「いい歳をして、子供みたいに弱虫なんだから。天下の夏目漱石が怖がりなさんな」

「怖くなんかないさ」

「じゃあ、さっさと潜り抜けましょう」

鏡子がおれの手を強い力で引っ張った。鏡子は勘違いをしている。このお戒壇巡りの真のご利益を知らないのだ。それを話すべきかどうか。おれは階段の一番上の段で、両足を踏ん張った。

「もう。あなた、江戸っ子でしょ」

そう言われて、ついおれは口に出して言ってしまった。

「男女が手を繋いで潜り抜けると、『偕老同穴』が約束されるんだぞ」

「望むところじゃないの。それとも、私とじゃ、なにかご不満なの」

「そうじゃないよ」

やはり、教えてはいけない知識だった。たちまち、おれは後に引けなくなった。

「『偕老同穴』なんて、『未亡人』という言葉と同じで、旧時代の男尊女卑の思想から生まれた、極めて差別的で女性蔑視の……」

「いいじゃないの、女の私が望むって言っているのだから」

そう言うと、鏡子はおれの手を引いて、回廊への階段を降り始めた。おれは力づくで一段降ろされる毎に、清子を深く裏切って行く気がして、息が詰まりそうになった。

「いや、かまうものか。こんなご利益なんて、いわれのない俗信だ」

おれは自分の心に嘘の発破をかけた。鏡子が一緒に巡りたいと言うのならば、巡らせてやればいい。この旅自体が、講演旅行に名を借りた女房孝行だ。

階下の回廊は、さっきの男が言ったとおり、真っ暗闇だった。それでも、鏡子はおれの手を引っ張って、ずんずんと歩いていく。鏡子のこの力強さは、どこから生じるのだろうか。見合い結婚直後の鏡子に、この種の力強さは見当たらなかった。それどころか、熊本で初めて身籠った子を流産したとき、鏡子は近くの白川に入水自殺を試みた。幸い漁夫が見つけて、鏡子の命は救われた。新郎のおれは、それから毎晩、就寝の際には帯紐で互いの手足を結わいたものだった。しかし、一人子供が生まれ、二人目が生まれ、牝犬のように易々と子供を産むに連れて、鏡子は強靭な神経の持ち主に変貌して行った。おれが頭の具合が悪くなって、鏡子の髪を掴んで引き摺り回そうが、腹に蹴りをいれようが、耳たぶを摘んで大声で「離縁だ、実家に帰れ」と怒鳴ろうが、びくともしない鉄の女に生まれ変わった。そして、今回の修善寺の大患だ。このとき、鉄の女はおれを悠然と看病した。弟子たちは小舅のようにうるさい。しかし、鉄の女は小舅たちの各々の性格を見抜いて、的確に使い分けた。鏡子は結婚生活を重ねるに連れて、生き抜くための図太さを備えて行ったのだ。

もし今、鏡子をどのようにでも変えられるとしたら、おれは何を望むだろうか。鏡子を清子のような可憐で優しい女性に変えるだろうか。

いや、そうは望まないだろう。清子に鏡子の代わりは務まらない。地上の婚姻と、天上の恋愛とは、別次元の別物なのだ。地上の婚姻は鏡子でいい。いや、鏡子がいい。鏡子に限る。鏡子でなければ、時々頭が悪くなるおれと、ここまで永く連れ添えなかっただろう。しかし、天上の恋愛の相手は、鏡子ではない。清子だ。死んだ歳のままで、白百合のような、永遠の処女の、清子だ。天上では、地上とは逆の理由で、鏡子に清子の代わりは務まらない。

ならば、いかにもまずい。今鏡子と手を繋いで、善光寺のお戒壇巡りを果たせば、永遠にまずい。おれは手を引っ込めようとした。ところが、鏡子はおれの手をしっかりと握り締めている。痛いほどしっかりとだ。

いや、鏡子が正しい。当り前だ。おれはなにを考えているのか。清子。それは二十年以上も前の、それも幻のような恋の相手ではないか。今を見ろ、現実を見ろ。おれは所帯を持って、子供も大勢いて、中年真っ盛りの男臭い男ではないか。そんなオヤジが、なんの戯言を。目の前にでんと構える、でっぷりと太った、存在感丸出しの女が、天がおれに与えた唯一の女性ではないか。解っている。あれもこれも、解っている。鏡子には迷惑ばかりをかけてきた。鏡子には感謝の念でいっぱいだ。

だけど、感謝と愛とは違う。おれは清子を忘れられない。これも本当だ。おれが恋をした女性は、清子だけだ。

おれが逡巡するうちに、蝋燭の光が見えて、「極楽の錠前」の前までやって来てしまった。この真上に秘仏の御本尊様がいらっしゃるのか。鏡子がおれの手を離して、「極楽の錠前」に触った。おれも自由になった手で、「極楽の錠前」にそっと触れた。これで、御本尊様と結縁の契りを果たした。これで、往生の際にはお迎えに来て戴ける。

しかし、清子にはなんて言おうか。天上で百年待つ清子に話す言葉が見つからない。

おれは頭がくらくらしたまま、ふたたび鏡子に手を引かれて、出口となる階段を上がった。上がり切ると、本堂だって薄暗いのに、その微光すら眩しかった。目が光に慣れてくると、目の前の柱に貼りつけてある小さな紙の文字が読めた。

「牛に引かれて善光寺」

そうだった。鏡子の干支は牛だった。おれは笑いがげっぷのように胃の辺りから込み上げて来た。牛がしゃべった。

「これで、あなたとわたしは『偕老同穴』ね」

「知らないぞ」

「あら、嬉しくないの?」

そんなことはないさ。でも、こんな迷信なんか――。おれは口ごもって最後まで言えなかった。

そのまま本堂を出ると、二人並んで門前町をふらふらと歩いた。

「あなた、綿飴よ」

鏡子はそう叫ぶと、綿飴を買って、舐め始めた。

「呑気だな」

牛は呑気だ。でも、この鏡子の呑気さに、今まで幾たび救われた人生だろうか。その半面、鏡子は小刀細工も得意だ。鏡子の小刀細工に、どれだけ苦しめられた毎日だったろうか。

「鏡子は、わからん」

おれは鏡子の口元が綿飴を齧り取る様子を見つめながら、思わずにやにやと笑った。

「あっ、夏目先生」

「えっ」

パナマ帽の若い男に、いきなり声を掛けられた。注視すると、その男の顔に、朝日新聞の社内で、挨拶された記憶が蘇って来た。夏目先生、松崎天民ですよ。男が名乗った。

「夏目先生、にこにこと嬉しそうに笑って、こんな所で何をしているんですか」

「講演に来たのさ。おまえこそ、なんで善光寺くんだりを歩いているんだ」

松崎はおれの質問には答えずに、鏡子に目を遣った。

「こちらの妙齢のご婦人は」

「愚妻だ」

「ああ。この方があの有名な、漱石夫人ですか。こりゃあ、どうも。松崎です」

松崎はパナマ帽を脱いで、鏡子に頭を下げた。鏡子もぺこりとお辞儀を返し、そのあとで笑顔を作りながら首を傾げた。

「私が有名ですか。いったい、どう有名なの」

「いや、その、もちろん、賢夫人として」

まだ三十代前半の松崎天民は、新聞記者のくせに、嘘をつくのが下手だった。鏡子はぷっと怒って、先に歩き出してしまった。

「奥方を怒らせたかな」

「これを記事にはするなよ」

ところが、後日間もなく、松崎天民は自分の連載紀行文の中で、次のような文章を認めたのだった。

「善光寺の門前で白チョッキに麦藁帽で、細君を連れてにこにこやってくる人がある。誰が笑っているのかと思ったら夏目漱石だった」

おれはその記事を鏡子に見せながら、それ見ろと叫んだ。

「それ見ろ、こう書かれると、みっともよくないだろう。女房を講演旅行に連れて行くなどは、愚の骨頂だ」

「どうも解せんな。のぼさんも、今観ただろ。おれはちゃんとお戒壇巡りをしたじゃないか。それなのに、なんでお迎えが秘仏の御本尊様ではないんだ」

「なに、似たような尊い者が迎えに来ただろうが」

「のぼさんが、か」

「有難いだろう」

「ふざけるな。だいいち、お戒壇巡りの、どこが悪いのだ」

金ちゃんは上がったり下がったりしながら、のぼさんに食ってかかった。でも、のぼさんは微動だにしないで、落ち着き払った声で答えた。

「おまいだって、解っているだろうが」

「なにが」

「自分で悩んでいたじゃないか」

のぼさんの話だと、金ちゃんは鏡子夫人と善光寺のお戒壇巡りを完遂して、「偕老同穴」の契りを結んでしまった。しかし、清子とも「天上の恋」を誓い合っている。ここが大問題なのだと言う。

「この二枚舌の、びんだれ男が」

のぼさんはそう怒鳴って、全身を真っ赤に染めた。

「びんだれ?」

「そうじゃい。びんだれじゃい。きちんとしていないんだよ。いったい、どう解決するんじゃい。これを解決せんと、金ちゃんは天上に入れんぞな。もちろん、陸奥のお嬢とも逢えんし、逢わせられんぞな」

「そんな倫理をいきなり怒鳴られても」

金ちゃんはシュンと音を立てて縮み込んだ。

「善光寺のお戒壇巡りは、おれの意志じゃない。鏡子の強引さに負けたんだよ。牛に引かれて善光寺、って言うじゃないか」

「やな奴だな」

のぼさんは、真っ赤っ赤になった。相当頭に来たらしい。

「鏡子夫人のせいにするのか。おまいは男のクズだな。生前のおまいは、自我の強い、我執丸出しの、自己本位な男だったろ。それが三途の川を渡るや、善光寺では自分の意志は皆無でした、妻に従っただけです、と主張するのか」

「いや、まあ」

金ちゃんは益々小さくなった。声も聞き取れないほどの小声になった。

「確かに、善光寺では、鏡子と『偕老同穴』でもいいと思ったよ」

「ほらみろ」

「だってさ、修善寺の大患での、鏡子の献身的な看病が、おれにはそりゃあ骨身に沁みて有難かったからさ」

その言葉を聴くと、のぼさんは朱色になって、せせら笑った。

「ほう、そうかい。それを世間では、美しい夫婦愛って呼ぶんだぜ」

「なに、世間なんか知らん。おれの素直な気持を吐露したまでだ」

「開き直るな。じゃあ、陸奥のお嬢は、天上で百年だって待つ気の陸奥のお嬢は、どうするつもりだ」

のぼさんに怒りを帯びた口調で詰め寄られると、金ちゃんは再びシュンと音を立てて小さくなった。

「おれだって、清子さんと結ばれたかったさ」

「地上で、か」

「もちろんさ」

金ちゃんは応えているうちに、顔の辺りをくしゃくしゃにした。どうやら、泣き出したようだった。

「本音らしいな」

「そうさ。地上では誰だって、自分の運命を自分の力では変えられないもの」

「悟ったような言い廻しだな、『則天去私』とか呟くのか」

「なに、のぼさんだって、女には痛い目に遭って来ただろうが」

金ちゃんは『則天去私』には反応しないで反撃に出た。

「な、なにが」

「おれよりも、よっぽどひどい男じゃないか、きみは。それなのに、ちゃんと天上に入れたなんて、おかしいよ。変だよ。閻魔さまのえこひいきだよ。ずるいよ。不平等だよ」

「なにを言い出すか」

のぼさんは金ちゃんの周りを高速でぐるぐると回り始めた。

「のぼさん、覚えていないのか。おれが英国から戻って、きみの墓に初めて詣でた時だ。おれはきみの墓の前で、こう呟いただろう」

　淡き水の泡よ消えて何物をか蔵む　汝は嘗て三十六年の泡を有ちぬ　生けるその泡よ　愛ある泡なりき　信ある泡なりき　憎悪多き泡なりき　皮肉なる泡なりき
　罪業の風烈しく浮世を吹きまくりて愁人の夢を破るとき　随処に声ありて死々と叫ぶ　片月窓の隙より寒き光をもたらして曰く罪業の影ちらつきて定かならず　死の影は静なれども土臭し　今汝の影定かならず亦土臭し　汝は罪業と死とを合せ得たるものなり　霜白く空重き日なりき　我西土より帰りて始めて汝が墓門に入る　爾時汝が水の泡は既に化して一本の棒杭たり

「のぼさん本人だって、この呟きの真の意味が解っているだろう。〈罪業〉がなんだかさ」

「――」

のぼさんはなにも答えずに、ただ真っ青になって、金ちゃんの周りを飛び回った。

「のぼさん、おれは忘れられないよ。きみはおれなんかよりも、よっぽど男のクズだ」

「人聞きが悪いな」

のぼさんは朱色になって、浮き上がったり、沈み込んだりした。

「じゃあ、あれが本心だったかどうか、今度はのぼさんの番だ。のぼさんの恋愛もどきを覗かせろ」

「もどきと言うな」

のぼさんは朱色を濃くしながら舌打ちをした。

「いつの時代だって、覗かせてやるさ。ここから見るか」

四

「頼む、頼むよ」

あしは目頭に涙を浮かべると、掛け布団の中から痩せ細った右腕を伸ばして、金ちゃんの左手を握り締めた。

「金ちゃん。おまいにしか頼めないんだ」

「――」

金ちゃんはあしに左手を握られたまま、口を開かなかった。視線もあしからずらして、庭のへちまに向けた。簡易に作られた棚から、へちまの実が幾つもぶら下がっていて、絵のように動かなかった。

「な、頼むよ」

あしはそう繰り返し呟くと、握っていた右手に力を込めた。でも、金ちゃんは握られていた左手をすうっと引っ込めた。

「無理だ、おれにはできない」

「頼む。こんな依頼は、母上はもちろん、妹の律にだって口端にも出せない。二人とも女だし、二人ともまだあしに期待しているし、二人ともあしを尊敬すらしている」

「のぼさん、無理だよ。今のおれの身にもなってくれよ」

金ちゃんはいつにも増して甲高い声を張り上げた。

「おれの今夏の熊本からの上京は、妻の鏡子を伴っているのだぜ。しかも、鏡子は妊娠していた。ところが、さっきも話したとおり、三日間もの汽車の長旅がいけなかったのだろうな。鏡子は東京に着いたら即流産だ。今鏡子は自分を責めて半狂乱なんだ。おれの手には負えず、実家に預けて、鎌倉は材木座の大木伯爵の別荘に母親と転地療養している。おれは男だから顔にこそ出さないが、これでもやはり自分を責めている。せっかく授かった命をこの世に出してやることも出来ないで、永遠に消し去ってしまったのだからな」

「きっと陸奥のお嬢の呪いだな」

「なにを言うか」

金ちゃんは大声で怒鳴った。あしは鼻梁に小皺を何本も寄せて、にーっと笑った。あしの得意の笑い方だ。

「なあ、金ちゃん。女が呪ってくれるうちが、男も華さ」

「ふざけるな。おれと鏡子は夫婦だぞ。おれたちには生む意志があった。おれたちの第一子だぞ。自然に負けた、運命に負けた、仕方がない流産だったのだ。でも、のぼさんは違う。性欲に負けて、好きでもない女を孕ませて、その挙句がこの非人間的な頼みだ。妻が流産したばかりのおれに、きみの愛人の人工流産を手伝えってか」

「おまいは相変わらず、根っからの散文家だね。男女の問題なんて、そう単純に道理任せに言い尽くせるものでもないぞな」

あしはそう言うと、嘆息して、またにーっと笑った。

「じゃあ、韻文家ののぼさんは、この結果を、どう韻を踏んで、どう複雑怪奇な感情として、どう捕らえているのだ。言ってみろ」

「金ちゃん、そうカリカリするなって」

「なに、のぼさんがおれの神経を逆撫でするからだろう」

悪かった。あしは今度は素直に呟くと、金ちゃんの目をじっと見つめた。

「あしだって、本当は生ませたいさ」

「本心か」

「もちろんさ」

あしは思わず涙ぐんでしまった。

そうか。金ちゃんは腕組みをしたまま、顔を下に向けた。

「仕方がない」

「引き受けてくれるか」

「――」

金ちゃんは顔を上げて、あしを鋭い目でじっと見詰めた。

「菅虎雄に頼んでやる。あいつの縁戚は医者ばかりだからな」

あとで、菅虎雄にこの顚末を聴いた。菅虎雄はへ、ちまを大阪に連れて行って、そこで処置を施したと言う。


「のぼさん、なんか言ってみろ」

「ボンヤリ流産、か」

「なにが、ボンヤリさ」

金ちゃんは真っ赤になって、のぼさんの周りをぐるぐると回った。

「仕方がなかったんだ」

のぼさんは少し縮み込んで、小さな声で応えた。

「なにが、仕方がないだ」

「でもな、金ちゃん。あしの事情も解ってくれよ」

明治三十年も四月の暦をめくり落すまでは、あしは仕事に精力的に取り組んだ。と言うよりも、仕事中しか、途方もない痛みと近づいた死を、自分の中でごまかせないのだった。

たとえば、世間ではまだお屠蘇気分の正月の二日から、『明治二十九年の俳諧』を「日本」に掲載し、三月二十一日に至って、ようやっと完結させた。

また新体詩に押韻を踏む詩作を始めた。あしは各行の最後の一字だけを韻とする方法を好んだ。そして、この押韻のために、自分で「韻さぐり」一巻を作成した。やるとなると、不治の病だろうが、貧乏だろうが、失恋だろうが、気が済むまでとことんやる。これが正岡子規、あしである。

さらに、小説『花枕』を草して、四月になると、それを「新小説」に発表した。あしの小説で、一般の文芸誌に掲載された作品は、この『花枕』一篇だけである。

しかし、五月はいけない。五月はあしにとって厄月である。一昨年、去年、そして今年、この明治三十年の五月も病状が悪化した。とりわけ、今年の五月は最悪だった。

遡ること二月に、腰痛がきつくなり、筋肉も腫れたので、その月の十九日には佐藤三吉医師に来診を願った。そして、三月二十七日に腰部の手術を受けた。佐藤医師の話だと、一ヵ月半もすると、また腫れて来るから、そのときは再手術を施す段取りだった。ところが、なんとその日の夜には、もう腫れて来た。

「体にメスまで入れたのに」

あしは、手術を許諾した自分が恨めしかった。日本の近代医学を買被っていた。この心を虚子に手紙で訴えた。

少くとも寝返りだけは自由ならんとたしかめ居候ひしが右の次第にてそれも叶はず失望致候。小生のこそ誠に病膏肓に入りしもの、どんな事したとて直るはずはなけれどそこは凡夫のこと故もしやよくはなりはしまいかと思ふこともことに浅ましき限りに候

このように、自分の死に関しては敏感にならざるを得ない病状だった。そこで、虚子への三月二十八日付けの手紙には、はたして次のような文章を遺してしまった。

『花屋日記』を取り出し見たるところ読むに従ひて涙とゞまらず、殊に去来が状を見たるその場より立ちて急ぎ来り芭蕉と対面の場に至り嗚咽不能読、少し咽喉をいため申し候

『花屋日記』とは、松尾芭蕉の死時の日記である。またこうも吐露してしまった。

小生神戸入院以後涙もろくて病床にある時も傍に人なき折は時々泪を浮べ申候、古白を想い出したる時など多く候。『花屋日記』をよめばいつにても少し泣き居候へどもこの度の如く咽のいたくなり候事は無之候

小生は感情の上にては百年も二百年も生きられるやうに思ひ居候故に病気のために遠大の事業をやめるなど申すことは無之候。

しかし道理の上よりは明日にも死ぬるかと存候。涙もろきも衰弱の結果にして死期の近づきたるものと断定致候。但いくら道理で断定しても自分は明日や明後日にはとても死ぬ事などは思いもよらずと存候。

感情が正しきか道理が正しきかといはばいふまでもなく道理正しく候。それにもかゝはらず感情が正しきやうに思ふは即ち凡夫たる所以に候。人間が凡夫でなかったら楽もへちまもあったものではなく候。

それでも、四月下旬には二度目の手術を行い、その直後の五月三日に熊本の金ちゃんへ手紙を書いて「再度の手術再度の疲労一寸先は黒闇々」と、その病苦を訴えた。

「小生の病気には快復といふことなく、やられる度に歩を進めるばかり故、この度も一層衰弱しまた前日の小生にあらず」

この二度目の手術を境に、あしは回復の希望を断念した。

そして、厄月の五月も末になると、あしは三十九度以上の熱が四、五日も続いて一行に下がらない。筆硯を廃するどころではなく、医者も「重態」だと宣告し、さすがのあしも「先ず小生覚えてよりこれほどの苦みなし」と呟き洩らすようになった。いわゆる危篤状態である。

松山では極堂らが協議して、誰かを看護のために上京させようとしたが、手の抜ける人が皆無だったので、実現はされなかった。在京の知友門下は相次いで見舞い、交代して病床に侍する約束を交した。しかし、この知友門下の看護にも限界があったので、叔父の加藤拓川の援助で、六月三日に赤十字社の看護婦である、加藤はま子が付けられた。その一週間後の六月十日から十五日までの看護日記が残っている。そして、この辺りからあしは奇跡的に快方に向かい始め、この看護日記は幸いに『花屋日記』と同色に染まらずに済んだ。

病来殆ど手紙を認めたることなし。今朝無聊軽快に任せくり事申上候。けだし病床にありては親など近くして心弱きことも申されねばかへって千里外の貴兄に向って思ふ事もらし候

これは看護日記が付けられなくなった六月十六日付けの、金ちゃんへの長い手紙の始まりの部分である。結びには次の二句を記した。

余命いくばくかある夜短し
障子あけて病間あり薔薇を見る

そして、六月二十八日になった。あしは虚子に手紙を書いた。

秋山米国へ行く由聞きしところ、昨夜小生もまた渡行に決したることを夢に見たり。元気いまだ消磨せず、身体老いたり。一噱

秋山とは、後に日本海海戦の名参謀で知られる、いやさらに後年『坂の上の雲』で名高くなる、秋山真之のことで、あしとは松山の幼少時代からの親友であった。そして、不治の病のあしの目には、身体剛健な幼馴染が海を越えて日本のために大活躍する勇姿が気高く映し出された。そこへ行くと、自分は寝返りを打つのも苦痛な醜い姿だった。幼馴染のアメリカへの雄飛と自身の「病状六尺」の雌伏の毎日。この二つを、どう交差させたらいいのだろうか。いったいあしは、海外に飛び出してお国のために働きたい男である。それが病を押しての日清戦争従軍記者にならしめた。結果、戦地で体を壊し、神戸の病院に長期入院せざるを得なくなり、病故の短命を決定づけてしまう。

「ああ、病躯の自分は取り残される」

真之が米国留学して将来を約束される男ならば、あしが根岸で一人焦燥感を強めても、いっこうに非人情ではあるまい。

では、このような最悪の時期に、なぜ奇跡的に快方に向かったのか。

「おい、ちょっと来てくれ」

あしはへちまを呼んだ。へちまは拓川の叔父が付けてくれた、赤十字社の十九歳の看護婦、加

藤はま子だ。言うまでもなく、へちまはあしが勝手に名付けた俳号である。胴のくびれと、その下のお尻のでっかさが、どこか庭のへちまに似ていて、愛くるしい。

「尿瓶ですか」

へちまは部屋に入って来ると、足元に置いてある尿瓶に手を伸ばした。

「違う」

あしは怒りを帯びた声で否定した。

「机に向かって、言ったとおりに書いてくれ」

「わたしにはできません。律さまがお帰りになられるまで、お待ちください」

へちまはそう言うと、立ち上がって、部屋を出て行こうとした。なに、へちまはあしの家に来る前から、趣味で俳句を捻っていた。それどころか、へちまの祖父は加藤慶篤《よしあつ》という下総の関宿の医者で、六角亭という俳号を持っていた。家には亀田鵬斎が泊まって書面や絵画を残したり、幕末の頃には藤田東湖が泊まり込んだりしている。へちまがあしの看病を承諾したのも、きっとそのような家柄から、俳人のあしにわずかな関心を持ったからだろう。

「いいから黙って書き留めてくれ。昨夜、秋山が帰った後に、思いついた句だ。短いから」

「幼子と変わらない手ですよ」

へちまはあしに背を向けると、机の前に正座した。あしは病で正座ができない。そのあしが右膝を立てたままでも机に向かえるように、机の右側の部分が中に向かってくり抜いてある。

「少しだけ墨を刷ってくれ。少しでいい」

へちまは言われたとおりに、硯に二、三滴の水を垂らして、墨を磨り始めた。

「墨はもういい。脇の細筆を手に取って、あしの言葉どおりに、書いてくれ」

へちまが筆を取るのを見て、あしは小さな声で呟き始めた。

送秋山真之米国行

君を送りて　思ふことあり　蚊帳に泣く

「蚊帳に泣く」と下の句を言葉にしたときに、あしはつい不覚を取った。淡々と詠むつもりだったのに、自分の感情を抑え切れないで、声が震えてしまったのだ。昨夜と同じだった。また涙がこぼれ始めた。へちまの面前だ。あしは涙をこらえようとした。泣き顔を他人に、それも若い女性に見られたくはなかった。へちまの背を盗み見た。

ところが、へちまは机上の紙に目を落としてはいなかった。振り返って、あしを見つめていた。

あしは蒲団に横たわったまま、みっともなく泣いている。

「見るな」

あしは怒鳴りつけたつもりだったが、声がかすれて出なかった。

「見ないでくれ」

今度は小さいが声になった。

「あにさん」

へちまが律のようにあしを呼んで、枕元に近づいて来た。その両目からは、やはり涙がこぼれ落ちていた。なんて心優しい娘なのだ。心優しいから看護婦になったのか。それとも、看護婦だから、心優しいのか。看護婦だから、あしが重篤な病人だと、米国どころか庭にさえ独力では下りられない、言い換えれば、大海は渡れなくても、もうじきあの世にはあっさりと渡ってしまう、可哀想な病人だと熟知しているからなのか。あしは泣き顔のまま、へちまの右手を掴んで、蒲団の中に引きずり込んだ。死の恐怖を忘れるには、肉の快楽しかない。

「あにさん。いけません。だめです」

しかし、あしは言葉を返さず、嗚咽だけを繰り返していた。

「母上さまか律さまが、いつお帰りになられるか……」

へちまはそう小声で洩らしたが、その言葉に断固拒絶の色合いは感じられなかった。へちまはあしを可哀想だと同情している。

「可哀想だって？　ふざけるな」

あしは心が荒れた。可哀想は軽蔑と同じだ。あしは腹の底から怒りが込み上げてきた。すると、肉体の芯から不思議な力が湧き出して来た。痛くて寝返りも打てないはずなのに、へちまの体を組み敷いて、覆い被さっていった。

「ほら、あしのどこがいけないんだよ」

のぼさんは金ちゃんに向かって胸を張った。

「むりやりでも、性欲に溺れたのでも、ないだろ」

「そうかな。のぼさんはもちろん、相手のへちまにだって、男女の愛が見えないじゃないか」

「なにを言うか。へちまはあしに惚れていたよ」

のぼさんは鼻梁に小皺を寄せて、にーっと笑った。

「惚れているものか。泣いているのぼさんを見て、可哀想だと思っただけさ」

「そう、へちまはあしを可哀想だと思ったのさ」

「可哀想だっていう感情は、軽蔑したっていう道理だろ」

自分でそう言ったじゃないか。金ちゃんは、のぼさんに詰め寄った。しかし、のぼさんは色も変えずに落ち着き払って答えた。

「なに、可哀想だた惚れたって事よ」


「のぼさん、きみの性欲について、とやかく言うつもりはないんだぜ」

金ちゃんは自分を立て直して、話を原点に戻した。のぼさんはそれを聞くと、また鼻梁に小皺を寄せて、にーっと笑った。

「あったりまえだよ。金ちゃんなんか『三四郎』を書いている時に、あしが金ちゃんの胸の中で、さっきの言葉を呟いたら、それを無断でパクッただろ」

「な、なんのことさ」

「あしがモデルだと聞く、与次郎に言わせたじゃないか。「可哀想だた惚れたって事よ」ってさ」

「そうだったっけな」

「ヨモダを言うな。いずれにしろ、へちまのお蔭で、こちとら生きる張り合いができたってものさ。なにせ、危篤から立ち直ったんだからな。へちまは立派だぜ。ナイチンゲールにも比肩する、看護婦中の看護婦だ」

「でもな、のぼさん。きみの場合、自分が生き返ったけれど、一つの命を抹殺したではないか」

金ちゃんは胸の奥底から後悔していた。のぼさんに懇願されて、結局人工流産の片棒を担いだ行為を。後の金ちゃんが『夢十夜』の「第三夜」を書いたり、自分が親になっても「父母未生以前の罪」を意識したりするのも、この懺悔のためだ。

「堕胎罪だぞ。堕胎罪は厳格な取締り対象だったじゃないか。それなのに、教育者のおれに手伝わせたくせにさ」

「じゃあ、へちまに生めと言えるのか」

のぼさんは大声を張り上げた。

「――」

金ちゃんは口を噤んだ。

「それに、あの時、金ちゃんに懇願しただろ。養子として引き取って、育ててくれって。流産した第一子の身代わりにさ」

「そんな無茶を、鏡子に言えるわけがないだろ」

「そうだろう。だからさ、あと何年何月何日生きられるか判らない男が、自分に惚れた女に子を生ませて、どう責任が取れるのだい」

　水の月　物かたまらで　流れけり
　手のものを　取落しけり　水の月

「あの時、こう詠んだあしの気持が解るかい」

「のぼさんは、勝手だよ」

金ちゃんは朱色に染まって、のぼさんの目の前を飛び回った。

「なに、金ちゃんは生涯をまっとうしただろ。文学者として名も挙げただろ。そして、好きでもない女に、子どもを何人も産ませたんだよな。そんな奴に、あしの気持が解るかよ」

「好きでもない女、って――」

金ちゃんは、続くはずの言葉を飲み込んだ。ただのぼさんの上に舞い上がったり、下に沈み込んだりした。

「本当は、あしだって、へちまにあしの子どもを生ませたかったよ。あしの種をこの世に残したかったよ。あがいな病躯でなかったらさ」

「――」

金ちゃんは、もう何も答えられなかった。

「それとも、あといくばくかの命なのに、女と睦み合うなんてけしからんと吼えるのかい」

「もう、いいよ」

金ちゃんは小さな声で応えると、こう付け足した。

「のぼさんは、志半ばで夭折した。でも、のぼさんにも、恋にきらめいた刹那があった。同衾してくれた素人の女も居た。そう思えば、なにやらほっとするよ。あれもこれも許せるよ」

「なにが同衾だ。上から目線だな、偉そうに。だいいち、同衾なんて文学者が使う言葉かよ。やはり、おまいは高踏派の畜生だ」

のぼさんはそう言うと、大きな舌打ちをした。しかし、金ちゃんも文学的な一件では負けてはいなかった。

「高踏派の畜生でけっこう。日本自然主義の露悪趣味よりかは、よっぽどまともだぜ」

「なに、あしだって、元より日本自然主義ではないさ。でもな、こっちに来ても、人間よりも花鳥風月の方が好きじゃけん」

と言って、あしを人間嫌いの孤独な人生を送った奴だと思うなよ。のぼさんは胸の中で付け足した。解っているよ。金ちゃんも胸の中で応じた。

「きみの好みは万葉調だろうが。写生文の筆法だろうが。いわゆる日本自然主義ではない。おれが軽蔑しているのは、人間の醜い面を描けば、それが自然主義だと言う、ただの露出狂が描く私小説だ」

「いいよ、もう。青臭い文学論は」

「ああ。じゃあ、訊くがな、へちまと桜餅屋の娘が、両人とも天上に来たら、きみはどうするんだい。どっちの女を選ぶんだ」

「——」

たちまち、のぼさんは真っ赤に染まって、口を噤んだ。金ちゃんはしめたと思った。痛い箇所を突いてやった。我ながら見事なカウンターパンチだ。のぼさんはなんて答えるのだろうか。そののぼさんの答えを、さっき自分が突きつけられた詰問の答えにそのまま流用すればいい。

「桜餅屋の娘って、お陸《ろく》のことか」

「ああ、確かそんな名前だった」

「ばかだな、おまいは」

のぼさんは声を出して笑い始めた。

なんの脅しかと思ったよ。あしとお陸とは、確かにけっこううまく行っていたよ。お陸があまりに長い時間二階に来て、あしと話すものだから、階下で母親が心配してね、大声を出して呼び戻すんだよ。お陸には、俳句の手ほどきもしたな。男女の関係？　さあてね、あったかも知れないよ。従弟の古白や再従兄の三並良と一緒に合宿生活を始めたのに、彼らは嫉妬して途中で出て行ったからな。でも、お陸は明治天皇の馬術師範の家に嫁に行ったよ。あしは肺病病みだからな。カッコ悪くも、結果はあしの片思いさ。

それにしても、お陸か。久しぶりにお陸の顔が目に浮かぶね。懐かしいやね。店の名前は月香楼だったな。ここの桜餅は大振りでね、桜の葉を塩水に漬けるのが秘匿の味さ。月香楼はべっぴんの家系でね。そこの娘だよ、お陸は。

　でもね、片思いした女ならば、長良川沿いの茶店で見染めた「丸顔に眼涼しく色黒き女」の「松本わく」だって忘れてはいかん。「わく女」は背が高く、肉付きのいい女だった。むしゃぶりつきたくなる女だ。その後、「わく女」は千葉の市川に来て、茶屋の女中奉公をしていた。しかし、美人の誉れが高いだろ、すぐに当地の医師越沼弥之助に望まれて後妻に入った。だからこれも、カッコ悪くも、あしの片想いだ。

　また、奈良の都の旅籠・対山楼で、夜更けに幾つもの御所柿を剥いてくれた、若く美しい下女だって居るぜ。この下女は釣鐘の音が一つボーンと耳に届いたら、「おや、初夜が鳴る」と呟くんだ。「初夜が鳴る」だぞ。いい言葉だろ。あしは背筋がぞくっとしたさ。どこの寺の鐘かと訊いたら、すぐ近くの東大寺の大釣鐘が初夜を打つ音だと応える。そこで二人で部屋の外の板間に出て、中障子を静かに開けてみた。すると、たちまち月の光が忍び込んで来て、あしたち二人の身体を包み込むんだ。確かに、東大寺はあしの頭の上に当たっていた。近い。でも、句を創るときに、東大寺では音がイマイチだ。こう創り変えた。

　　柿食えば鐘が鳴るなり法隆寺

　この若く美しい下女は「とよさん」と言う。月ヶ瀬の生まれだと言う。「桜の吉野、梅の月ヶ瀬」の月ヶ瀬だ。あしは「とよさん」を「梅の精霊」に違いないと確信した。

夢に美人来たれり曰く梅の精と

でも、この「とよさん」だって、大阪は天王寺寺岡町のお茶屋に嫁した。これまた、カッコ悪くも、あしの片想いだな。


のぼさんは話し終わると、鼻梁に小皺を寄せて、にーっと笑った。

「いやなことを思い出させたな」

金ちゃんはしゅんと縮まった。

「いや、愉快さ。おまいは長い結婚生活を送ったのに、相変わらず、女を知らん」

のぼさんはにーっと笑ったまま、金ちゃんに片目を瞑ってみせた。

「いいかい、女だって彼岸へ来たら、彼岸の付き合いさ。生前の自分に懸想を掛けて来た男の所へ、いちいち挨拶に行くもんか。そんな義理がたい気持ちを抱いたら、体が、いや魂が幾つあったって間に合わないよ」

「そうかな。のぼさんは、あの時、おれにこう言ったのだぜ。恋ってさ、相手の人生を愛する行為だぜ、って」

「そうさ」

のぼさんは、またしても鼻梁に小皺を寄せて、にーっと笑った。

「なに、へちまはあしの死後、ちゃんと所帯を持って、姓も稲毛と変わって、十人もの子供をぽこぽこと産んだんだ。しかも、高名な女流俳人として、へちまの名を後世に残した――」

「嘘つき！　あれもこれも、嘘だろ。人工流産させた愛人は、本当に加藤はま子だったのか？」

五

「そう言えば、明治二十五年の春だったよな。あしが金ちゃんの実家を訪ねたのは」

「覚えてないな」

「あのときは笑ったね」

のぼさんは『詩人に嫁す』と呟くと、声を立てて笑った。金ちゃんは思い当たったのか、ぷっと膨らんで、のぼさんに体当たりを試みた。

「失敬な奴だ」

「なに、金ちゃんが純情だったたって証拠さ」

のぼさんは金ちゃんの部屋に初めて入って、和机の上に写真立てが飾ってあるのを見つけた。

「なんと、なんと、女の写真じゃないか。こいつは誰だ」

「見るな」

金ちゃんは大声を張り上げると、机上からその写真立てをひったくって、胸に抱きかかえた。

のぼさんは鼻梁に小皺を寄せて、にーっと笑った。

「もう見たよ。見たって、減るもんじゃない。誰だ」

「新橋の芸者、おゑんだ」

「嘘つき！　芸者なものか。洋装じゃないか」

金ちゃんはなにも応えなかった。

「どこかの御令嬢だろ」

「おゑん、だって」

「その女が、銀杏返しか」

「うるさい」

「丸顔でエラが張っている」

のぼさんはこう言うと、首を傾げた。

「亡くなった兄嫁の登世さんに、エラの張り方が似ていないか」

「似てないさ」

金ちゃんは急に声の調子を落とした。

「でも、丸顔で健康そうな御令嬢ではないか」

「いや、身体はか細い。兄嫁のように、早くに死にそうだ」

のぼさんは話の方向に戸惑って、慰撫する言葉を口にした。

「そんな予測はやめるさ」

「なに、こういう死にそうな女が、おれは好みなのだ」

「好みなのか」

のぼさんは声を上げて笑い出した。

「そう言えば、金ちゃんは、清流に流されるオフェリアが、好きだったっけ」

「そうだ」

「でもさ、死にそうな御令嬢なんて、居るものかは」

「ここに居る」

金ちゃんはそう言い放つと、ぼそっと付け足した。

「なんか目の輝きが似ているんだ。そっくりだ」

「兄嫁にか」

「ああ」

「金ちゃんは、女に対しては山出しだからな」

「だから、なんだ」

「どうせ、その御令嬢の母親に、芸者上りの母親に、手を焼いているんだろ」

「そうでもないさ」

金ちゃんは落ち着いて答えた。でも、のぼさんは首を傾げて、話の矛先を変えた。

「いったいどこで撮った写真だ？　日本の写真館ではないだろ」

「ワシントンだ。チャールズ・ミルトンベルという、アメリカでも高名な写真家が、ガラス版で母娘を撮影したうちの一枚だそうだ」

「どっちにしろ、御令嬢はお年頃じゃないか。そこかしこから、縁談話が持ち込まれているだろ。それも我々では太刀打ちできないような、公家や大臣や博士の家筋からさ」

「まあね」

「金ちゃん、負けるなよ」

のぼさんは金ちゃんに片目を瞑ってみせた。

「どうしたものか。清子は一人娘だからな。兄貴は二人居るけれど、先妻の子で別腹だ」

「まずいじゃないか。三年前に発布された大日本帝国憲法では、長男しか遺産にありつけないぞ。ましてや、先妻に長男が居たら、後妻は当然ないがしろにされる」

「ああ。母上は、その辺も計算づくだ。性悪の見栄坊だからな。周囲に小刀細工を施しながら、娘の結婚話を進めている」

「相手は誰だい」

「うむ、」

金ちゃんは続く言葉を飲み込んで口元を歪めた。

「帝国大学の英文学士よりも出世しそうな輩なのか」

「外交官の内田だ」

内田康哉か。のぼさんはそう呟くと、かっかと笑った。

「やめとけ、金ちゃん。かないっこないぜ」

「どうしてさ」

金ちゃんはむっとして、のぼさんを睨みつけた。

「外交官にはかなわんぜ」

「そりゃあ、内田は英語がぺらぺらだ。でもな、英語がぺらぺらなどは、イギリスやアメリカへ行けば、就学前の子どもだってぺらぺらと話す。自慢にもならん」

「金ちゃん、言うね」

のぼさんは声を出して笑った。金ちゃんは胸の中でチッと舌打ちをした。じつは「就学前の子どもだって」は、金ちゃんの言葉ではない。陸奥宗光閣下が、初対面の時に、金ちゃんが英文学専攻だと知って、投げつけて来た言い草だった。

「ところが、おっとどっこいさ。おれは同じ英語でも文学だ。イギリスやアメリカでも、就学前の子供や馭者に文学は語れないぜ」

「そんな屁理屈はどうでもいいのさ」

「身分が違うってか」

「まさか。ただな、相手は外交官だろ。知っているか。外交官は徴兵が免除だぞ。芸者上がりの性悪の見栄坊な母親がさ、自分の後半生を戦死するかも知れない娘婿に託すかね」

金ちゃんは唖然とした。

「考えもしなかった」

「そうだろ。しかも、外交官ならば、カミソリ大臣の部下で、将来は外務大臣だって約束されているさ。これは無敵艦隊だぞ」

のぼさんは「恋敵が外交官ねえ」とダメを押すと、西洋人のように両肩をすくめた。

「日本人が、そんな真似をするな」

金ちゃんが怒鳴ると、のぼさんはにーっと笑って、目の前の机上から筆と紙を取り上げた。

「外交官なんて、西洋人と同じだぞ。やたら女に手が早い」

題漱石書屋壁上所貼阿艶小照

誰摸穠艶筆伝神　誰か摸せる穠艶　筆神を伝ふ。
半面鏡中別有春　半面鏡中　別に春あり。
可恨海棠紅一朶　恨むべし　海棠の紅一朶、
東風昨夜嫁高官　東風　昨夜　高官に嫁す。

「とっととあきらめな。どうせ外交官夫人さ」

「ふざけるな。『高官』を『詩人』に変えろ！」

長い夢だった。夢の中で、とうに死んだはずの正岡子規が迎えに来て、おれの恋を冷やかした。天上の恋愛を取るか、地上の婚姻を取るか。この決意をしないままでは死ねない。死んではいけない。今死んで、のぼさんに責められるのは御免だ。いや、清子には逢いたい。百年待つ気の清子に一刻も早く逢いたい。でも、鏡子も彼岸に来たら、おれは二人の間でどうしたらいいのか。鶏が鳴く前に、天邪鬼に騙される前に、あの世に行く前に、なんとか、今、決心しなくては——。

「死ぬと困るから」

思わず、こう呟いて、瞼を開けた。すると、主治医の真淵嘉一郎先生が看護婦と共に、吾輩の顔を覗き込んでいた。

まだ生きている。おれは急いで決意をしなくてはいけない。天上の恋愛を選ぶか。地上の婚姻を取るか。清子を選ぶか、鏡子を取るか。

またうとうととまどろんで、自分が死んだ後のこの世を夢見た。翌日の朝日新聞に比較的大きな死亡記事が掲載される。その中に真淵嘉一郎医師の談話も載っている。漱石が容態の悪化したときに「死ぬと困るから」と口走ったと言うのだ。まあ、事実である。しかし、これを読んだ、「木曜会」に参加している林原耕三が、朝日新聞に断固抗議を申し出た。

「夏目先生が本当に口走ったのか」

夏目先生は最後の「木曜会」で、「則天去私」を語った。その「則天去私」の思想と、「死ぬと困るから」がまるでそぐわない。これは夏目先生の名誉を毀損する、とんでもない捏造記事ではないのか。

林原はそう言ってカンカンに怒るのだった。

「でも、」

おれは、朦朧として来た頭の中で考える。

「則天去私」は、三代目柳家小さんの語り口がヒントだ。たとえば、小さんのやる太鼓持ちは、小さんを離れた太鼓持ちなのだ。つまり、小さんは単に役になりきるだけではなく、演じている間はその役を演じている自分が消える。役が主体になる。これが「則天去私」だ。とりわけ、小さんが演じる「うどんや」は、「則天去私」をそのまま具現している。

小説を書くときも、小さんの「則天去私」で書きたい。主人公や登場人物から、執筆者の自分を消す。『明暗』ではこれを実行したつもりだったが、なにせ未完のまま、死の床に臥してしまった。後世に「則天去私」がちゃんと伝わるかが気掛りだ。とりわけ、林原の怒りを耳にすると、暗澹たる気持に陥る。

いや、そんなことも、もうどうでもいい。この世に残った輩で適当にやってくれ。

また意識が戻った。未だこの世に魂があるようだ。あの世ののぼさんに「しわい奴」「無粋な奴」と、また一笑にふされそうだ。江戸っ子のおれが、なんで松山の田舎侍に冷やかされるのか。

しかし、あの世に行く前に、のぼさんから提出された宿題を片付けなくてはいけない。

天上の恋愛か、地上の婚姻か。

瞼を上げると、キヨの顔が迫って来そうだ。いや、キヨではない。鏡子だ。いや、違う、違う。清子、か。清子は、キヨコではない。サヤコだ。

何を言っているのか。自分でも訳が解らなくなって来た。

このまま目を瞑って、明治二十四年の七月に帰って行こう。あそこから、もう一度「森の中」を歩き直す。そうすれば、自ずと「真面目な」生来のおれに、父母未生以前のおれに、戻れるに違いない。

天上の恋愛か、地上の婚姻か――。

白紙のおれならば、あっちへ行く前に、きちんとした倫理的な結論が出せるだろう。

了

漱石、「最少人数の最小幸福」と口走る

一

「やっと、来たか」

のぼさんの声だった。金ちゃんが瞼を開けると、のぼさんは人の姿ではなくて、勾玉の形になっていた。金ちゃんはいつもの甲高い声で応えた。

「これはいったい、この世の夢か、あの世の現実か」

「あの世だな」

勾玉が鼻梁に小皺を寄せて、にーっと笑った。この笑いが出ると、生前から碌でもない結果が付いて来る。

「金ちゃん、心を決めたか」

「心を決める？」

金ちゃんは縮み込んで、小さな声を絞り出した。

「そうさ。天上の恋愛か、地上の婚姻か。陸奥のお嬢か鏡子夫人か。清子かキヨか。いったい、

どっちの女に心を決めたのさ」

「いや、それは――」

金ちゃんは声を震わせながら、ますます小さな塊になった。

「ちっ、」

のぼさんが、これまた得意の舌打ちをした。

「相変わらずの、ヨモクレだな」

「なに、無責任じゃないさ。二人の婦人の心を慮ってさ」

とっさに言い訳を試みた。しかし、のぼさんにあれこれと突っ込まれそうだった。これだからこそ、さっき、つい「死ぬと困るから」と呟いてしまったのだ。金ちゃんは、胸の中で生前の最期の一情景を思い浮かべて、目に涙を浮かべた。

「金ちゃんは、ばかだ」

のぼさんは厳しい口調で言い放った。『こころ』の「先生」が「K」にぶつけた言い回しだった。

「おれは、ばかだ。恋愛なんか、ばかしかしない」

「開き直ったな」

「開き直るもなにも、どうせこっちでは胸の内すら隠せないんだろ。彼岸なんて不便なもんだ」

金ちゃんの言葉を聴いて、のぼさんは声を立てて大笑いをした。

「こっちでは、胸の内を隠す必要がないからさ」

「そんなものかな」

金ちゃんは全身を真っ赤に染めた。そこでやっと自分も勾玉になっていると気がついた。

「そんなになんでも開けっぴろげじゃあ、文学も、恋愛も、成り立たないじゃないか」

金ちゃんはまじめな口調でそろりと反撃に出た。胸の内を隠匿できないなんて、まったく反近代的だ。親に言えない秘密ができて初めて自我の確立だし、墓場まで持って行く秘密を抱えて初めて恋愛の襞も解る大人になったってもんだ。しかし、この思いも見透かされていた。のぼさんが穏やかに呟いた。

「金ちゃん。近代的自我に固執しなさんな」

「仕方がないだろ、恋愛成立には、お互いの近代的自我の確立が絶対条件だ。それに、おれは明治の日本の文学者だ」

「なに、明治より頭の中の方が広い。頭の中より……」

のぼさんが言葉を区切って、そっと金ちゃんを見ると、ちゃんと耳を傾けている。『三四郎』のもじりなのに。のぼさんは思わず苦笑して言葉を続けた。

「頭の中よりこっちの世界の方が広い。いや、広いだけではない。永遠に長い。囚われちゃ駄目だ。ちっぽけな近代的自我などは、ぽいっと捨てちまえ」

「とっくに、捨てているさ。則天去私の心境だ」

「死ぬと困るから、な」

のぼさんはにーっと意地悪そうに笑った。

「あれは、違う。誤解だよ」

金ちゃんはすぐに言い返したが、全身が真っ赤に染まっていた。

「じゃあ、近代的自我の確立が絶対条件だとか言い張る、陸奥のお嬢との恋愛にもおさらばしたのか」

「いや、なに――」

金ちゃんは大きくへこんで、もうぐうの音も出なかった。

「かまんことよ」

のぼさんは、また鼻梁に小皺を寄せて、にーっと笑った。

「もうこっちにやって来たのだ。永久に時間はあるさ。色々と思い出して、それから心を決めるさ」

のぼさんは大きく息を吐き出すと、ふたたび人を小ばかにしたような笑いを唇の端に浮べた。

金ちゃんはその表情を見て、つい口走った。

「心なんか決めるものかは」

「そうかい。陸奥のお嬢に逢いたくないのか」

「逢いたいさ。とっとと逢わせろ」

金ちゃんは懇願するような、恫喝するような、不思議な言い方をした。しかし、のぼさんにはどこ吹く風だった。

「金ちゃんは、生前から自我に固執して、自分勝手なヨモクレだったからな」

「のぼさんに言われたくはないさ」

金ちゃんはのぼさんの周りを高速で一回転した。

「なに、金ちゃんの身勝手さは、あしの比ではないよ」

今度はのぼさんが金ちゃんの周囲を素早く一回りした。

「覚えているかい。二人で京都に遊んだだろう」

「そんな旅もあったかな」

「あったさ。金ちゃんが陸奥のお嬢とよろしくやっていた時期だ」

のぼさんはみたび鼻梁に小皺を寄せて、にーっと笑った。

「よろしくだなんて、妙な言い回しをするなよ。人が耳にしたら変な場面を思い浮かべる」

「なに、人ではなくて、鏡子夫人だろうが」

「おちょくるな」

金ちゃんはふたたび真っ赤になって、その場で高速回転した。のぼさんが穏やかな口調で話題を変えた。

「その後で、おまいは一人岡山に回って、そこで親戚中の鼻摘まみになるような、それこそ、いなげな振る舞いをしたじゃないか」

「いなげな、って」

「変な、だ」

「いや、あれは」

「解っているって。金ちゃんの、あがいなヨモクレタ行動だって、本当は陸奥のお嬢を愛するがためだろ」

のぼさんは「ほらよ、あの夏だ」と言い放つと、金ちゃんの心に明治二十五年の暑中休暇を直接入力し始めた。

二

京都では麩屋町の柊屋という旅館に泊まった。夜になっても、この街は蒸し暑い。おれはのぼさんと連れ立って、涼みがてらに街中をぶらぶらした。すると、所々の軒下に大きな小田原提灯がぶら下がっていた。その中に、赤い肉太な字で「ぜんざい」と書いてある貧相な店を見つけた。

「下品だな」

おれは怒りを込めて呟いた。頭の中では、陸奥邸の西欧風な清楚な照明が光り輝いていた。この街の下品さは、夏目家のお下劣な前時代的な装飾と、どこか奥底で通じている。

「えっ、なにがげさくなのさ」

のぼさんはびっくりしたように素っ頓狂な声を張り上げた。

「げさく?・」

今度はおれが甲高い声で訊き直した。のぼさんがチッと舌を鳴らしてから応えた。

「下品、って意味だ」

「そうか。ふん、げさくな街だ」

「おい、京の都が、か」

「ああ」

おれが頷くと、のぼさんはさも呆れたというふうに呟いた。

「まいったなあ。ここは、幽婉な都、京都だぜ」

「だから、なんだい」

おれが吐き捨てるように言うと、のぼさんは両肩をすくめた。

「金ちゃんは、いつから欧化政策者に化けたんだい」

「おれが欧化政策者?」

「そうさ。英文科の学生を通り越して、欧化崇拝主義者だよ」

陸奥の大将に感化され過ぎだぜ。のぼさんはそう言いながら、あしがおまいを洗脳し直してやると、露店で夏みかんを買って来た。

「ほら、思い出したかい」

二人で夏みかんを齧りながら、先斗町辺りを歩いたじゃないか。アジア風に、カッコよく、薄皮や種をぷいぷいと道端に吐き捨てながらさ。

「ああ、剥いた皮だって、そこら辺に放り投げていたものな」

金ちゃんは口端を歪めて、おれたちも十分に若くて、十二分に田舎もんで、この上なく「げさく」だったなと呟いた。

「なに、あしは粋だったさ。おまいだけが、田舎もんで、下品、げさくだったのさ」

「それにしても、小田原提灯に赤い肉太な字で、『ぜんざい』はないぜ」

「そうかな」

のぼさんは首を傾げた。金ちゃんは胸を張って答えた。

「そうさ。ぜんざいなんてな、関西では『善哉』って書くんだろ。善き哉なんて、人知れずこっそりと言ったり食ったりするものさ」

二人で人通りの多い街を行くうちに、いつしか幅一間ほどの小路に紛れ込んだ。すると、左右に並んだ家の覗き窓から、派手な化粧の女たちが艶やかな声を掛けて来た。

「なんだ、こいつらは」

おれは振り返って、のぼさんに訊いてみた。その女たちが何者なのか、おれは知らなかったのだ。すると、のぼさんは事もなげに答えてくれた。

「妓楼や」

「えっ」

たちまち、おれは両方の眉を眉間に寄せた。

「おい、金ちゃん。なんてダライ顔をするんだい」

「ダライ」の意味は解らなかった。でも、どうせおれの顔つきを咎めたのだろう。構うもんか。おれは顰めっ面のまま、吐き捨てるように言い放った。

「なんて下品極まりない街なんだ。仕方がない、こうしてやる」

おれは一間幅の小路を目分量で中央から等分して、その等分した線の上を綱渡りのように不偏不党に歩き始めた。

おれは今にも泣き出しそうだった。のぼさんはそんなおれを見て、せせら笑いを浮べた。おれはその顔が憎らしくて、重ねて言い放ったものだ。

「なんで笑うのさ。商売女に制服の裾を捕まえられたら、一大事じゃないか」

でも、のぼさんは鷹揚にこう答えた。

「別にかまんぞな。気に入った女が居たら、いらうて行こうよ」

「いらう?」

「もてあそぶ、だ」

「冗談じゃない」

おれは真剣に怒った。でも、今思えば、のぼさんはおれを挑発していただけかも知れない。

「金ちゃん。おまいはようけ恋愛をしてきたんかい? 女遊びは? 粋な伊達男のふりは? いずれも未経験やろ? そげなら妓楼相手はおもっしょい機会や。いらうて行こうよ」

「ふざけんな」

「金ちゃん、なにかっかしとるん。ちょっと病的な潔癖症やね。ふうがわるいよ」

「帰る」

「そがいに、妓楼が怖いんか？」

のぼさんの挑発は終わらない。

「怖いもんか」

「そう、なんちゃないよ。京の都で筆下ろしもかまんやろ」

のぼさんはおれをけしかける。おれはのぼさんを睨みつけた。

「伊予弁はやめろ」

「金ちゃん、恐い顔をして、伊予弁に八つ当たりはあかんよ。今のおまいの顔ったら、運慶が彫った仁王のようだぜ」

「仁王でも薫るでもいいさ。断る。おれは金で女を買ったりはしない」

「ほう。金ちゃん、ご立派やね。陸奥のお嬢に、操を立てとるんかい」

「まさか」

そう答えながら、おれは自分の頬にもみじが散ったのを感じた。

「嘘が下手だな」

「嘘なものか」

「へっ、こがいなげさくな場所で、こがいなげさくな妓楼相手に筆下ろしをしたら、清廉潔白な陸奥のお嬢に、合わす顔が、いや合わす体が、なくなるんやろ」

「お下劣だな」

おれはのぼさんの顔から、ぷいと目を反らした。

「図星やったろ」

のぼさんは人差し指でおれの頬を指差しながらせせら笑った。おれは彼の目を睨みつけてやった。するとと、彼は鼻梁に小皺を寄せてにーっと笑った。

「陸奥のお嬢を、そんなに好きか」

「なんとでも言え」

おれはのぼさんの顔に吐き捨てるように言ってやった。

「早く宿に戻って、一っ風呂浴びたいだけさ」


「この二つの逸話の、どこが自分勝手なのさ」

金ちゃんはぷっと膨らんで、のぼさんに体当たりを試みた。

「それに、女を金で買うなんて、おれは彼岸でもごめんだぜ」

「じゃあ、金ちゃん。この後の岡山での、ヨモダな行為はどう言い訳するんだい」

「ヨモダな行為？　ヨモダって、なんだっけ？」

「ふざけた、だ」

三

この明治二十五年の暑中休暇は、おれの人生の中で、最も生きる喜びに溢れた夏だった。のぼさんと京都で別れた後、おれは岡山の片岡家に出向いた。片岡家は次兄臼井栄之助の妻かつの実家だった。おれは顰め面を作ると、初対面のかつの老父片岡機《はずみ》に制服の膝を折って、挨拶として四角張った口上を述べた。そして、土産に持参した銚子織りの木綿の反物に、これでもかと水引までかけて、恭しく差し出した。ところがである。このとき、おれはとんでもない失策をやらかしてしまった。この反物に「粗品」と記すべきなのに、「贈呈」と書いてしまったのだ。金ちゃんは帝大生でお勉強はできるだろうけれど、世間知らずの書生っぽだね。片岡家では後年に至っても、「あの大文豪も若いときにはね」と笑い合ったそうである。

じつは、片岡家滞在中に、おれはもう一つ後年まで語り草になる、決定的な大失敗をやらかした。それは岡山地方に台風の影響で大雨が降ったときだ。西の大川と呼ばれる、児島湾に注ぐ旭川が氾濫した。すると、あっという間だった。旭川の黒い泥水が、河畔の片岡家にまで押し寄せて来た。たちまち、床上五尺の高さにまで達して、さらに水嵩が増す勢いだった。

「たいへんだあ」

おれはいつもの甲高い声で、鶴のように、いや豚のようにか、一声叫んだ。そして、自分の柳行李に、東京から持参した本を素早く放り込んだ。逃げなければ。こんな田舎で死んでたまるか。東京では清子が待っている。おれは柳行李をさっと肩に担いで、逸早く県庁のある小高い丘に駆け上がった。

おれの見立ては正しかった。おれは県庁の一室で、無事に一夜を明かした。

ところが、片岡家の人々は、金ちゃんが流されてしまったのでは、と心配したらしい。みな胸が締め付けられて、寝ずの一晩を過ごしたと言う。さらに夜明け近くになって、東の大川と呼ばれる、やはり児島湾に注ぐ吉井川までが氾濫した。気がつくと、兄嫁のかつが、土蔵の二階に取り残されていた。かつはおれを真っ先に、そしていつまでも探し回っていたからだった。

「助けて、助けてえ」

かつは恥も外聞もなく、金切り声をあげながら、両腕をちぎれんばかりに振り回した。

結果、かつは危機一髪でなんとか救助された。だが、一年半後の師走に、肺病のために三十二歳の若さで早世している。人の運命なんて、本当に人智を超えている。地上の凡夫には、さっぱり見当のつかないものだ。

さて、翌日の昼を過ぎると、やっと大雨が治まった。おれは丘から降りて、片岡家と親交のある財産家光藤亀吉の離れ座敷に厄介になった。ここは至って静かで、本を読んだり、手紙を書いたりする日課には、もってこいの部屋だった。大雨騒動で遅れた予定を取り戻さないと。おれは一心不乱に読書に励んだ。

「自分勝手も、この域まで来ると、小さんだね。名人が極っている」

のぼさんが鼻梁に小皺を寄せてにーっと笑った。

「その笑い方は、やめてくれないか」

金ちゃんは再び全身を真っ赤に染めて抗議をした。

「台風で勉強が遅れたのだから、仕方がないじゃないか」

「そうさ、仕方がないさ。そう言い切る金ちゃんが、ヨモクレって後ろ指を指されるんだ。しかも、こげな金ちゃんが励んでいた勉強とやらだって、どう見ても学問とは言えない、たかが勉学だよ」

「学問も勉学も、同じじゃないか」

「なに、学問は世のため、人のために励むものさ。勉学は自分のためにするものだ」

のぼさんは青く涼しい色になって続けた。

「金ちゃんは自分が博士になりたいだけだったろ」

「いや、博士になんか——」

「そうかな。なんとか博士になって、陸奥のお嬢の母親に認めてもらいたかったんだろ」

のぼさんはまた鼻梁に小皺を寄せてにーっと笑った。


八日目になると、片岡家の部屋も大方は片付いたと聞いて、おれは再び片岡家にお世話になりに戻った。しかし、当前の成り行きだが、片岡の細君にはさんざんに嫌味を言われた。

「金ちゃんたら、片付けの手伝いもしないのだから」

「本当に自分勝手な人だ」

「それなのに、人に心配ばかりさせて」

「でもまあ、生きていてくれてよかったけれど」

おれは指摘されるまでもなく、元より「自己本位」の我執男である。世の中へ出て人と付き合って行くのは大の苦手だ。しかも、とりわけ今夏は自分の未来が大切である。なぜか。清子が存在するからだ。台風ごときで、田舎の川が溢れたごときで、勉学を怠って未来を台無しにするわけにはいかない。清子との結婚の条件は、「博士」である。「博士」は「芸者上りの性悪の見栄坊」な母親が、おれの喉元に突き付けた刃だ。

「夏目さん。きっと博士になって下さいね。そうでないと、とうてい差し上げられないわ。清子がどのようにご返事しようとも」

おれは芸者上りの母親の魂胆を見抜いている。陸奥閣下の遺産は、法律ですべてを長男が継承する。しかも、清子の母親は後妻で、この長男とは血が繋がっていない。といって、今現在は、この長男も育ての母親に心から感謝している。でも、近い将来において、この長男が嫁でもとれば、その嫁とその実家が義母にどのような態度に出るかは不明である。すると、清子の母が信頼できるのは、血が繋がっている我が子だけである。しかし、我が子の清子は女である。経済力がない。将来も見込めない。このため、清子の母は、夫亡き後の自分の晩年を、清子の結婚相手の男に頼らざるを得ない。

「博士になって下さいね」

清子の母親は、おれと内田康哉を天秤に掛けている。内田康哉は外交官だ。陸奥閣下の推しもあれば、将来の外務大臣も夢ではない。おれは博士になって、ようやっと結婚レースのスタートラインにつけるのだ。

だから、正確に言えば、おれを「自己本位」と決めつけるのは間違いだ。おれは「二人本位」、いや「三人本位」か。

いずれにしろ、恋は人を身勝手にする。恋は剣呑だ。恋は罪悪だ。恋は——。


「金ちゃんったら、自分でも『我執男』だと解っているじゃないか」

のぼさんはくるくると回りながら、きれいな水色のままで卵型になった。

「勘弁だよ。のぼさんは何もかもお見通しだ。おれは清子の母親の御眼鏡に適いたかっただけなんだ」

金ちゃんは涙ぐんで、ピンク色の勾玉になった。

「それで、適ったのかい」

「皮肉るなよ。どうしても内田に負けたくなかったんだ」

「それで天下の愚行を、人として限度を超えた愚行を、身勝手に、剣呑に、罪悪なのに、やっちまったのか」

「博士になる、がそんなに罪悪か」

「違うさ」

「なんのことさ」

金ちゃんはピンク色のままで、のぼさんの前で上になったり下になったりした。

「徴兵回避だよ」

「あっ、それは――」

金ちゃんは絶句して、天を仰いだ。

「金ちゃんったら、うぶだからな。芸者上りの母親に、文字通り人生を狂わされたんだろうよ。まあ、よっぽど参ったと見えて、生涯に渡って、作品の中で、仇を取ろうとしたけれどね」

のぼさんはにやっと笑うと、金ちゃんに向かって、片っ方の瞼を開閉させてみせた。

「いったい、なんのことさ」

金ちゃんはピンク色を濃くして、のぼさんの前で激しく上下した。のぼさんは落ち着き払って、静かに語り出した。

「なに、『猫』の「鼻子」だけではないさ。『坊っちゃん』では悪役の「赤シャツ」に囲われている芸妓で登場させただろ。「小鈴」は亮子の新橋芸者時代の源氏名じゃないか。また『虞美人草』でも、嫌われ役で登場させた。初めは「謎の女」さ。後で「藤尾の母親」だと判る。この女は、陸奥のお嬢の母親と同様の境遇だ。後妻で、血の繋がった子どもは、娘の「藤尾」だけだ。彼女は娘の結婚相手を選ぶのに、自分の老後を賭けて、性悪の見栄坊になり下がる」

「のぼさん、もういいよ」

「よかない。面白い情景を見せてやるさ。この一年前の夏、金ちゃんが陸奥のお嬢と井上眼科で再会した直後からだ。いくら厚顔の金ちゃんでも、今度は顔にもみじが散るよ。それどころか、郵便ポストになるかもな」

のぼさんは鼻梁に小皺を寄せてにーっと笑うと、金ちゃんの頭の中に、今度は明治二十四年の夏を直接入力し始めた。

四

約束どおり、中村是公たちと四年ぶりに富士山に登った。前の日まで毎日富士見町の陸奥邸近辺から富士山を見上げていたが、きょうは逆に富士山の頂上から富士見町の方角を見下ろした。

「もう腹ぺこだあ」

山川信次郎が大声で吼えた。これを合図に、みんなで横に一列に並んで下界を見下ろしながら、各々が持参のお握りに齧りついた。

「てっぺんで食うと、旨いなあ」

「うん。大東京を俯瞰しながらの白米だ、たまらんね」

しかし、おれにはイマイチ物足りなかった。自分で結びを握ったのだが、自分の掌の匂いがして、鼻を背けたかった。やはり、弁当は竹の皮で包んだ海苔巻きが一番だ。それも兄嫁の登世が作ってくれた、あのぶっとい海苔巻きが。

「もう一度、登世の海苔巻を食いたいなあ」

それにしても、ここ富士山のてっぺんは、薄汚い地上よりも、天上に近いのだろうか。清廉潔白な兄嫁の登世が居る天上に近いのだろうか。

腹が満たされて来ると、誰もが自然と軽口を叩き始めた。

「イモ金は堅物過ぎるよ。天然堅物だ。女郎遊びも皆無だろ」

斎藤阿具がそう呟いて、おれをからかいの俎板に載せた。たちまち、おれの胸の中で、兄嫁の尊い姿がぶっ飛んだ。吉原だって。女郎だって。不潔だね。胸の中で、こう呟くと、そこに白百合の清純そのものの面影が宿った。ヘリオトロープの香りが鼻を打って、阿具の存在が消え去った。しかし、すぐに中村是公が阿具に追随した。

「女郎遊びどころじゃないぜ。イモ金はさ、女に惚れた経験だって皆無さ」

「そいつはまずいな。女を知らない奴に、文学を語る資格はないぞ」

山川信次郎がとどめをさすように言い放ったので、そこに居たみんながどっと笑った。山川は女が絡む話になると、目の色が変わる。

普段のおれならば、ただにやにやと笑って、この場をやり過ごしただろう。でも、きのうまで毎日、陸奥邸の前まで通っていた我が身だ。思わず口を滑らせてしまった。

「なに、いつどうやって結婚を申し込もうか、と只今思案中だ」

「なんだって」

中村是公が飛び上がらんばかりに叫んだ。斎藤阿具も大笑いしながら、食いついて来た。

「今、なんて言った？」

「ぼくの耳がおかしくなったのかな」

山川が仰け反りながら両耳を押さえて大笑いした。

「耳？　山川の場合は頭だろ」

誰かが混ぜ返した。山川が頭の後ろを掻いたので、またみんながどっと笑った。中村是公が嘆息した。

「イモ金がねえ。本当の話かよ、びっくりだなあ。それで相手は承諾しそうなのか」

「わからん」

「わからんって、相手はいったいどこの誰なのさ」

斎藤阿具が含み笑いをしながら訊いて来た。おれは答えるのをためらった。山川信次郎がおちゃらかした。

「堅物のイモ金のことだ、昨夜見た夢の話だろ。こんな夢を見た、そしたら夢精をしたとかいうオチじゃないの」

おれはむっとして、つい名前を吐露してしまった。

「陸奥のお嬢だ」

「なに、陸奥のお嬢って、あのカミソリ大臣のか」

「そうだ」

「母親は鹿鳴館の華だろう」

「ワシントン外交の華、でもあるぜ」

「そう、華だ、華」

「母親は、喰らいつきたくなるような、いい女だよなあ」

「元新橋芸者だっけな」

「そう。こかね、だ」

「当時、凌雲閣の美人番付があったら、こかねが東の横綱だな」

「うむ。あの女好きの陸奥閣下が、一目惚れして通い詰めて、ようやっと口説き落とした芸妓だものな」

「いやなに、陸奥閣下ならば、新橋芸者くらいはイチコロだよ」

「そうさな。閣下は顔の彫りも深いし、背丈も西洋人並みだからな」

級友たちは驚嘆の声を上げながら、それでも目は笑っていた。たちまち、おれはしまったと後悔をした。名前までばらしたのは、明らかに大失策だ。

「なにか可笑しいか?」

おれは少し気色ばんだ声を出した。

「可笑しいさ」

斎藤阿具がにやにやしながら応えた。

「カミソリ大臣と鹿鳴館の華との間の娘ならば、大変なべっぴんだぞ」

「知っているのか」

中村是公が両目を見開いた。斎藤阿具が胸を張って答えた。

「知っているもなにも、その娘ならば、うちの学校で知らない奴を探す方が難しい。是公だって知っているよ。ほら、隣の一橋高女の女学生で、いつも鷲鼻で背が高い白人女二人と一緒に居るお嬢だよ。我々の誰もがあのお嬢を狙っている。だけど、あまりのべっぴんだ。その上、鷲鼻の二人が始終くっついている。おまけに父親は坂本龍馬の弟分で、海援隊で鳴らした逸材だ。しかも、今はカミソリ大臣と呼ばれて、政府に有為な人材だ。我が国の不平等条約解消の切り札だ。これじゃ、誰も恐ろしくて付文なんか出来るものか」

「あっ、あの白人女二人付きのべっぴんか。あれが陸奥閣下の御令嬢か。自分も付文を考えたんだぜ。でも、確かに鷲鼻の二人を見てあきらめたよ。あの御令嬢に、あばた面の金ちゃんが立候補か。美女と野獣だな。家の格だって、大臣と平民だ。まいったな。月とすっぽん、王様と乞食、この図式を絵に描いたような、有り得ない組み合わせだぜ」

山川信次郎がそう囃し立てると、級友たちがまたどっと笑った。

「大臣閣下の御家筋の、まさしく深窓の御令嬢が、なにを好き好んで、町民であばた面の書生っぽを選ぶのかね」

今度は斎藤阿具が大きな声で駄目を押した。すると、他の級友たちは大笑いを続けながら口々に野次を飛ばした。イモ金、身の程を知れ。おまえ、鏡を覗いた記憶があるのか。カミソリの頭は切れるぞ。英語力だって、イモ金じゃ、彼の長い足の膝元にも及ばないぞ。その娘に下手にちよっかいを掛けてみろ、父親に本物のカミソリで、ピッと首を切られるぞ、ピッとな。

「きみたちが、そんなことを言うのなら、絶対に貰わない」

おれが叫ぶと、山川信次郎がすぐにばかやろうと怒鳴り返して来た。

「貰わないではなくて、貰えないだ。イモ金、英語は閣下に及ばないまでも、日本語くらいはちゃんと使用しろ」

「うるさい」

おれは短く怒鳴り返すと、下山するまで、誰とも口を利かなかった。もちろん、こんな級友たちの冷やかしは、自由恋愛を試みるおれへの単純な羨望や嫉妬からだろう。それは解っている。解っているけれども、どうにも許せない気分だった。おれは生まれて初めて、本気で女を好きになった。そのおれをからかうなんて、こいつらみんな豚に鼻を舐められて日常へ堕ちろ。

「金ちゃんは、すぐむきになるからな」

のぼさんが勾玉の形なのに、鼻梁に小皺を寄せてにーっと笑った。

「何が悪い。阿具も信次郎も、じつに怪しからん。軽薄鬼子もいいところだ」

「いや、金ちゃんだって、まだ兄嫁の四十九日も済んでいない時じゃないか。十分にふわふわしているよ」

五

九月になって、のぼさんが松山から戻って来た。のぼさんは哲学科をやめて、いよいよ国文科へ転科すると言う。彼は今年の五月頃から、郷里松山に居る後輩の高浜虚子と文通を始めていた。その虚子と今夏松山で毎日のように顔を合わせているうちに、国文科への転進を決意するに至ったらしい。

また今月の末日に、のぼさんの人生の師で恩人でもある陸羯南《くがかつなん》先生が、一年ばかり住んだ下谷区根岸金杉村167から、近所ではあるが上根岸町86番地に引越す予定となった。陸羯南先生は辣腕の新聞記者である。のぼさんから引越しの手伝いを頼まれたとき、おれは快く引き受けた。じつは、陸羯南先生の引越しの手伝いは二度目だった。でも、今回は純粋な手伝いの気持ちからだけではなかった。先生に教えを乞いたい件があった。それは言うまでもなく、今のおれの最大の関心事で、陸羯南先生の新居とはご近所でもある、陸奥宗光一家に関する四方山話だった。婚姻の申し込みに行くのに、敵情を知らなくては、初めから負け戦じゃないか。

「なんだ。金ちゃんは、引越しの純粋な手伝いではなかったのか」

「のぼさんだって、新聞社への就職願いだろう」

「ばか言うな」

のぼさんは大声を出すと、真っ赤になった。

「あしにとって、陸羯南先生は東京の父親だ。金ちゃんのような不純な動機はこれっぽっちもない。一緒くたにするな」

陸羯南先生は、確かに気鋭の新聞記者だ。のぼさんは心から先生を尊敬している。先生はたとえ相手が大臣でも、横暴な権力者だと見做したら、指の間にペンを挟んで突っかかって行く。でも、人間の弱さも知っている。市井の名もない者に対しては限りなく心優しい。たとえば、病弱なのぼさんに暖かい視線を送って、金銭的にもなにかと援助してくれる。

おれが陸羯南先生の前で、「清子」に百年の恋をしていると吐露すれば、先生は必ずや陸奥家の白も黒も教えてくれるに違いない。また父親の陸奥宗光が堕落した政治家であるならば、歯に衣を着せないで、具体的な付き合い方、たとえば駆け落ちとかを教唆してくれるだろう。いや、あんな奴の娘と付き合うのはよせ、と一刀両断に断ち切るかも知れない。もちろん、父親がどんなに腐っていると言われても、おれの「清子」に対する思いは、今も、百年後も不変だが。

陸羯南先生の引越しは、この前と同じで、あっと言う間に終わってしまった。有名な辣腕記者なのに、呆気にとられるほど財産私物がない。のぼさんに言わせれば、真の新聞記者だからこそ、私有財産が乏しいのだそうである。

「清貧こそが真実を暴けるのだぜ」

「じゃあ、のぼさんも、すでに立派な辣腕記者だね」

「やな奴だな、金ちゃんは」

いずれにしろ、陸羯南先生における財産と知識雑学の量は反比例している。財布は三食賄うのがやっとくらいに薄い。しかし、頭は学究的な新学説から近所の噂話の類まで、凄まじく（という形容が最適なほど）分厚かった。

「陸先生。陸奥宗光閣下のご自宅は、どちらなのでしょうか。麻布の富士見町の官舎なのか、すぐそこの根岸の洋館なのか」

おれが問うと、陸羯南先生は間髪いれずに答えてくれた。

「官舎だ」

「そこの根岸の洋館は、」

「客の接待用だな。三井財閥から提供された」

えっ、三井は家を一軒贈呈しちゃうんですか。おれは思わず素っ頓狂な声を張り上げた。

「なあに、三井財閥から陸奥農商務大臣への、いわゆる賄賂さ」

陸羯南先生はカイザル髭の先を右手の指先で捻り揚げながら、にやりと笑った。

「今気がついたよ」

金ちゃんが水色になって、にこっと笑った。

「なにを」

のぼさんは、金ちゃんの笑いに少したじろいだ。でも、なんでたじろいたのか、のぼさん自身にも解らなかった。

「陸羯南先生って、カイザル髭の先を捻りながら、にやっと笑うだろう」

「ああ」

「あの笑いって、のぼさんが鼻梁に小皺を寄せてにーっと笑うのと、まったく同じ種類の笑いだったたな」

「なんだ、そんな話か」

のぼさんはなぜかほっとして、金ちゃんの前で上になったり下になったりした。

「光栄だね。あしの笑いと先生の笑いに共通点があったなんて」

「いや、自分でも解っているだろう。頭の中に別の思惑があるときの、隠微な笑いだ」

金ちゃんは少し赤くなって答えた。すると、のぼさんは得意な笑いを浮べて、金ちゃんの周りをくるっと一回りした。

「あしも、先生も、仮面を被っていないと、やっていけないのさ」

ここ根岸の陸奥宅には、家族は誰も寝泊りをしていない。一人娘の「清子」がここでピアノを弾いたのならば、それは父親から頼まれて、誰か客の接待だったのだろう。陸羯南先生はカイザル髭の先を指先で捻り揚げながらにやりと笑った。

「たぶん、伊藤博文公あたりが来て、密談していたのだろうよ」

しかし、父親の陸奥宗光は、人間的にもなかなか偉い男だそうだ。三週間ほど前に、衆議院議員を辞めて、農商務大臣に専念すると決意表明をしたと言う。

「なに、この程度の立身出世では、本来終わらない人物だよ」

同じ根岸村だからね。地縁で多少は贔屓かな。陸羯南先生は、そう言い放って笑ったが、もちろん贔屓ではないだろう。

以下は、この時に陸羯南先生が教示してくれた、陸奥家の内部情報（？）である。

陸奥宗光は、弘化元（一八四四）年七月七日生まれで、今年四十七歳である。彼の父親は紀州藩士伊達宗広で、国学者、歴史家としても著名だとか。父親はまた紀州藩の財政を再建した重臣でもあった（後に『趣味の遺伝』や『坊ちゃん』などで、おれがしばしば紀州藩を使ったのは、このとき以来の陸奥家との因縁からである）。宗光もこの父親の影響で、尊皇攘夷思想を持つに至った。しかし、宗光が八歳のときに、父親が藩内の政争に敗れて失脚し、一家は困苦と窮乏の生活を余儀なくされた。

この影響で宗光は、安政五（一八五八）年十四歳の時に江戸に出て、安井息軒や水本成美に学び、坂本龍馬、桂小五郎、伊藤俊輔（博文）などの志士と交友を持った。文久三（一八六三）年十九歳の時には、勝海舟の神戸海軍操練所に入るが、勝海舟からは「命も賭けない、軽い奴だ」と侮蔑されてしまう。宗光が戦闘を嫌って、談合をよしとする、平和外交絶対主義者だったからである。

しかし、兄貴格の坂本龍馬は、この点でも陸奥を大いに評価して、彼の弁護に回っていた。そこで、龍馬が海援隊を結成すると、陸奥は一も二もなくこれに加わった。海援隊では、坂本龍馬が陸奥の頭の良さと平和外交絶対主義に関して、仲間にこうぶち上げた。

「二本差を腰に差さなくても、食っていけるのは、俺と陸奥だけだ」

一方、陸奥も龍馬をこう絶讃している。

「その融通変化の才に富める、彼の右に出るものあらざりき。自由自在な人物、大空を翔る奔馬だ」

陸奥は坂本龍馬が暗殺されると、大した証拠もないのに、同郷の紀州藩士、三浦休太郎を暗殺の黒幕だと決めつける。そして、海援隊の同志十五人に呼び掛けて、三浦が滞在する天満屋を襲撃してしまう。

陸奥は普段冷静で非暴力をモットーにしている。だから、周りは陸奥の天満屋襲撃には、たいそうびっくりした。まあ、陸奥を弁護すれば、ここまで情熱的に龍馬を敬愛していた証と言えるか。

明治維新後は兵庫県令、神奈川県令などを歴任したが、薩長藩閥政府の現状に憤激して、野に下ったりもした。なまじ実力があるから、縁故・同郷重視の薩長政治の生ぬるさには耐えられなかったのだろう。

これ故に、陸奥閣下は他者への評価も実力主義だぞ。夏目くんの人間としての実力を認めれば、愛娘との結婚も、あっさりと許可するかも知れん。閣下は家柄とか資産とか、そんな本人以外の力量には拘らんよ。たとえば奥方にしても、先妻も後妻も芸者上りなのが、その確たる証拠だ。

「金ちゃん、チャンスがあるじゃないか」

のぼさんが膝を打ちながら叫んだ。おれは少し頬を染めて呟いた。

「なるほど。閣下は、もしかしたら自由恋愛の大先輩だね」


さて、陸奥は野に下っている最中の明治五（一八七二）年に、先妻の蓮子夫人が病死した。この夫人もさっき言ったように元は大阪の難波新地の芸妓だったが、吹田という姓を持っていたから、やはり没落士族の娘だな。この夫人を失って、かねてより目をつけていた、新橋柏屋の芸妓こかね、漢字では小鈴とか小兼とか書くのだが、このこかね、言い換えれば現夫人の亮子と翌年再婚している。結果、前妻との間に二人の息子、後添えの亮子夫人との間に一人娘を儲けた。つまり、夏目くんがよれよれになっている深窓の御令嬢は、亮子との間に生まれた、今年で満十八歳になる一人娘というわけだ。


「十八か。番茶も出花だね」

のぼさんが横から文字通りの茶々を入れて、にーっと笑った。

「正岡くん。陸奥閣下の御令嬢だぞ、番茶に譬えたらいかんだろ」

陸羯南先生はわっはっはと声を立てて笑った。

「先生。番茶でも、玉露でも、好きなものは好きじゃけん」

のぼさんはおれに顔を向けて、一瞬にーっと笑うと、続けて陸羯南先生と声を揃えて笑い合った。でも、おれは笑う気にはなれなかった。陸奥閣下が立派な人物ならば立派な人物ほど、おれと「清子」とは、遠く隔たってしまう。級友たちが富士山山頂で、おれを囃し立てたとおり、月とスッポンの間柄で固定されてしまう。

いや、そうではない。清子が深窓の御令嬢で十八歳ならば、それこそ婚姻の話が、雨後の筍のように湧き出ているだろう。不釣合云々なんて考えている暇はない、求婚を急げ。そうでないと取り返しのつかない結末に陥る。

さて、陸奥宗光の話の続きだが。陸羯南先生はそう呟いて、笑うのを止めると、一回咳払いをした。まるで演説慣れした弁士のようだ。

明治八（一八七五）年になると、大阪会議で政府と民権派が妥協した結果、元老院が設置された。陸奥閣下はその議官となって、ふたたび表舞台に登場した。

その二年後の、明治十（一八七七）年の西南戦争の際に、土佐立志社の大江卓、林有造らが政府転覆を謀った。が、このとき陸奥閣下が土佐派と連絡を取り合っていた事実が、翌年発覚して、除族の上、禁錮五年の実刑を受けるに及んだ。山形監獄や宮城監獄に服役するが、彼は大物政治犯として、町中を出歩くことも許されていた。そこで両刑務所時代に、それぞれ別の女に子供を孕ませた、との豪傑話も耳に入っている。

「金ちゃん。君が心を寄せた少女は、本当に本妻の娘なのか。それとも、刑務所で外腹に産ませて、本宅で引き取っている薄倖のご令嬢なのか。ちゃんと、確かめたかい」

のぼさんは、そう言い放って、また大笑いをした。しかし、おれは唇を噛んで、顔を強張らせた。

「わるい、わるい。冗談だ。でもさ、本妻の娘でも、外腹の娘でも、金ちゃんはどちらでも構わんだろう」

「答えるまでもないさ」

「そうだろうよ」

すると、陸羯南先生が続けて断定した。

「今、陸奥家には、先妻と後妻の二人の妻が生んだ、三人の子しか居ないよ」

でもさ、とのぼさんは懲りずに混ぜ返した。

「この分だと、陸奥宗光の女癖のあくどさは、相当なもんだぜ。メリケン仕込みの、背が高い、なかなかの美男子だしな。まずいぞ。ジャの道はヘビで、自分の一人娘に言い寄る男には、きっと採点が厳しいぞ。女にウブな、童貞の金ちゃんで、大丈夫かね」

「いや、閣下は女癖に難がある、ただの遊び人ではない。監獄に居たときだって、女を孕ませただけじゃないんだ。イギリスの功利主義哲学者ベンサムの『道徳及び立法の諸原理序説』という分厚い本を翻訳している。こういうところが、ただの助平親爺の伊藤俊輔、後の博文とは違う」

「監獄で、女遊びをしただけでもスゴイのにな」

のぼさんがさも感心したように嘆息した。

「そうさな」

そして、陸奥閣下は明治十六（一八八三）年の年明け早々に、特赦によって出獄すると、すぐにこの翻訳原稿を『利学正宗』の名で上下本に分けて出版した。山東直砥が出版人で、その主題は「最大多数の最大幸福」だと謳い上げている。これはそのまま、陸奥閣下の政治テーマでもあり、彼の人生テーマでもある。

「最大多数の最大幸福、ですか」

おれは思わずその言葉をなぞった。

「うん。それにだな、」

陸奥閣下が輸入したこの思想は、大隈重信も興味を示して、賛同している。しかも、伊藤俊輔が支持するシュタイン説のドイツ流立憲政治、これはビスマルクが応用、とさほど大差はない。ただ、この二つの思想を我が国で実践しようとすると、大きな開きが生じてしまう。天皇の権限の扱いが違うんだ。欧米に王は居ても、王よりも上の皇は不在だからな。しかも、伊藤俊輔は鉄拳宰相ビスマルクの政治手法を真似て、反対勢力には「飴と鞭」で弾圧まで行おうとする。これは困ったものだぜ。陸奥閣下や大隈は眉を顰めておる。

「だから、夏目くん。もしきみが陸奥閣下と対面する日が来たら、この言葉を忘れてはいかんぞ」

「最大多数の最大幸福、ですね」

「そうだ」

また陸奥閣下は彼の秀でた語学力を買われて、さらに伊藤俊輔の勧めもあって、出獄の翌年にはヨーロッパに留学した。これは実際には、閣下と薩長政府との冷却期間を意味する訪欧だったがな。

「陸奥閣下は、そのような語学力をどこで身につけたのですか」

おれは不思議に思って訊いてみた。すると、陸羯南先生は、いともあっさりと答えてくれた。

「龍馬の海援隊だよ。何度も海外に行って、英語で貿易をしているうちにだ」


閣下は明治十九（一八八六）年二月に帰国すると、十月には外務省に出仕した。明治二十一（一八八八）年には駐米公使となり、同年メキシコ公使も兼務した。すると、メキシコ合衆国との間に、我が国初の平等条約である、日墨修好通商条約を締結するという快挙を成し遂げた。これは陸奥閣下のお手柄として、一般国民にも有名な逸話だろう。

明治二十三（一八九〇）年、つまり去年の一月に米国から帰国すると、五月には農商務大臣に就任して、今に至っているわけだ。しかし、陸奥閣下は外交畑で力を発揮する男だ。さっきも言ったとおり、英語に長けていて、刀を振り回すよりも、談合、交渉が得意だからな。いずれまた外務省に戻って大活躍をするに違いない。陸奥閣下は農商務大臣では終わらないよ。だいいち、我が国は今現在でも、十五ヶ国もの諸外国と不平等条約を結ばされている。しかし、陸奥閣下が外務大臣に就けば、これらをすべて、あっと言う間に平等条約に改正できるだろうよ。陸奥閣下にはそれくらいの実力がある。多少女癖が悪くても、伊藤俊輔みたいな犯罪性はないし、いずれにしろ我が国にはなくてはならない、外交畑の、大きな柱だ。

さて、後妻の亮子だが、彼女は没落士族の金田氏と江戸妻との間に生まれた末の娘だ。

「金田、とは珍しい姓ですね。特にお侍では」

おれがそう言うと、のぼさんがまたおちゃらかした。

「金だ！　金だ！　金だ！　と性悪で見栄坊の母上かもよ」

「まさか。維新前は武士の娘だぜ」

「なに、江戸妻の娘だ」

のぼさんはにーっと笑うと付け足した。

「しかも、亮子は後妻で、自分が産んだのは娘が一人だろう。先妻が長男を産んでいるから、この母上には閣下の遺産が一銭も入らない」

「娘の婿殿が、大事だな」

陸羯南先生も、ぼそっと呟いた。

「金ちゃんは、この時のあしの戯言から、『猫』で寒月くんの恋人の母親を描いただろう。母親が苦沙弥先生宅に、寒月くんの将来を訊きに来た場面だよ。その姓を亮子の旧姓の『金田』にして、その母親自身にも「鹿鳴館の華」「ワシントン外交の華」ならぬ、鼻が大きいから『鼻』、『鼻子』と、肉体的特徴を嘲笑う蔑称で呼び捨てたものな」

のぼさんはそう言うと、声を出してカッカッと笑った。

「もういいじゃないか」

金ちゃんはピンク色に染まって、少しだけ縮み込んだ。

「いやあ、この母親を『芸者上りの性悪の見栄坊』と言い捨てたり、『虞美人草』では、藤尾の母親役に当てて、自分の老後の心配から娘の結婚相手をあれこれと比較する「謎の女」にしたり、金ちゃん、腹に据えかねて、色々と自作で憂さを晴らしているじゃないか」

「忘れたよ」

さっきも話したが、亮子は明治の初めに新橋の柏屋の芸妓になって、小鈴《こかね》または小兼《こかね》の源氏名で通した。美人芸妓揃いの新橋の花柳界でも一、二を争う美貌と評判だったが、男嫌いでも知られており、身持ちも堅かったと聞いている。陸奥閣下の前妻が明治五年に亡くなると、翌年十七歳で陸奥閣下に見初められて後妻に入った。先妻も芸妓出身だから、その身分に問題はなかったが、なにせ先妻の遺した男の子が二人いて、それを十七歳の亮子が育てるのだからな。並大抵ではない苦労もあっただろう。亮子自身も一人娘を生んでいるから、我が子と先妻の子らとを差別しないために、逆に我が子には辛く当たったようだ。そして、亮子は先妻の男の子二人には女中のように気を遣ったり、頭が腐りかけている姑には看護婦のように優しく世話をしたり、陸奥閣下が投獄されている間は主人のように一家を守ったりと、それこそ八面六臂《はちめんろっぴ》の大活躍で、明治の妻として非の打ち所がない女性を演じてきた。

しかも、陸奥閣下は出獄した後、さっきも話したようにヨーロッパに留学する。そして、帰国するや、政府に出仕する。すると、時代は欧化政策一辺倒だから、亮子は社交界入りを余儀なくされて、たちまち「鹿鳴館の華」と囃されるようになる。たとえば、イギリス領事館の書記官であるアーネスト・サトウなどは、数年前に日光で避暑をしていたときに見かけて、「美人で涼しい目と、素晴らしい眉だ。ワンダフル！」と人目も憚らず絶讃した。欧米人の男にも、ちやほやされる顔立ちという訳だ。

近年、駐米公使になった陸奥閣下と一緒に渡米してからは、「ワシントン社交界の華」「駐米日本公使館の華」と持て囃されたのは知っての通りだ。しかも、日本の小説、これは滝沢馬琴の『南総里見八犬伝』だが、この長篇のあらすじを英訳して、江戸の勧善懲悪の文化をそれとなくアメリカに紹介している。あれだけの美貌に、この聡明さも持ち合わせているから、それはどこに出たって「華！」「華！」「華！」とちやほやされるさ。

でも、本人の亮子は、そんな評判を「華」にも、いや「鼻」にも引っ掛けていない。むしろ、華々しい世界を嫌って、楽屋で裏方に徹したい女性だとの風聞だ。とりわけ、鹿鳴館で亮子と共に「華」と謳われた、戸田極子の事件が起こってからは、益々表舞台に立つことを嫌ったようだ。

「戸田極子の事件って、なんですか」

おれがそう訊くと、陸羯南先生とのぼさんは顔を見合わせて、声を立てないで笑った。

「陸先生。金ちゃんに男女の露骨な話はご法度ですよ。まだ廓だって知らないんだから」

「そうか」

陸羯南先生はカイザル髭の端を指先で摘まんで上に捻り揚げた。のぼさんはおれに顔を向けて、鼻梁に小皺を寄せるとにーっと笑った。

「金ちゃん、今度吉原に連れて行ってやるよ」

「行くもんか、汚らわしい」

おれは即答した。

「ほら、こんな奴です、陸先生。金ちゃんには、子ども相手に話すように、一から説明してやって下さい」

「おいおい、子ども相手に、こんな艶話は語れんだろう」


今から四年半ほど前の、明治二十年の四月二十日に起こった醜聞事件だよ。伊藤俊輔が総理官邸で大掛かりな仮面仮装舞踏会を開いた。欧化政策をとって、日本が近代国家である証を見せつけて、不平等条約を訂正させようとの目論見だった。が、この考えは完全に裏目に出た。欧米諸国からは「猿マネ」と陰口を叩かれ、ポンチ絵では脚が短くて洋装の似合わない日本人の顔を猿に描いて、おまけに「なまいき」との書き込みまでやられたからね。

そこで伊藤俊輔は頭を捻った。仮面仮装舞踏会ならば、鼻の低さや体形の欠点を隠せるのでは。ところが、本場の欧米では仮面仮装舞踏会自体が、王侯貴族が身分と名を隠して一晩の男女の交わりを楽しむ、怪しげな乱交目的の舞踏会なんだよね。そこに、美濃大垣藩主戸田氏共夫人の戸田極子も参加していたのだ。戸田極子は岩倉具視の娘で家筋も申し分ないが、亮子と双璧の美人として、やはり「鹿鳴館の華」と謳われていた。もちろん、伊藤俊輔は才色兼備の戸田夫人にも、かねてから目をつけていた。しかも、父親で維新の最高殊勲者の一人である岩倉具視は、すでに五年前に死去している。そこで伊藤俊輔は戸田極子を別室に連れ込んで乱暴に及んだ、という事件だ。まあ、すんでのところで逃れたと言う人も居る。裸足半裸の姿で逃げる戸田極子を見たとね。しかし、その姿が事の始まる直前か、終わった後なのかどうか、真実は判らない。いずれにしろ、この事件がきっかけで、政界には民族派が台頭して、鹿鳴館排斥運動、愛国運動が盛んになった。結果、極端に言えば、欧化政策一辺倒の森有礼文部大臣の暗殺にまで繋がるわけだ。ところで、先ほども言ったが、伊藤俊輔は亮子にもご執心だと聴く。その夜もたまたま戸田極子が近くに居たから戸田極子だったので、亮子が近くに居たら亮子だったろう、と。

「でもな、わしはそうは思わん」

極子は芯からのお譲様育ちだ。なにせ岩倉具視の次女だからね。しかし、亮子は武家出身とはいえ、元新橋芸妓だよ。男の扱いには慣れている。亮子だったら、上手にかわしただろうよ。

「夏目くんも、この母上には十分気をつけた方が賢明だぜ。海援隊で活躍した父上のカミソリ大臣は、正直に付き合えば、どうにかなる。具体的に言えば、父親の前では英語力を見せびらかさない、これを守りたまえ。彼自身を含めて、彼の周囲には英語が堪能な連中などは、飴に集《たか》る蟻のようにわんさか居る。部下の外交官たちは言うに及ばず、妻の亮子だって、『南総里見八犬伝』のあらすじを英訳して、米国の新聞に掲載したほどだ。しかし、閣下は男だ。まっすぐな誠意さえ見せれば、どうにかなる。ただ、亮子の目はどうにもごまかせないぞ。男の価値を瞬時に見抜く芸妓の目があるからな。きみの力量と欲望を出会った瞬間に測りきるぜ」

さて、その娘となると、これは情報が少ない。まさしく深窓の御令嬢だな。まあ、正岡くんに夏目くんのためにと頼まれて、調べた結果、判った事実だけを話すさ。

夏目くんが、初めて清子と出遭ったのは、神田の一ッ橋で、そのとき彼女は欧米人の女性二人と並んで歩いていたと言ったね。その欧米人の女性二人は姉妹でね、名前はミス・プリンスだ。妹のメリー・プリンスは明治十九年の十一月に英語教師として来日。姉のイサベラ・プリンスは約一ヵ月半後の明治二十年の一月に、英語と家事一般の教師として来日している。当時、清子は正規の高等女学校で教育を受けるために、このミス・プリンス姉妹の築地の自宅に起居して姉妹と共に一橋高女に通っていた。だから、この三人が人力車で連れ添って、神田の街を走り回っていても、なんの不思議もないのさ。

しかし、東京でも白人は珍しいし、ましてや白人の女性となると、まず出遭うことはない。それが二人も並んで歩いていれば、それは目立っただろう。しかも、二人の間には、日本人の女性が挟まれて歩いている。おやっと思って、その女性に目を遣ると、これがまたとびきりの美人だ。なにせ父親は西洋人のように彫の深い顔立ちだし、母親にいたっては鹿鳴館の華だからな。さらに、その美人が、うら若き女学生とくれば、いくら堅物の夏目くんの目にも、どんっと飛び込んで来て、いつまでも消えない映像になるだろうさ。

「ええ。正直に吐露しますと、清子さんは、この世でたった一つ、自分の為に創り上げられた顔だ、と思っています」

「よくもまあ、ぬけぬけと」

のぼさんは舌打ちをして、それから声を出さないで笑いながら言い足した。

「陸先生の前でも、陸奥のお嬢の話になると、好きなように言い放つね」

「でも、夏目くんは、清子さんが西洋人の姉妹と一緒に居なかったら、清子さんに眼が行かなかったのではないか」

陸羯南先生が助け舟を出してくれた。

「はい。普段ならば、女性の顔をじろじろと見るなんて、確かに有り得ません。むしろ、見ないように視線をずらして歩いています。これは写真を撮られるときに、決して笑わないぞという、自分の流儀と同格です。ですから、外国人の女性と一緒でなければ、見過ごしたかも知れません」

「そんなの、信じられないなあ。あしならば、左右の白人のおばあさんなんて、初めから眼が行かないけれどな」

のぼさんが呆れたように茶々を入れる。

「夏目くんは、きみと違って真面目だからね」

「陸先生、ひどいなあ。あしだって、真面目ですよ。真面目に若くてきれいな女性を眺めるのです」

「眺めるだけかね」

陸羯南先生が笑いながら混ぜ返した。

「いや、声も掛けます。付文もします」

「そうだろう。正岡くんなら、そうだ。でも、夏目くんは、そうではない。夏目くんは、なかなか行動に出ない型の青年なのだ」

「それならば、金ちゃんは二人の白人女性に足を向けて眠れないね。だいいち、たいがいの青年は、二人の修道女が恐くて、陸奥のお嬢に付文もできない。その結果、陸奥のお嬢は、相変わらずの無菌状態が保たれている。金ちゃんは今夜から十字を切って、お祈りをして、それから築地に足を向けないように布団に入るんだぜ」

「そうさな、日曜日には築地の教会にでも通うか」

「本気か」

「まあね」

こいつ。のぼさんはそう叫ぶと、おれの頭を拳で軽く叩くふりをした。

「確かに、自分が清子さんに興味を持ったのは、二人の白人女性と英語で会話を交わす、この女学生はどういう人なのかと、まずそこが始まりでしたね」

「うむ。やはり変な奴だな、金ちゃんは。あしは通りすがりの女は、美人でも美人でなくても、母と妹以外ならばみんな一応に見つめるけれどな。これがあしの女たちへの礼儀だ」

のぼさんが今度は声を出して笑いながら横槍を入れた。

「きみの礼儀は、だいぶ無礼だね」

陸羯南先生も笑いながら、のぼさんを軽く諌めた。でも、のぼさんはへこたれなかった。

「なに、先生。女はさ、男から見つめられてこそ、なんぼのものだって。本人たちも、それをちゃんと心得ていて、あれもこれも、たとえば紅のさしかた一つだって、計算づくなんですよ」

それにしても、と陸羯南先生が言葉を継ぎ足した。

「清子さんがミス・プリンス姉妹と一緒に一橋高女に通ったのは、一年あまりの月日だ。陸奥家は翌年の五月二十日に、家族中で渡米して、一年八ヶ月も日本を留守にする。夏目くんがいくら一目惚れの御令嬢を探し回っても、相手が海の向こうでお国のために活躍していたのでは見つけられないはずさ。でも、逆の見方をすれば、帰国されて、たった一、二ヶ月しか経過していない時期に、よくまた偶然に巡り会ったものだね」

「はい、運命だと思っています」

おれが上ずった声で答えると、陸羯南先生ものぼさんも、声を上げて笑い転げた。

「陸先生。だめですよ、今こいつをその気にさせたら」

「夏目くんでも、のぼせ上がるか」

「ええ。こいつ、春先のオス猫みたいに、清子、清子、ニャーオってうるさいし、どんな過激な行動に出るか判りませんよ」

のぼさんは鼻梁に小皺を寄せて、にっーと笑った。でもな、陸羯南先生は静かに笑いながら、のぼさんを諌めるような口調で言った。

「でもな、野合や政略結婚とは違って、自由結婚は尊い行為だよ」

「この国で、自由結婚が可能ですか」

おれは思わず真面目な声を出して訊いた。

「女性の事情しだいだね。本人にちゃんと教養があって、親がどこまで娘の自立を認めているかだ」

男の方もでしょ。のぼさんが横で呟いた。

「男も女も、両者が自我の確立を果していなければ、恋愛自体が成り立たないからな」

「そのとおりだ」

陸羯南先生が請け負った。

「解っているんだ。だけど、あしは競争相手が多い美女ばかりを好きになる。それゆえ、毎回究極の片思いというわけさ」

のぼさんが妙な自己弁護を試みるので、おれと陸先生は顔を見合わせて苦笑いをした。

六

おれは兄の和三郎直矩に頭を下げて、背広の上下とワイシャツとネクタイを借りた。背広は灰色の地味目なもので、鏡を覗くと、自分でも吹き出してしまった。そこにはどう見ても新米のこわっぱ役人としか見えない男が、所在なさそうに突っ立っていたのだった。

それでも、おれは麹町区富士見町の陸奥邸に向かって、胸を張って歩いて行った。気持ちで負けるな。気持ちで負けたら、闘う前から負けだぞ。これは予備門の頃、神田川でのボート競走が始まる前に、みんなで誓い合った言葉だ。

昨夜から頭の中では、何回もきょうの会話の模擬演習をした。白百合の両親と向き合って、こう言われたらこう応えよう、ああ言われたらああ応えよう。また不徳の事態も想像した。まさか陸奥閣下が英語で話し掛けては来ないだろうな。あと困惑する事態は、鹿鳴館の華が、ダンスは踊れますか、ちょっと踊ってみて下さい、などと言い出す予想だ。

しかし、なによりも一番困るのは、門前払いだった。女中や書生に「旦那様も奥様もお会いになりません」と頑なに言われたら、実も蓋もない。いやそれでも「警官を呼びますよ」と叫ばれるまでは粘るつもりだった。男が一度行動を起こしたら、おいそれとは引き下がれない。などと、まるで維新のクーデターでも起こすような心持ちだった。

陸奥邸に近づくにつれて、心臓の鼓動がどきどきと激しく鼓膜を揺すぶった。いかん、おれは男だろ。自分にそう言い聞かせて、歩きながら何度か深呼吸を試みた。でも、無駄だった。心臓の早打ちはますます促進されて、まるで自分の生き方そのものに警鐘を鳴らされているようだった。目的地に着いてしまった。仕方がない。心臓のあわてぶりには、知らん顔を決め込んだ。それでどきどきしたまま、官舎の一棟に無理に胸を張って入って行って、玄関の呼び鈴を押した。

たちまち、書生が現れて、何用かと問うた。お嬢様の事で、陸奥閣下か令夫人にお会いしたい。

頭の中で何百篇も繰り返し繰り返し口にした言葉を平板な抑揚で述べた。書生は一瞬妙な顔つきになって、どちらさまですかと、ふたたび問うた。東京帝国大学で英文学を専攻している、夏目金之助と申します。今度も無理に胸を張って応えてやった。やらしいけれど、書生っぽには、「東京帝国大学」は効くはずだ。はたして書生は、しばらくお待ちをと言って、頭を下げると、すぐに奥に引っ込んだ。

さて、ここからが本当の勝負だ。カミソリ大臣や鹿鳴館の華が、現れるか、現れないか。それとも、また書生が現れて、おれを家に上がらせて部屋に通してくれるか。

「華」が現れた。背後に老いた女中を従えている。「華」は確かにべっぴんだ。鼻が西洋人のように高い。目も西洋人のように大きくて、さらにその目をきれいな二重瞼がより蠱惑的に見せている。眉も太くて形がいい。なるほどこれなら西洋人形のようで、「鹿鳴館の華」「ワシントン外交の華」と持て囃され、イギリス領事館の書記官アーネスト・サトウからも、お世辞抜きの大讃辞を贈られるわけだ。

おれは「華」の美貌にくらくらしながら、ある特徴を見逃さなかった。「華」の左頬に大きな黒子があったのだ。それも「清子」と寸分違わない場所に。おれは瞬時に遺伝の法則に気がついて、それから「華」に深々と頭を下げた。しかし、同じ刹那に、のぼさんの見立てだと、芸者上がりの「華」は、おれの心の芯まで、もしかしたら欲望まで、すっかりと見抜いたはずだった。

「娘のことで、なにか」

「華」の声は思いのほか高音で、しかも澄み切った美しい声だった。まるで江戸切子の二個のグラスを軽くぶつけ合ったときの、切ないほどに清涼感のある音を連想させた。

「清子さんを自分に下さい」

「うちに「きよこ」は居ません」

「えっ」

「「さやこ」のことでしょうか」

ぴしゃりと言い放たれた。「清子」と書いて、「さやこ」と読ませるのか。知らなかった。陸羯南先生も、「きよこ」と発音していた。まいった。好きな人の名前を間違えるなんて。この世で、たった一つ自分の為に創り上げられた顔を持つ女性の名前を間違えるなんて。

たちまち、おれは顔を赤らめた。しかも、これで、きっと母親にばれてしまった。おれが「さやこ」をほとんど知らない現実と、おれが「さやこ」と一度も口を利いていない事実も。

と言って、ここで引き下がれるものか。

「言い直します。さやこさんを自分に下さい」

「夏目さんでしたね、清子はあなたを存知上げているのですか」

知らないと確信しているはずなのに、「華」は意地悪くこう訊いて来た。さすがに芸者上がりの母親だ。男の抑えつけ方になれている。

「いや、自分が見初めただけで、清子さんはなにも知りません」

「どうぞ、お引取り下さい」

「華」は冷たく言い放つと、踵を返して、奥へ引っ込んでしまった。後には老女中が一人残って、とっとと立ち去れと言わんばかりに、口を結んだまま、おれを睨み付けていた。

次の日も、おれは兄の背広を着込んで、富士見町の陸奥邸に出掛けた。呼び鈴を押し、応じて出て来た女中に、「華」との面会を求めた。「華」は姿を見せたが、おれの顔を見るやいなや、「お引取り下さい」と言い放った。「なにもお話しすることも、また伺うこともありません」

次の日も、「華」に会いに行った。でも、背広は兄に返して、袖を捲り上げたワイシャツと黒いズボンという、書生スタイルの普段着で訪問した。すると、この日は向うも「華」はもう姿を見せないで、老いた女中の口を使って引き取るようにと申し渡してきた。

「亮子は男女関係には堅いし厳しいぞ。「こかね」と呼ばれた新橋芸妓時代でさえ、それはそれは、男嫌いの芸者で通していたからな」

陸羯南先生の言葉を思い出した。「華」はきっとおれを無鉄砲な世間知らずの与太者くらいにしか思っていないのだろう。

でも、この日は不思議な出来事が待っていた。おれが玄関から追い出されると、時を合わせかのように洋琴の音色が聞こえ始めた。どうして、この瞬間に、清子が洋琴を弾き始めたのだろうか。まったくの偶然か。そうかも知れない。しかし、おれには、たとえ偶然でも、その偶然に「運命」を感じた。

次の日は、この「運命」に勇気を与えられて、老いた女中に会いに行った。はたして女中から「お引取り下さい」と言われて、玄関の外に出ると、たちまち洋琴の音色が辺りに広がった。

どきどきした。ついで、すぐに喜びの感情が沸騰して来て、その場に立ち尽くした。偶然が二日続けば、偶然ではない。清子がおれに、洋琴の音色で、自分の心を伝えようとしている。少なくとも、清子はおれの来訪に気がついている。しかも、おれを嫌がってはいない。

やったぞ、第一関門を突破だ。おれは体の芯から熱い勇気が湧いて来た。洋琴の音色は、あの部屋の窓から漏れて来る。おれはその部屋に向かって、深々と頭を下げた。

翌日もまた、富士見町に足を向けた。門前払いのような状態でも、いっこうに構わなかった。と言うのも、おれが陸奥邸の玄関から追い出されると、清子が洋琴の鍵盤を叩いて、美しい曲を耳に贈ってくれる。清子はおれの来訪に気がついている。そして、おれを不快には思っていない。むしろ、歓迎している。それは洋琴が浪漫的な曲を奏でる事実で明らかだ。

ところが、この日、陸奥邸に行ってみると、異変が起こった。最近の常だと、おれが書生か老女中に「お嬢様のことで、陸奥閣下か令夫人に、お会いしたい」と伝えると、相手に「閣下（老女中だと、ご主人様）は不在です。奥様はお会いになりません」と、その場でたちまち却下された。取り次いでさえもらえなかった。

それなのに、きょうは書生が「しばらくお待ち下さい」と頭を下げて奥に引っ込んだのだ。おやっと思っていると、鹿鳴館の華、ワシントン外交の華が、老女中を従えてしばらくぶりに姿を現した。「華」は相変わらずの美貌だった。おれは反射神経でぺこりと頭を下げたが、「華」も老女中も無表情のままで、頭を下げるどころか、首から上は一分も動かさなかった。ついで、「華」

が菊人形のように無表情のままで、唇だけ動かした。

「夏目さんとやら、本日はこれにてお引取り下さい。されど、次の日曜日に、陸奥が会うと申しております。午後三時に、再来訪して戴けますか」

「喜んで」

おれは「華」に向かって深々と頭を下げた。胸の中は歓びでいっぱいだった。やっと室内に上げてもらえる。やっと陸奥閣下に御令嬢を下さいとお願いが言える。おれは顔を上げると、「華」の大きな目をまっすぐに見つめて、笑顔で確認の反復を申し上げた。

「では、今度の日曜日、午後三時に出直して参ります」

玄関を出ると、いつものように清子の洋琴の音が聴こえ始めた。しかし、いつもとは違う種類の曲だった。これまではゆったりとした格調の高い浪漫的な曲ばかりだった。だけど、きょうはやたら明るくて躍動感のあるポルカだった。

曲の変化は清子の気持ちの変化だ。清子はきょうのこの変化を喜んでいる！　おれと清子は一度も口を利いた試しがない。それなのに、なんでも話し合って来た、百年連れ添った夫婦ような、父母未生以前からの一体感を感じる。きっとおれと清子は、遺伝的な趣味で固く結ばれているのだ。


当日、おれは兄の和三郎直矩から仙台平の袴を借りて、腰紐をきりりと締めると、約束の三時よりも少し前に、富士見町の陸奥邸玄関前に立った。書生が姿を見せた。

「夏目です。約束の時間よりも少々早いのですが、閣下にお目にかかりたく参上致しました」

きょうは堂々と胸を張って、いつもよりも大きな声で告げると、頭をぺこりと下げた。すると、書生もいつものつんけんした態度ではなくて、きょうばかりは深々と頭を下げて挨拶を返した。

「大臣閣下も先ほどからお待ちです。こちらへ、どうぞ」

おれが通されたのは、三十畳もあろうかというだだっ広い洋間だった。天上からは大きな飾り電灯《シャンデリア》が吊り下げてあって、部屋の中央には西洋長椅子《ソファー》が二脚と、それらに挟まれて脚の短い座卓《テーブル》が一脚置かれていた。また窓側と直角に交わっている二面の壁には、注文して造らせたと思われる本棚が、天井近くまで伸びていて、洋書と和綴じの本が乱雑に突っ込まれていた。振り向くと、ドア側の壁にはガラス戸が嵌っている本棚も設置されていて、そこにはなんと背表紙のアルファベットが金文字で印刷されている、分厚い洋書が威風堂々と並んでいた。部屋のどこを見ても、日本の家とは思えなかった。この種の欧化した家に住む者だけが、日本の近代化を推進して行くのだろうか。おれは実家や実家の調度品を思い出しながら、本当に自分は英文学者になれるのかと訝った。

陸奥宗光は正面のソファーに腰を下ろしていた。和服ではなくて洋装だった。両足を細いズボンに通して、フランネルの襯衣《シャツ》の上に丈の長い上着、確かガウンと呼んだ、を羽織って寛いでいた。しかし、フランネルのシャツは、いくら薄い生地でも、この季節には暑くて不向きではないか。しかも、それが赤シャツだから、人を馬鹿にしている。

赤シャツはおれと目が合うと、すくっと立ち上がった。

噂どおり、背の高い男だった。おれよりも頭二つも上に頭が載っている。おれは頭を下げてお辞儀をしようとした。すると、赤シャツはそれを右手で制して、その右手をそのままこちらに伸ばして来た。陸奥宗光閣下からの握手の申し込みだった。

びっくりした。いきなり、目の前に背の高い西洋人が立ちはだかった気がした。しかし、握手の申し込みくらいで、おたおたしては恥ずかしい。おれだって、英文学専攻ではないか。握手くらいは慣れている。というさりげない顔つきを作って、右手を差し出すと、陸奥宗光大臣閣下と握手を交わした。

「東京帝国大学英文科、夏目金之助です」

「清子の父です」

女のような妙に優しい声で、あっさりとかわされた。内々の自己紹介に額縁などを付けやがって、お前は子供だなあ、と見下された気がした。

「夏目くんとやら、まあ、お掛けなさい」

そう促されて、閣下と対面するソファーに腰を下ろそうとしたときに、部屋のドアが廊下から軽く叩かれた。「どうぞ」と閣下が応えた。すると、ドアが静かに内側に開いて、清子と鹿鳴館の華が現れた。二人とも和服姿だった。清子は紅い地に白と紺で模様を染めた着物姿で、頭は銀杏返しに結っていた。美しかった。可愛かった。おれは立ったままで、顔だけ「華」に向けて頭を下げると、「華」もこれまでとは違って、丁寧に返礼してくれた。おれはほっとして、それから清子に微笑んだ。清子は目が合うと、両頰を真っ赤に染めながら、微笑みを返してくれた。ずっと前からの、百年前からの、見慣れた、おれのための微笑みだった。

「夏目さん、どうぞお坐り下さい」

今度は「華」に勧められて、おれはソファーに腰を下ろした。ふわふわと柔らかくて、妙に尻が落ち着かなかった。前に外国人教師の家を訊ねたときに、今と同じ坐り心地を味わって、外国人は変な物に腰を下ろすのだな、みんな痔が悪いのかなと考えた。もちろん、そんな訳はないのだが。

さて、おれの左隣に清子が坐り、背の低いテーブルを挟んで向こう側に陸奥閣下夫婦が腰を下ろした。すぐさま、顔を見知っている老女中がお盆《トレイ》を載せた荷車《ワゴン》を押しながら入室して来て、四人の真ん中の脚の短いテーブルに西洋茶《ティー》の入った茶碗《カップ》と西洋砂糖菓子《ケーキ》の載った小皿《プレート》を並べた。その小皿が青磁を思わせる透明感のある白い磁器で、ドイツのマイセンで焼かれた一品なのは、おれにもすぐにわかった。

「夏目さん。主人ったら、男のくせに赤いシャツなどを召しているので、さぞやびっくりなさったでしょう」

「あら、お母様。赤いシャツは、結核やコレラの予防として、西欧の男性は皆さん着ていらっしゃるって――」

「ええ。でも、夏目さんは日本の殿方だから」

「華」はそう話しながら、正面からおれの目を見据えた。隣の清子も首を捻って、おれの横顔を見つめた。

「いや、欧化政策の一端かと感嘆致しました」

「それほどの意味はないのですがね」

閣下は口に右手を遣って、ホホホホと笑った。

小皿に載っているのは「シフォンケーキ」という代物だそうだ。カステラに似ているが、カステラほど卵黄の色に染まっていない。

「夏目さん。シフォンケーキは初めてですか」

おれがシフォンケーキの色彩や形を眺めていると、「華」が鼻で笑いながら訊いて来た。

「ええ。初めてです」

おれは屈託なく応えた。これしきの厭味で「ぎゃふん！」と頭を垂れたら、とうてい「お嬢様を下さい！」とは言い出せない。おれは突付き小箸《フォーク》を使って、シフォンケーキを一口食べると、本題に入ろうとした。

「早速ですが、」

すると、正面の赤シャツが、おれを片手で遮って、いきなり優しい声でしゃべり始めた。

「妻から聴いたのですが、」

おれは赤シャツの〈妻〉という言い方に胸の中で微笑んで、口を結んだ。さすが欧米生活の長い男だ。夏目家や塩原家では、客の前でも自分の女房を「おい」とか「こいつ」としか呼ばない。

「夏目くんは、うちの娘を好いて下さっているそうですね」

「はい。結婚――」

「結婚」と言い掛けると、閣下は再度おれの口を封じるように、やや声を大きくして自分の会話を続けた。

「いや、娘を思って下さるのは、父親としても、じつに有難いのです。心からお礼を申し上げます。ですが、きみはまだ学生でしょう。学生の分際で、うちの娘の将来を心配して下さらなくてもよろしい」

雲行きが怪しくなって来た。

「どういうことでしょうか」

「あなたを調べさせて戴きました」

赤シャツの横から、「華」が、いや新橋の元芸妓「小鈴」が会話に割って入って来た。

「お母さま。わたくし、そんな話、聴いていないわ」

「清子さんには話していませんもの」

おれは顔を「小鈴」に向けて、何気なく左頬にある黒子に目を遣った。清子と同じ場所にある黒子。「遺伝の法則」は確かに人間にも存在する。おれがとりとめもない理屈を思い浮かべたときに、「小鈴」がふたたび口をきいた。

「探偵を雇いましてね」

「探偵、ですか」

「ええ。夏目さんが、宅からご自宅に帰られるのをつけさせました」

おれは両目を大きく見開いた。おれは陸奥家に日参して、玄関払いを食らい、門戸を閉められる。でも、いつも清子が洋琴を奏でてくれる。おれは毎日その音色に励まされて、帰宅の途についた。そんな闇夜に似たる月夜の日々に、息を殺しながら自分の後をつける探偵が居たのか。

「ご無礼を承知で、正直に申し上げますと、わたくしどもと致しましては、夏目家では物足りません」

「小鈴」が、元新橋芸妓「小鈴」が、まっすぐに物を言って来た。おれは全身がかっと熱くなった。陸奥宗光閣下ほどの、新時代の先駆者で欧化政策を支持する人物でも、愛娘の結婚となると、やはり旧時代の士農工商の身分制度の呪詛からは逃れられないのか。結婚は家と家との結びつきなのか。おれは返す言葉を失って、下唇を強く噛んだ。

「お母さま。なにを仰るの」

清子が甲高い声で、おれの代りに抗議をしてくれた。

「わたくしは、お家柄と結婚するつもりはないことよ」

「わかっているわ」

「小鈴」が落ち着いて応えた。

「夏目さん自身には、何の問題もないわ。また、清子にむりやりお見合いをさせて、いわゆる政略結婚や脅迫結婚もさせないわ」

おれは「小鈴」のこの会話を耳にすると、ちょっと嬉しくなって、少し図に乗った。

「ということは、自由結婚を認めて下さるのですね」

ところが、すぐに赤シャツから冷水を浴びせられた。

「なに、娘には、立派な許婚が居るのです」

「お父さま、清子にそのような方は居ません」

おれの隣で、清子が叫んだ。江戸切子を強くぶつけ合ったような高い声だ。しかも、その声は母親にそっくりで、母親よりもいくぶん脆く感じられた。ついで、その本家の高い声が続いた。

「清子さん。お父さまもわたくしも、あの方なら安心なのよ。清子さんに一番相応しい方ですもの。あなただって、お嫌いではないでしょう」

「嫌いではないわ。でも……」

「そう、きみがはいと言えば、彼は明日にでも許婚になります」

話の内容もだが、赤シャツが自分の娘を「きみ」と呼ぶ慣習に、おれは大いにびっくりした。しかも、清子は清子で、両親の前で、自分の感情をきっぱりと言い切る。

「わたくしは、はい、なんて言わないことよ」

「清子さん、」

「小鈴」が絶句した。

「もう。お父さまもお母さまも、いったい夏目さんの前で失礼ではないですか」

「いや、初めにちゃんとお話しした方が、夏目くんにも都合がいいはずです」

「だって、あの方とわたくしの婚姻などは、当人同士が少しも認め合っていませんもの」

「いったい、どなたとのお話ですか」

おれも失礼を省みずに、思わず訊ねた。

「夏目くんに話す必要はありません」

赤シャツにばっさりと切られた。優しく丁寧な話し方で、強く否定されると、怒鳴られるよりも、身に応える。しかし、隣席の江戸切子の高い声が教えてくれた。

「内田康哉さんです」

「内田康哉さん。どういう方ですか」

おれは左側に顔を向けて、江戸切子に訊ねた。

「外交官よ。お父さまの近くにいらっしゃる。アメリカでも一緒だったの」

おれの好敵手は、アメリカ帰りの外交官か。内田康哉。この名は忘れないぞ。

「閣下。外交官でないと、清子さんには相応しくないのでしょうか」

「そんなことはありません」

赤シャツは言下に言い切った。

「家柄とか身分とかは、少なくともわたくしはどうでもいいのです」

「この人は、外交官は、本当は気に入らないのよ。外交官だと、清子さんを連れて、遠い外国に行ってしまうと、そればかりを心配して」

「小鈴」が赤シャツを見て、苦笑いしながら言った。

「あの、自分は外国には行きません」

「そうでしょうか。夏目くんは英文学ですよね。英文学ならば、夏目くんの方こそ海の向こうに渡りたいでしょう」

「いえ、自分が英文科を選んだのは、日本に居ながらイギリス人がびっくりするような大著述を英語で著したいからです」

おれはやっと自分の売り込みができた。とりわけ、話の流れからすれば、おれは外交官とは違って、日本に、東京に、住み続けるつもりだと印象付ければ有利に違いなかった。

しかし、おれの意に反して、話は違う潮に変わった。

「夏目くんの将来の希望は、英語での大著述ですか」

「はい。必ず果たすつもりです。お約束致します」

「約束なんかいりません。その本を出せれば、夏目君は満足なのですか」

赤シャツが少し口元を歪めた。

「はい」

おれは赤シャツの表情の変化に気がついたが、他に答える言葉を思いつかなかった。

「たった一回の人生で、ただそれだけですか。新時代の日本男子としては、夢が小さくありませんか。本当は言葉にしないだけで、胸の中には他に何かもっと大きな野望を持っていらっしゃるのでしょう」

赤シャツが、ソファーから上半身を乗り出して、顔を近づけて来た。

「いえ、大著述だけです」

おれは眉間を狭めた。英語を駆使して大著述を成し遂げる、この夢ははたして小さいのだろうか。

「嘘でしょう。たったそれだけの希望で、夏目くんは帝国大学の英文科を選んだのですか」

「はい」

おれは赤シャツの胸中が読めずに、単調な相槌を繰り返した。

「英語なんか、たかが英米人が使う言葉ではありませんか。なにも大学にまで行かなくても、いくらでも達者になるでしょう」

「ええ、まあ」

「それこそ、英国に渡ってみなさい。英国では、車夫だって英語を使うし、犬だって英語で吠えます」

「あら、あなた。ワンちゃんに日本語も英語もありませんわよ」

「小鈴」が混ぜ返すと、赤シャツは口に右手を当てて、ホホホホと笑った。

「でも、閣下。英国人はインテリゲンチャでも日本語が話せません」

おれが屁理屈で言い返すと、赤シャツは今度も右手を口にあてがって、ホホホホと大笑いをした。

「素晴らしいジョークですね。夏目くんは、なかなか面白い男です。そうだ、あれを取って来て下さい」

赤シャツは「小鈴」に顔を向けると、おれの背後の壁を指差した。おれは首を捻って、顔を背後に向けた。すると、そこは天井まで伸びた本棚の横に当たり、ロココ式の模様が彫られた洋風の本棚が据え置かれていた。材質はマホガニーのようだった。「小鈴」が立ち上がって、マホガニーの本棚に近づき、観音開きのガラス戸を開けた。

「上巻でも、下巻でも、構いません」

赤シャツが「小鈴」に一声掛けた。「小鈴」は黙って肯くと、分厚い本を一冊抜き出して、抱えるようにして持って来た。

「夏目くんに手渡して下さい」

「はい」

夫婦の短い遣り取りの後で、おれの両手にその分厚い本が載せられた。陸奥宗光訳、ベンサム『利学正宗』の上巻だった。

「拙著です。でも、この大拙著の訳者は、昌平学校には在籍していたものの、学校で英語をものにした覚えはありません」

「いや、これは拙著ではありません。名著、名訳ですね。最大多数の最大幸福、立派な政治哲学書です」

おれは陸羯南先生からの受け売りの言葉を口にしてみた。

「おっ、読んだのですか」

赤シャツの両目が少し大きく見開いた。

「いえ。恥ずかしながら全文は。でも、このご高著の主張は、伊藤博文閣下のご高説と似ている箇所もありますね」

おれはどきどきしながら、聞きかじりを口にした。

「いや、俊輔とは、天皇の持ち上げ方が違います」

「俊輔？」

おれはびっくりした。赤シャツは、初対面の他人の前でも、総理大臣を名前で呼び捨てる。総理大臣とそれほど親しいのか。しかし、赤シャツは、おれが「俊輔」を誰だか判らないと勘違いをした。

「俊輔は、伊藤博文の幼名です。俊輔は天皇を――」

「お父さま。難しいお話はつまらないわ」

清子が赤シャツの口舌を止めてくれた。

「はい、そうですね。夏目くんは、政治に興味はおありですか」

「申し訳ありませんが、まったく。『最少人数の最小幸福』を希求しておりますので」

「それは暴君の我儘ではなくて、哲学者や文学者の頭の中を指し示す洒落ですね」

「はい。でも、頭の中というよりも、心の中でしょうか」

おれがおずおずと返事をすると、清子が口添えをしてくれた。

「あら、『最少人数の最小幸福』なんて、お父さまや伊藤のおじさまよりも、よっぽど素敵だわ」

「よっぽど素敵ねえ。素敵でしょうか。まあ、ご婦人方はそう望むのでしょうねえ」

赤シャツは苦瓜を噛み潰したような表情で呟いた。

「『最少人数の最小幸福』、だと。よくもそんな口から出任せが言えたもんだな」

のぼさんが真っ赤になって、詰め寄って来た。金ちゃんはいくぶん小さくなりながら、それでも胸を張って答えた。

「いや、本気だった。清子の父親に逆らったわけでもない。ただ陸羯南先生から『最大多数の最大幸福』という言葉を教えて戴いたときから、その哲学はなにか自分とは違うと感じていたんだ」

「そうだろうさ。『最少人数の最小幸福』なんて、とっさに思いつくんだから。金ちゃんは陸奥閣下とは対称的な男だな。自分本位の利己主義者め！」


「いずれにしろ、夏目くん。英語が堪能なだけでは、ロンドンに生まれただけと同じです。箸にも棒にもどこにもかかりませんよ」

「はい。でも、閣下。お言葉ですが、日本語で著しても、日本人しか読みませんが、英語で著せば世界中の人が読んでくれます」

おれには、これだけ言い返すのが、めいっぱいの抵抗だった。

「いや、そういう問題ではないのです。英語を使って、何を成すか、きみの場合だったら、なにを書くか、です」

「夏目さんは、きっと博士になられるのでしょう」

「小鈴」が別次元の未来を口にして、話の方向を変えてくれた。でも、「小鈴」が言うように、おれは博士になりたいのか。確かに、考えないでもなかった。しかし、博士になれなくても、別段構わなかった。英語で大著述が著せれば、それでよかった。でも、この場の雰囲気を読んで、黙って肯いた。そのおれの仕種を見て、赤シャツが唸った。

「きみは、博士ですか」

「あなた、お聴きになって、ようございましたね。博士になって下さるのならば、夏目さんに差し上げてもいいじゃありませんか」

「うむ。大臣ではなくて、帝国大学の博士ですか。まあ、悪くはないですね」

「内田さんといい勝負ですね」

「お母さま。夏目さんの前で、本当に失礼よ」

「いや、清子さん。ご心配なく」

おれの将来は、「小鈴」の一言によって、帝大の博士と勝手に決められてしまった。「小鈴」が居ずまいを正して、おれの顔を見つめた。

「夏目さん。はっきりと言いますね。わたくしども清子の両親は、あなたのように博士になられる方か、内田さんのように大臣になられる方に、娘を差し上げようと思っていますの。内田さんはご立派な殿方で、間違いなく大臣になられますわ。夏目さんも、清子を見初めて下さったのならば、必ずや博士になって下さいましね」

はい、と返事をしろ。おれの胸の中で、もう一人のおれが叫んだ。ここは大人になるのだ。聴き様によっては、博士になると言えば、清子をあげてもいいと言われたようなものだ。間違っても、博士などはただのつまらん肩書きではないかとか、学問は中味の質が勝負なのだとか、子供じみた青い理屈を吐き出すな。

「ええ。がんばる所存です」

おれの答えを耳にすると、赤シャツは「頼もしいですね」と呟いて、またホホホホと微笑んだ。

しかし、「小鈴」は少しだけ顔を強張らせた。さすがに元芸妓だけあって、おれのような若造の本心などは軽く見抜いてしまったのか。

「夏目さん。外国に行かなくても、帝大の博士になれるのでしょうか」

「それは――」

「わたくしは、夏目さんが博士でなくても、構わないことよ」

清子が横で呟いた。この一言は嬉しかった。清子は両親から自我の確立をしている。つまり、この言葉は清子の「愛の受諾」に違いない。おれの心にしっかりと響いて、生涯忘れられない言葉になるだろう。しかし、両親の耳、とりわけ芸者上りの「小鈴」の耳には届かずに、あっさりと無視された。

「清子さんは、世間を知らないから」


「ところで、夏目さん」

「小鈴」が今度は笑顔で、おれに話し掛けてきた。

「清子さんを初めて見たのは、どこでなの？　井上先生の待合室なの？」

「いや、それが違うのです」

「あら、どこで？」

「小鈴」が目を丸くした。

「はい。清子さんが、束髪の洋装で一橋高女の正門に佇んでいたときです。もう三年くらい前でしょうか。背の高い外国人の女性お二人と人力車を待っていらしたときです」

「あら、先生ご姉妹とご一緒のとき？」

清子が小さく語尾を上げた。

「ええ。ミス・プリンス先生ご姉妹、とです。三人が英語で話していましたので、まず両耳がとんがりました」

おれがプリンスの名前を挙げると、清子が先生姉妹のお名前をよくご存知ねと応えてくれた。

陸羯南先生の情報に、ふたたび感謝だ。

「お姉さまのイサベラ・プリンス先生は、英語だけではなくてよ。アメリカ風の家事一般も教えて下さったの」

そして、清子は微笑みながら細やかな事情を説明してくれた。

七

「金ちゃん。ここいらで、陸奥のお嬢の生活と心を覗いてみたくはないか」

「覗けるのか」

金ちゃんは、両目を輝かせた。

「もちろんさ。彼岸では、なんでもありだ」

五年ほど前の明治十九年の新春は二月だったわ。父の陸奥宗光が、二年ぶりに帰国したの。日本の政界、特に野党のお誘いから逃げる目的で、アメリカ、ロンドン、パリ、ベルリン、ウイーンと外遊をしてらしたのね。このため、父は日本に帰っても、在野の人として、根岸五十番地の自宅で、兵児帯姿でくつろぎ、書斎に籠りきりになったわ。そう言えば、この時から下着代わりにフランネルの赤いシャツを身に付け出したの。書斎の大きさは十畳ばかりで、日本古来の書物を並べた書架が、壁という壁に設けられていたわ。また今回の外遊で仕入れた金文字の背表紙の洋書群は、五段に仕切ったガラス戸の書架をドアの横に設置して、そこにとりわけ大切に並べられていたの。幼いわたくしが触ろうものなら、すぐに雷が落ちてよ。父は母よりも優しい声で叱るから、かえって心にグサッと来る。これらの書物は、今もそのまま同じ書架に置かれているわ。机は当時も洋式で、机上には分厚いノートや小さなメモが散乱していたわ。父はいったん書斎に入ると、書物やノート類の整理に没頭して、朝から晩まで籠りっ放しだったの。

このような日々のある日、昼食時に書斎から出て来た父に、母がわたくしの就学について相談したの。わたくしは幼い頃に、二人の兄に倣って学習院に通った学歴があるのよ。でも、兄たちが退校すると、一緒に辞めてしまったの。わたくしはまだ小さかったから、今となっては学習院に通ったという記憶すら曖昧なのね。

「あなた、清子さんの学校を考えてください」

「うむ」

「新しい時代は、女にも教育が必要ですよ。習い事だけでは、芸妓にしかなれないわ。ちゃんとした家の娘ならば、英語を勉強して、あちらの生活ぶりを知って、欧米人とも対等に交わらないと」

「うちの娘にも、英語ですか」

父は首を傾げたわ。どうやら、あまり乗り気ではないようだったの。

「もう、あなたって人は。清子さんをいつまでも手放さないお積りなのでしょう」

父はわたくしが鹿鳴館に出るのにも眉を顰めるの。母はその父の苦り切った顔を思い浮かべて、ここは一気に突破しなくてはと思ったそうよ。

「あなた。覚えていないの」

「なにを」

「『牛馬きりほどき令』よ」

古い話ですね。父はそう呟くと、唇に苦笑いを浮かべたわ。

「お母さま。『牛馬きりほどき令』って、なんのお話?」

わたくしは腰掛けるために椅子を引きながら、母に顔を向けた。

「昔ね、ある司法卿さまが『前金で縛られた者は、牛馬に異ならず、人が牛馬に代金を請求するいわれはないから、無償で解放すべし』という、有難い、ありがたあ〜い、法令を出したのよ」

「どういうことなの」

わたくしが首を傾げると、母に代わって、父が詳細を教えてくれたわ。

「江藤新平という司法卿がね、明治五年に司法省通達二十二号の『娼妓解放令』を発令したのですが、そのときに今のように口を滑らせてしまったのですよ」

「あなた、口を滑らせたって、いったい前金で縛られた者は牛や馬なのですか」

「いや、もちろん違いますよ。なのに、あの男は軽薄な奴でしてね、変人と言ってもいいのですが。自分ではただ気取った言い回しをしたつもりなのですよ。悪気はない」

「そうかしら」

「そうですよ。だいたいが、あの男は頭も軽くてね。司法卿のときに、欧米を模倣して手配写真で逃亡犯を捕まえようと、我が国にも『写真手配制度』を制定した男なのですよ。ところが、その翌年に佐賀の乱の首謀者として、自分が逃亡中に、自分が決めた写真手配制度によって高知で捕まってしまうのです。つまりね、彼自身が『写真手配制度』の被適用者第一号なのです。まるで落語でしょ」

でも、母亮子は笑いもしないで、唇をきっと結んだの。

「わたくし、あのとき十六歳で芸妓でしたけれど、自分に誓ったのよ。江藤新平の名前は一生忘れない。死んだって、忘れない、って」

こんなに恐い母の顔を初めて見たわ。

「うむ。でもですね、あの男だって、まともな事も言っていたのですよ。『国の富強の元は、国民の安堵に有り』ってね」

「その国民の中に、牛馬のごとき芸妓は入っていないでしょう」

「まあ、そうでしょうね。もちろん、亮子の義憤は正しいですよ」

父宗光は面倒臭くなってきたのか、多少投げやりに応えたの。父は家庭では面倒な話を避けたいのよ。でも、母は毅然とした口調で言い切ったわ。

「わたくしの父も、士族の端くれでしたから」

こういう時の母は剣呑なのよ。わたくしがあわてて受け応えしたわ。

「存じていてよ。おじい様は江戸詰めの武士で、明治維新で身分を取り上げられた方でしょ。武士でなくなったら、急に気持ちの張りがなくなられて、病には倒れるし、金田というお名前なのに先立つお金もない。そこで、幼いお母さまが、美人の誉れが高い上に、舞と謡がお上手だというので、止むを得ず、新橋の芸妓に出たのよね」

「きみ、お母さまの舞は、それはお美しかったですよ。まるで天女が舞っているようだと、どこのお座敷でも大評判だったのです」

父はわたくしに顔を向けて満足そうに微笑んだの。父は心から母を愛している。わたくしはそう感じて嬉しかったわ。

「お母さまならば、その舞のお美しさも想像がつきますわ」

わたくしも母の亮子に視線を送って、さもありなんと頷いた。娘の私から見ても、今年で三十歳になる母は、大台にのって老けるどころか、毎年一段と美しくなって行くように思われるのですもの。

「お母さまの美貌は、娘のわたくしでも、どきどきするほどよ」

「まあ、おなまね」

母はそう言うと、わたくしに微笑んだわ。

「でも、もし幼いわたくしに学問があったら、あの維新という混乱の時代でも、芸妓とは別の道に進めたと思うの」

「なんだ、わたしと結婚した人生を悔いているのですか」

父がそう言って大げさに嘆息すると、母は首を左右に軽く振ったわ。

「そういうお話ではないのよ。牛馬に異ならず、なんて言われなくても済んだと思うの」

「そうですね。でも、舞も謡も、あそこまで行けば、単なるお座敷芸ではありませんよ。どこへ出しても恥ずかしくない、立派な日本のアートです」

「あなた、清子さんにも舞や謡を習わして、わたくしのような芸妓に育てたいの」

「答えにくい質問ですね」

父はふたたび苦笑いを浮かべたわ。

「違うと答えれば、昔の亮子を否定した返事になります。そうだと答えれば、清子を芸妓にしたいのかと詰め寄られるのでしょう?」

「その通りですよ、あなた。ですから、新時代の清子には、学問が必要なのよ」

「家庭教師では、だめなのですか」

父がそう提案すると、母は首を横に振ったの。こういうときの母は、頑として譲らないのよ。

「あなたは、清子さんを外に出すのが、ただただお厭なのでしょう」

「そんなことはありませんよ」

「それなら、清子さんを学校にやって、お勉強だけではなくて、ちゃんと集団生活も覚えさせましょう」

母の「集団生活」の一言は効果覿面だったわ。父は「集団生活ですか」と唸ったあと、しばらく天井を仰いで、それから「了解しました」と答えたの。

この昼食時の団欒以後、父宗光は新政府下の女子教育にも積極的に発言し始めたわ。もちろん、その骨子は欧化政策そのものよ。伊藤博文閣下や森有礼のおじさまの意見とさほどの違いはないのね。具体的には、男と対等な自我を持ち、英語も自由自在で、欧米の生活習慣を熟知しており、これらに基づいて「家庭人として才覚を揮える女性」を育成する、に集約されるわ。とりわけ、「家庭人として」は取り外せないらしいの。


わたくしの学校選びとなったの。最初はわたくしが幼い頃の一時期通っていた学習院、去年の秋に華族女学校として四谷区尾張町に別学校舎で開学した、の名前が上がったわ。でも、父宗光は明治十七年の秋に開学したばかりの東洋英和を推したの。東洋英和は麻布の鳥居坂のお屋敷街にあって、先生方は外国人の宣教師が中心の、クリスチャンの学校よ。父はキリスト教自体には、良いも悪いも格別の関心はなかったわ。父が重要視したのは、英語教育に重点を置いている点だったのね。英語の授業時間が圧倒的に多いのよ。また多人数の外国人教師たちから、欧米人の思考経路や生活様式を直に学ぶ絶好の機会だと考えたの。この東洋英和の教育ならば、母の主張する「新時代の女性」に、わたくしを育成できるだろうと。

それに、どうやら一家で離日する時期も近かったのね。父に不平等条約改正の件で渡米せよとのお鉢が回って来そうだったの。この件もあって、よけいに英語教育の東洋英和と決めたらしいわ。

もう一つ、父には別の政治的な思惑も働いていたと思うわ。東洋英和には政府高官や一流実業家の家庭の婦女子が生徒として押し寄せていたの。たとえば、岩倉、西郷、伊達、本野、仁禮閣下などのご子女、また木戸、後藤、斎藤、寺内閣下の奥方など、いわゆる名門の貴婦人たちが在学して、バザーのときには皇后陛下もお出でになるの。だから、逆にわたくしは自分が父の政治的道具みたいで、少し抵抗があったくらいなのよ。

「あら、清子さん。東洋英和にご婦人が集まるのはね、政府の欧化政策の影響だけではないのよ。この国は、維新後の日々が、まだ浅いでしょ。世間一般では旧時代と変わらずに男尊女卑の風習が根強いの。そこで進歩的指導的階級に属する人々が、自分の娘を男尊女卑とは無関係な東洋英和の教育に、期待を寄せたためでもあるのよ」

母がわたくしにこう説明してくれたので、結果わたくしも東洋英和に通学する日々が楽しみになったわ。

すると、父はまず公使館参議官に就いたばかりの岡部長職《おかべながもと》のおじさまを自宅に呼んだの。岡部のおじさまは父の親しい部下だったのね。和泉岸和田藩の第十三代（最後）の藩主で、今は子爵様よ。この岡部のおじさまを呼んだのは、おじさまが夫婦揃って在米期間が長く、またキリスト教徒であったためなの。

「きみ、東洋英和に、誰か知り合いの教員は居ませんか」

父はわたくしの就学を頼みたかったのね。

「あっ、居ますよ。教員ではありませんが。淵澤能恵という、舎監を務めている女性が」

岡部のおじさまは、あっさりとお答えになったわ。

「どのようなお人ですか？」

すると、おじさまは微笑んで、こう話してくれたの。

「淵澤能恵は、私たち夫婦の、ちょっとしたお仲間です。原くんとも顔馴染みですよ」

「原敬くんともですか」

父宗光はほおっと唸ったわ。原敬のおじさまは外務書記官で、今はパリに駐在していらっしゃるの。でも、父の以前からの部下で、今度の父の渡欧でも、パリでは原敬のおじさまを連れて毎晩のように飲み回ったそうよ。

「原も淵沢も、岩手の出身なのです。しかも同じクリスチャンですから」

「岡部くんは、淵沢先生とはどこで知り合ったのですか。やはり、教会ですか？」

「いや、それが」

岡部のおじさまは下を向いて、顔を紅くして笑っているの。こういうときの岡部のおじさまって、可愛らしくて、わたくしは好きよ。

「いや、じつは淵沢能恵もアメリカに留学経験があるのです。そして、淵沢がアメリカから帰国するときに、たまたまわたしたち夫婦と同じ船に乗り合わせたのですが、三人一緒に船酔いをしましてね、三人で甲板に横並びして、太平洋の荒波に向かってゲーゲーした、そんなお仲間なのです」

岡部のおじさまは、頭を掻きながら、顔を上に上げたわ。

「そうですか。同じ教会のお仲間かと思いましたよ」

父と岡部のおじさまは顔を見合って、それから大笑いしたの。

早速、父は岡部のおじさまから淵沢能恵先生を紹介してもらい、娘のわたくしを東洋英和に通わせる手続きを取ったわ。

間もなく、わたくしは根岸五十番地の当時の自宅――そこは徳川霊廟の東側から鶯谷に下った鶯坂とか根岸坂と言われる坂の下にあった――からお抱えの腕車（人力車）で麻布区鳥居坂の東洋英和に通ったの。じつは、初めのうちこそ、わたくしは父の方針で歩いて通っていたのよ。でも、東洋英和の正門前は、朝と夕になると、送迎のお抱えの腕車でいっぱいになるの。だから、陸奥宗光閣下の娘が、徒歩で通うのをご立派と考える空気はどこにもなかったわ。

それでも、わたくしは東洋英和での女学生生活を心から楽しんだの。母の思惑通りに集団生活が珍しくて楽しかったもの。とりわけ、年上のお友達ができてからはね。その方のお名前は、山尾寿栄子さん。法制局長官の山尾庸三閣下の御令嬢なの。わたくしよりも二歳歳上で、わたくしを実の妹ようになにかと可愛がってくれたわ。

それに、寿栄子さんのお父さまと父とは、昔から親友だったの。政治的にも伊藤博文閣下を中心に、二人とも近い位置に居らしたのね。そして、それ以上に父は山尾のおじさまと伊藤閣下との「墓場まで持って行く秘密」をご存知らしいの。しかも、それを決して口外しない男として、伊藤や山尾のおじさまたちから、篤い信頼を受けていたのよ。もちろん、わたくしはそれがどんな秘密かなんて存じ上げないわ。訊ねようとも思わないことよ。

「どんな秘密か、知りたいだろう」

のぼさんが鼻梁に小皺を寄せてにーっと笑った。

「知っているのか」

金ちゃんがびっくりして、目を剥いた。

「言っただろ。こちらの世界ではな、生前のどんな秘密も、少しも秘密にはならないのさ。魂の誰もが、知ろうと思えば、たちどころに耳に入れる能力があるからさ」

「教えてくれ。伊藤博文と山尾庸三の「墓場まで持って行く秘密」ってなんだい」

のぼさんはまたにーっと笑うと、知りたきゃ、教えてやろう、とふんぞり返ってから、ゆるゆると語り始めた。

それがね、とんでもない話さ。事件は文久二年の師走に起こった。伊藤閣下と山尾閣下は、ある学者の帰りを、彼の自宅近くで秘かに待ち伏せしていた。来た。その学者の姿が近づいて来る。二人は顔を見合わせると、刀を抜いて、丸腰の学者に襲いかかった。有無を言わせなかった。たちまち、学者の呻き声が起こり、大量の血が飛び散り、彼はその場にどさっと倒れ込んだ。あっと言う間だった。二人は刀の血糊を拭くと、さっと鞘に納めて、一目散に駆け出した。

被害者の名前は、塙忠宝《はなわただとみ》という。塙忠宝は孝明帝を廃帝せしめるために、「廃帝の典故」についての調べ物に打ち込んでいた。と、伊藤閣下と山尾閣下は思い込んでいたのだ。でも、後で判ったのだが、これは大いなる誤解だった。塙忠宝は開国派ではなかった。

そこで、人を殺めた伊藤閣下と山尾閣下は、その約半年後に国外逃亡を図った。いや、彼ら自身は国外逃亡とは言わない。その他の長州の三人と英国に密入国で留学するという、いわゆる「長州ファイブ」の快挙、いや怪挙に出た。ところが、英国で見たもの聞いたものに腰を抜かして、「長州ファイブ」の五人全員が、いっぺんに「開国派」に転向してしまった。「長州ファイブ」？　冗談じゃない。軽薄この上ない連中だよな。ヨモクレもいいところだ。つまり、塙忠宝は二重の意味で、無駄死にさせられたわけだ。ところが、開国派に化けた伊藤閣下と山尾閣下は、非開国派の塙忠宝を先んじて暗殺したのだとうそぶく。

「そんな野蛮人たちが、日本の近代国家を建設したのか」

金ちゃんは真っ赤に染まって、のぼさんの周りをぐるぐると高速回転した。

「人殺しが、総理大臣と司法卿になるなんて」

「止まれよ。目が回る」

「だって、塙先生にだって、妻や子が居ただろう。ひどすぎるぜ」

金ちゃんは今にも泣き出しそうな声で訴えた。のぼさんは唇を歪めながら、静かな口調で応えた。

「金ちゃん、勝てば官軍さ。明治維新の立役者に、〝最少人数の最小幸福〟が通るかよ」


わたくしと寿栄子さんは、父親たちの事情などは露も知らないし、関心もなかったわ。ただ寿栄子さんの家は東洋英和の隣なので、わたくしは学校の帰りに、毎日のように遊びに寄らして戴いたの。お抱えの車夫の松次郎さんは、黒い腕車ごと校門前で待っていてくれたわ。申し訳なかったけれど、松次郎さんはいやな顔一つしないで待っていてくれたの。

「お嬢さま、気になさらずに、どうぞごゆっくりと。松も休めて楽ちんなんでさ」

わたくしと寿栄子さんはピアノを交互に弾いたり、連弾したりしたわ。寿栄子さんのピアノは、楽しいのよ。隣で一緒に弾いていると、耳元でおかしなことを呟いて笑わせてくれるの。そして、ピアノに飽きると、ソファーに並んで腰掛けて、一緒にお紅茶を飲んだり、チョコレートを口の中で溶かしたり、ケーキをフォークで食べたりしたの。

「寿栄子さんは、将来はどうなさるの」

「わたくしは、素敵な旦那さまを見つけて結婚するわ」

「あら、ご自分で見つけるの？」

寿栄子さんは何も答えずに、両頬を真っ赤に染めた。

「もう指切りした方がいらっしゃるのね」

寿栄子さんは下を向いて、「よくってよ、知らないわ」と小さな声で呟いたわ。

「清子さんって、歳下なのにおませね」


春たけなわの頃、寿栄子さんのお父さまの山尾庸三おじさまが、高輪の御殿山にある山尾家の別荘での観桜会に、東洋英和の教職員と生徒全員を招いてくれたの。先生方は、まず第二代校長先生のミス・スペンサー（後のミセス・ラージ）でしょ。それに初代校長のミス・カートメル。カートメル先生は甲府に移る直前なのに参加して下さったわ。あとカクラン博士のお嬢さまで英語教師のミス・モード、そのお姉様でピアノを教えるミス・カクランも。日本人教師では作文・算術の水野峯子先生、教頭で漢文・お習字の都築直先生、幹事で英訳の露木精一先生、寮監の淵沢能恵子先生も同行してくれたの。淵沢先生は入学前から存じ上げていたけれど、先生は東洋英和では名前に「子」を付けて登録していたわ。生徒は女子学生ばかり二百名ほどの大所帯だったの。鳥居坂から徒歩で出掛けたので、和洋とりどりの美しい服装をした一行に、沿道の人々は目を丸くして感嘆の吐息を洩らしていたわ。殊に面白かったのは、普段は肩で風を切って歩くような恐いお兄さんたちまでが、わたくしたちの一団を見つけると、みんなさっと道を空けるの。その様を観ると、わたくしは自分の所属している学校に、どこか誇らしげな気持になれたわ。

御殿山の桜の花の下では、みんなで賛美歌を合唱したり、桜をお題にした和歌を詠み合ったり、山尾家が用意してくれた仕出し弁当を平らげたりしたわ。昼食が終わり、わたくしも後片付けを手伝って、一段落すると、近くに居た淵沢能恵子先生が、こんな話を語ってくれたの。

アメリカにはね、桜に纏わるこんなエピソードがあるのよ。ジョージ・ワシントン閣下、初代大統領になられた、の幼少の頃のお話。

「夢の世界に咲く花だ」

ジョージは、満開の桜花がどきどきするほどきれいだったので、ついその枝を折って自宅に持ち帰ったの。

「おい、その桜花は、どうしたんだい」

父親に咎められて、彼は自分が枝を折ったと率直に白状したの。すると、父親は怒るどころか、その正直さを誉めてくれたのね。

「みなさんは、このエピソードをどう思われます」

淵沢能恵子先生は、アメリカに四年ほど滞在して、医学などの勉学をされた方なの。東洋英和では舎監をなされて、欧米風の生活全般を行動で示して下さるわ。日本人女性でも、お勉強と努力をすれば、こんなに欧化できるっていう、動くお手本よ。外国人教師たちとも英語でお話をするし、彼らの通訳のような役目も務めていらしたわ。

「罪を憎んで、人を憎まず、かしら」

山尾寿栄子さんが、優等生的な回答をしたの。

「相手は自分の子供でしょ、甘やかし過ぎだわ」

すぐに、伊藤博文おじさまの長女生子さんが異論を唱えたわ。伊藤家には津田梅子（後に「津田英塾」を開校）先生が、家庭教師として入っていらっしゃるので、生子さんの英語力はとりわけ優れているの。そう言えば、この三年後に、生子さんは末松謙澄（『源氏物語』を初めて英訳）さまと自由恋愛をして、「死ぬの生きるの」と大騒ぎの後、ついに結ばれたのよ。近代的自我の確立した、明治の新しい女性よね。羨ましいわ。

「わたくしも、その父親はどうかと思うわ」

こう口をきいたのは、岩倉具視おじさまの末娘の寛子さんだった。

「その父親は息子に懺悔をさせたのよね。だから、息子は正直に告白しただけだと思うわ。それなのに父親は許したのでしょ」

「確かに、その告白は懺悔ね」

生子さんも頷いた。寛子さんが微笑みながら言い足した。

「でも、懺悔は神の前でなさるものよ。これでは父親が神に替わって、勝手に息子を許しているみたいですもの。傲慢だわ。わたくしは感心しませんわ」

「それは少し酷評ね」

淵沢能恵子先生が、静かに笑いながら仰ったの。

「ジョージ・ワシントン少年の告白は、目の前の父親、神の代理としての父親にではなくて、天上の神に向かって直接行われたのだと思うわ」

「先生。そうだとしても変ですよ。懺悔をすれば、なんでも許されるなんて」

生子さんが素朴な疑問を口にしたの。山尾寿栄子さんが両眉を眉間に寄せながら続いたわ。

「そうよね。悪事を働いても、神に懺悔をすれば許されるのならば、ドロボーをしても、人を殺めても、懺悔をすれば無罪放免になるわ。これでは、被害者やそのご遺族は浮かばれないわ」

「あなたたちは、どうも懺悔が解っていないようね」

淵沢先生が苦笑いしたの。それまで黙って聞いていたわたくしだけれど、首を傾げながら口を開いたわ。

「先生。懺悔って、いったいなんでしょうか」

すると、淵沢能恵子先生が静かに笑いながら教えてくれたの。

「あのね、懺悔はその人と神様とのお約束なの」

「神様との?」

むずかしいお話ね。わたくしは小さな声で呟いたわ。

「そうね。でも、懺悔はね、被害者とか人間相手のお話とは別次元なのよ。あくまでも、個人と神様とのお約束、契約なの」

「では、先生。犯人が芯から反省をしたら、まず天上の神様に懺悔で許しを請うて、それから地上の相手や世間に弁償なり賠償なり服役なりの刑を受ける、ということかしら」

寛子さんが簡単にまとめて下さったわ。

「ちょっと違うけれど、まあそれでもいいことよ」

淵沢先生がにこりとしたので、この話はここで打ち切られたわ。淵沢先生は東洋英和の女子学生たちに、とりわけ両親が進歩的指導的階級に属する娘たちに、機会があるごとにちょっとしたアメリカの挿話を語って、それを自分の頭で考えさせようとするの。

わたくしは淵沢先生から「一個人としての女性の生き方」を教えて戴いたわ。先生はアメリカでイプセンをお読みになったらしいの。『人形の家』という戯曲が評判で、女性だって、両親や夫のお人形ではない、と書かれているのですって。わたくしはノラではないけれど、「人形の家」で夫任せに生き続ける毎日は送りたくないわ。

さて、観桜会がお開きになると、その進歩的指導的階級の御令嬢たちが、お抱えの腕車を御殿山に呼び付けたの。どの腕車が一番速く鳥居坂の学校に到着するか。車夫の健脚自慢が競争になったのよ。わたくしも寿栄子さんに勧められて加わったわ。松次郎さんを呼びつけて、黒い腕車に乗り込んだの。たちまち、山道は腕車でいっぱいに埋まったわ。徒歩で帰る者は立錐の余地がなくて、先生たちでさえ狭い山道の脇に押しやられてしまったの。

すべての腕車が御殿山を下りると、生子さんの声で、横並びに整列したわ。

「いいこと、行くわよ」

生子さんを乗せた車夫が、全速力で走り始めた。それを追って、わたくしの腕車や寿栄子さん、寛子さんの腕車などが、いっせいに動き始めたの。車夫たちは各々の沽券をかけて、自分の走力の限界に挑んだと思うわ。

初代校長のミス・カートメルは、この腕車の競争に大笑いをして、後で聴いた話によれば目に涙さえ浮べられたらしいのよ。

「きょうの楽しい一日は、終生忘れないわ」

こう仰って甲府に移られたの。

でもね、その年の秋になると、不穏な噂がわたくしの耳に入って来たの。十一月いっぱいで淵沢能恵子先生が東洋英和を辞職するというのよ。わたくしは淵沢先生ご本人に直接真相を確かめたくて、寿栄子さんを誘うと、構内の寮に足を運んだの。

「ええ、本当よ」

淵沢能恵子先生は、あっさりと事実だとお認めになったわ。

「なにか嫌な事件でもあったのですか」

わたくしが杞憂して訊ねると、淵沢先生はにこにこと笑われたの。

「有難う。清子さんは心優しいのね。でもね、退職は悪い結果からではないのよ」

「まさか、ご結婚ですか」

寿栄子さんが素っ頓狂な声を張り上げた。

「あら、『まさか』は失礼よ」

淵沢先生は笑いながら、寿栄子さんの額を人差し指で軽く弾いたわ。寿栄子さんも気が付いて、眉間に縦皺を寄せながら、ごめんなさいと小声で謝ったの。

「先生は修道女で、ご結婚のお相手は神だとばかり――」

「ええ、そのとおりよ。地上での結婚で辞めるのではないわ。じつはね、わたしの渡米中の恩師が、来日するのよ」

淵沢能恵子先生のお話だと、先生は故郷に居たときに、メイドとして、釜石鉱山で鉄道建設の技師をしていたG・パーセル家で働いていらした。ところが、一家が帰国するのに伴って、先生も思い切って渡米をなさった。医学の勉強をなさりたかったからなの。でも、ロサンゼルスのパーセル家では、奥様の人種差別が激しくて、家事手伝いをしながら医学の勉強をするどころではなかったらしいの。それでも、一年あまりは耐えていらした。だけれど、先生を呼び付けるのに「ヘイ、モンキー、カモン！」と叫ぶようになった。で、これはもう我慢したら、かえって日本人として国辱だと考えて、顔見知りだったサンフランシスコ領事の柳谷さんにご相談申し上げたのね。すると、領事はいたく同情して下さった。結果、領事の好意で、サンフランシスコに移住して、ミス・プリンス姉妹宅に住み込む次第となったの。単にメイドとしての就職だったけれど、そこで英語と家政を勉学し、またミス・プリンス姉妹の影響でキリスト教の信仰を深め、アメリカ滞在中に洗礼も受けたの。この人生の恩人で勉学の恩師のミス・プリンス姉妹の、姉のミス・イサベラが、文部省の招聘で一橋高等女学校の教師として来日する手筈になったわけなの。じつは、ミス・イサベラを政府に推薦したのも、淵沢先生ご自身だと微笑まれたわ。これは帰国する船でたまたま一緒になり、それ以来のお付き合いがある外務省の岡部長職さん（わたくしの呼び方だと、岡部のおじさま）に「誰か適切な人を知らないか」と訊かれたときに、一言洩らしたのがきっかけだったそうよ。しかも、サンフランシスコでも同居していた、妹のミス・メリーも教員として来日する段取りになったの。そして、ミス・メリーは姉よりも一足先に十一月の末に来日するのよ。淵沢能恵子先生は、ミス・イサベラ、ミス・メリーの姉妹のために、通訳兼メイドとして、姉妹の東京での新居に同居なさるらしいの。

「でも、辞めて行くのは、あなたたちを思うと心残りだわ」

わたくしは黙って伺っていたけれど、先生の唇から馴染みの名前が幾つも出て来たので、胸の中では心臓がどきどきと暴れて、今にも口から飛び出して来そうだった。岡部のおじさまは、父陸奥宗光の部下で、夫婦お揃いで拙宅にもしょっちゅう遊びにいらしていますもの。だいいち、自分が東洋英和に入学できたのも、岡部夫婦が淵沢先生を紹介して下さったからですものね。


十一月になると、淵沢能恵子先生は東洋英和を辞職なさったわ。わたくしは夕飯時に、淵沢先生のお名前を口にしてみたの。これは父と長男の広吉さんが激しく口論するのを止めるつもりで試みた話題だったけれど。

十七歳になった兄の広吉さんは、ご自分のロンドン留学をめぐって、父と熱くなっていたのよ。兄はロンドンに渡って、ケンブリッジ大学に留学し、向うで弁護士の資格を取りたいと言うの。しかし、父は今の兄の英語の実力では、ケンブリッジへの入学は無理だ、ましてや向こうの弁護士の資格などは夢のまた夢だと一笑に付して、さらにはロンドンの冬の厳しい気候は兄の病弱な体では暮らせないと断言して許可を出さなかったの。

「親の勝手を横暴に言い募っているのではありませんよ。経験から募る心配を口にしているだけなのです」

父はこう吐き捨てたわ。しかし、兄は父親よりも、帰国したばかりの末松謙澄のおじさまに傾倒していらしたのよ。

「語学を習熟する期間は、若ければ若いほどいい」

「それに、日本に居たら、まずだめだ」

末松のおじさまは、兄にこう薦められたらしいのよ。

「余分なお言葉を」

父は苦々しく思って眉を顰めていたわ。

母は父と長男の間に入って、それは気を揉んでいたの。長男の広吉兄さんと次男の潤吉兄さんは、父と先妻の蓮子さまとの間の御子なのね。後妻の母が、先妻の二人の子供の問題に、口を挟むのは難しいわ。そこで、母はわたくしの話題に乗り換えたのよ。

「淵沢先生は、もうお辞めになったのね」

「そうなの」

すると、父が兄の広吉さんからわたくしに顔を向けて、声を出さないで笑いながら呟いたの。

「淵沢先生には、清子の就学で言い知れぬほどお世話になりましたね。また政府としても、ミス・プリンス姉妹を紹介して戴きましたしね」

「えっ、お父さま。ミス・プリンス先生ご姉妹をご存知なの」

「もちろんですよ」

父はふたたび微笑んで、優しい口調で話し始めた。父の話だと、伊藤博文閣下と女子教育の重要性について話し合った。新政府になって士農工商の身分差別は撤廃したが、男女平等にはほど遠い。そこで、父は閣下に、女性の権限を男性と同等にまで引き上げるには、まず女性自身の学力の向上が必要だと申し上げたの。じつはこれはわたくしのお母さまからの受け売りなのよ、可笑しいでしょ。もちろん、閣下も大賛成で、二人で幾つかの女子学校を創ろうという話になったの。そのうちの一校が、明治五年に開校した官立の東京女学校をモデルにした学校なの。その東京女学校は西洋人の女教師を雇って英語を中心にした講義を行なっていた。つまり、英語教育重視の欧化した学校だったの。ところが、明治十年になると、西南戦争による財政難を理由に廃校となってしまったのよ。そこでこの官立東京女学校は、東京女子師範学校附属高等女学校に組み込まれたの。でも、去年の男女師範学校の合併に伴って、東京師範学校の付属校になってしまった。それを今回、文部大臣官房所属として、高等女学校と呼んで独立させようというわけ。その目玉の一つが、外国人の女性教師の招聘で、人格も立派な方にお願いしたいと考えたのね。そこで、岡部長職《ながもと》のおじさまを介して淵沢先生に「どなたか紹介して戴きたい」と頼んだらしいのよ。結果、淵沢先生のご苦労で、ミス・プリンス姉妹を紹介して戴き、森有礼文部大臣を通して実現の運びとなったのだそうよ。

「その女学校が、上野公園内の音楽取調掛構内に創られた学校なのですね」

母が応えると、父は広吉兄さんの方は見向きもしないで頷いたわ。

「そうです。そして俊輔閣下と二人で二十万円の寄付金を集めて、その高等女学校を今年の九月に一橋の旧体操伝習所跡に移転させたのです。教授方法や寄宿舎生活も純然たる洋風にして、世界のどこへ出しても恥かしくない洋風婦人を育成しようと考えたのです」

ただ校名には批判がありましてね、父は言葉を切って、静かに微笑むと、また話を続けたの。俊輔閣下が、高等女学校では女学校のくせに名前に色気がなさ過ぎると仰るのです。わたしは勉学に色気は邪魔でしょうと言い返したのですが、素っ気なくて寄付を集めにくいと、痛い箇所を突かれましてね。そこで冠に東京を付けて、東京高等女学校と正式名称を決めたのです。ただ近隣の者たちは、東京高等女学校では最初の官立東京女学校と区別がつきにくいと言うので、一橋高等女学校と呼称しているそうです。

「少し前に、なんとかという方が訪ねていらしたでしょう。あのときの話とは別口なのかしら」

母が横から穏やかな口調で訊いたわ。

「誰のことかな」

「ほら、あなたと昌平学校でご一緒だったという方」

「ああ、『女学雑誌』の木村熊二ですか。あの話とは違います。あの男は明治女学校への寄付を依頼してきたのです」

「あなた、あのときも三百円ほどお集めになったでしょう」

よく金額まで覚えていますね。父は笑いながら、そのときの話を続けた。

「あれはね、資生堂の社長の福原さんたち実業家に、若い女性たちを助けてくれませんか。ええ、べっぴん揃いの若い女性たちです。男なら困っている美人を助けないと。そう言ったのです。すると、福原さんたちは詳細を訊かないで、先に援助を約束してくれたのです。福原さんは後で、これも一種の美人局だと言って大笑いしていましたよ」

「あなた。木村先生にも、そのお金を手渡す時に、娘をよろしくって言わなかった?」

「うん、言いました、言いました」

父はすっかり機嫌を直して、声を出して笑い始めたわ。

「だから、きみは英国風の東洋英和だけではなくて、木村の明治女学校でも学べるのです」

「明治女学校でも、ですか」

わたくしが首を傾げながら訊くと、父はやはり微笑んで答えたわ。

「そうですよ、明治女学校でもです。でも、ロンドンはだめですよ」

父は兄の広吉さんの顔を一瞥して、声を出さないで笑った。

「日本なら、東京なら、どこでもいいですよ。そう言えば、最近俊輔閣下が委員長になって、女子教育奨励会創立委員会を作りました。実業家の渋谷栄一さんなども委員に加わっています。近々正式な委員会を発足させて、新しい女学校をもう一校創る予定です」

「お父さま。わたくし、淵沢先生の学校で学びたいのです」

わたくしははっきりとした口調で言い切ったの。

「東京高等女学校、ですか」

「はい」

「あそこは官立ですよ」

東洋英和とは違いますよ。私立のキリスト教のお嬢さま学校ではありません。勉強も手厳しいですよ。

「覚悟しております」

わたくしがきっぱりと応えると、父は両腕を組んで、大きな溜息をついたわ。

「きみも、広吉も、どうしてそう己の限界を超えようと、背伸びをしたがるのですか。もっと楽に生きて行けるではないですか」

「それは、二人とも、あなたの子供だからですわ」

母がくすりと笑ったの。父は母に顔を向けて、そうですかねえと唸ると、しばらく腕組みをしたまま黙り込んだわ。

こういうときの父が、頭の中で考えている事柄は決まっているの。慶応三（一八六七）年の十一月十五日の出来事、あの忌まわしい坂本龍馬さま暗殺事件を思い出しているのよ。

父は今でも、龍馬さまを心から尊敬なさっているのですもの。

その龍馬さまが暗殺されてから、まだ四十九日も迎えていない、わずか三十八日後の十二月二十三日、二十四歳の父宗光は痛む心を抱えながら、大阪の異人慰留地を単身で訪ねたの。イギリス領事館に入って、まず書記官のアーネスト・サトウさまに会い、その後で折から滞在中のサー・ハーリー・パークス公使と面会したの。若い父には、龍馬さま亡き後、失うものはもう何もなかったのよ。ご自分の命すらどうでもいいと考えていらしたの。だから、物怖じせずに、海援隊で鍛えた英語力を精一杯駆使して、新政府の外交を論じたらしいの。そして、父はこの会見を踏まえて、岩倉具視のおじさまに意見書を提出したの。これが新政府に参加する足掛かりとなったのよ。

「今思えば、若いわたしは冷や汗ものですね。異人慰留地に単身で乗り込んだ、あのときの英語力など、英語とは言えませんよ。ただ龍馬さんに対しての死に物狂いの愛が、パークス公使に、我が国の未来を訴えさせたのですね。あの熱情を他人は若さと呼ぶのでしょうね。ホホホホ」

父は含み笑いをすると、今度は大きな声ではっきりと言い切ったわ。

「よし、解りました。広吉さん、ロンドンに行ってみなさい」

「えっ、いいのですか」

「ええ。その代わり、死に物狂いになって学ぶのですよ」

はい。兄の広吉さんは澄んだ声で返事をすると、母を見て微笑んだわ。

「よかったわね」

「はい、お母様。がんばります」

父は唇の形を笑いにすると、わたくしに顔を向けて、静かな口調で話し始めたの。

「きみも高等女学校に通っていいですよ」

「お父さま、本当ですか」

「ええ。その代わり、入寮するのです。高等女学校の寮は、まったくの欧風に拵えてあります。死に物狂いで欧風の生活を学びなさい」

母がこの言葉を聞いて、目を丸くしたわ。

「あなた、清子を外へ出すのですか」

「そうです。わたしも覚悟を決めました。可愛い子には旅をさせよ、です」

「そんな」

母は両眉を寄せて、わたくしを見つめたわ。

「わたくしは、やはりいやですよ」

「お母さま。心配なさらないで。もう清子は子供ではないわ、自分を持っているわ、大丈夫よ」

父は腕組みを解いて、わたくしをまっすぐに見詰めると、こう言い下したの。

「亮子の気持ちも解ります。それなら、清子は来年の一年間と区切りましょう。日本に居ても、一年間も留学と同様の生活を送れば、欧風の生活を覚えるでしょう」

父は母に顔を向けると、溜息をつきながら、穏やかな口調で言い足したわ。

「子供なんて、持たなければよかったですね」


父は師走になると、淵沢能恵先生と岡部長職・抵子《おかこ》ご夫婦を自宅に招いたの。そこで、父は三人に向かって、ミス・プリンス姉妹を招聘できた件と、わたくしの東洋英和入学のお礼を丁寧に述べ、それから今度わたくしを高等女学校に入学させること、しかも入寮させるつもりだと話したの。

「今度の学校でも、何かとよろしく頼みます」

父は淵沢能恵先生に、ふたたび頭を下げたわ。

「清子は先生を深く敬愛しております。どうしても高等女学校についていくと言って聞かないのです」

父は苦笑いを浮かべながら、穏やかな口調で話したわ。でも、淵沢先生は、すぐに頷いたりはしなかったの。

「自宅がここ根岸なのに、なぜ寮に入れるのですか」

「娘に留学したのと同様の体験を、この国の中で安全にさせたいのです」

すると、淵沢先生は少し首を傾けて、それから抵子おばさまに顔を向けたわ。

「それなら、いっそわたしと同じ体験をしてみたら、どうかしら」

「あっ、先生がなにを企んだのか解ったわ」

抵子おばさまは夫の岡部長職おじさまに顔を向けて、愉快そうに微笑んだの。おばさまは帝国婦人会の幹部で、新しき強き女性の典型って言えるわ。誰に対しても屈託なく口がきけるの。

「わたしには、見当がつかないな。寮で欧風の生活をする日々では、なにかまずいのかな」

長職のおじさまはそう呟くと、両手の掌を持ち上げながら肩をすくめてみせた。わたくしはそれを見て、思わず笑みがこぼれたわ。

「まあ、岡部のおじさまったら、欧米人みたい」

「欧米人はいいのですが、わたしにも解りませんね」

父がこう呟いて、同じように両肩をすくめてみせたので、その場に居た全員が笑ったの。笑いが収まると、淵沢先生がすぐに説明を試みて下さった。

「ご存知かと思いますが、わたしはサンフランシスコで、ミス・プリンス姉妹の家に住み込んだのです。そこで英語を自分の言語にし、欧風の家事を覚えました」

「そのミス・プリンス姉妹が、今回お二人揃って来日なさる——」

抵子おばさまが笑いながら付け足したわ。すると、淵沢先生が更なる詳細をしゃべって下さったの。

「ええ。正確に申しますと、先月妹さんのメリーが来日しました。姉さんのイサベラは来月、新年早々に来日します。そして東京でも二人は同居なさいます。その家に清子さんを預けて、ミス・プリンス姉妹と一緒に学校に通うのはどうでしょう」

「ふむ。父親としては、ほっとする案ですね」

父がすぐに応じたわ。

「ミス・プリンス姉妹だけではなく、淵沢先生とも同居なさるわけだ」

「いや、わたしは寮監に決まりました」

「すると、先生の肩代わりに、清子が通訳兼メイドですか」

父と母は同時にわたくしの顔を覗き込んで、同時に溜息をついた。

「清子に通訳やメイドが務まるでしょうか」

母が両眉を寄せて、小さな声で呟いたの。「メイド」と発音したときには、いっそう小さな声だったわ。母の胸の中には、愛娘をメイドもどきにさせたくはないという気持があったのでしょう。淵沢先生もそれを敏感に感じ取ったようなの。

「お母さま。清子さんをメイドにしようというのではありません。ミス・プリンス姉妹は、ご立派な教育者です。アメリカではそういう家庭に入って、日常生活から学ぶのが、良家の子女の家庭教育なのです。それができない中級以下の家庭の子女が、学校の寮に入って、寮監から集団で日常生活を学ぶのです」

「淵沢先生。よく解りました。清子をお願いします」

父はすでに心を決めていたのね。母はふたたび小さな溜息をつくと、自分に言い聞かせるような口調で呟いたわ。

「清子は恵まれているのね。淵沢先生がアメリカで経験された生活と、まったく同じ毎日を東京で体験できるなんて――」

「ええ。清子さんが先生姉妹と同居して下されば、わたしは安心して高等女学校の鬼寮監になりきれますわ」

「うむ。これは完璧な布陣ですな」

岡部のおじさまが両腕を組んで唸ったわ。でも、母は淵沢先生に顔を向けて、ふたたび心配そうな声を出したの。

「でも、ミス・プリンス姉妹は、清子を受け入れて下さるのでしょうか」

「そうですね。わたしからも、くれぐれもお願いしてみます」

東洋英和では、年末の二十三日の午前中に閉校式を執り行ない、同じ日の夕方からはクリスマス会を催すしきたりなの。

閉校式では、わたくしは涙こそ流さなかった。でも、胸が熱いもので一杯になって、頭がぼーっとしたわ。新年になって新学期が始まれば、わたくしはもう東洋英和には通学しない。東洋英和のご学友たちとは一年間お別れをして、ミス・プリンス姉妹の家に寄宿しながら、東京高等女学校、通称、一橋高等女学校に学ぶ。

父の宗光からは、再度約束させられたわ。英米人と英語で冗談が言い合えるような語学力を手に入れなさい。欧米の生活様式や家事を完璧に身に付けなさい。いいですか、一年間、死に物狂いで学ぶのですよ。

「はい」

わたくしも親元から離れるのは心細い。でも、一人前の大人にやっとなれるような、自我が確立するような、そんな嬉しさも芽生えていたの。

クリスマス会は、去年の夏に新設された広い講堂で執り行われたわ。構内の至る所に球灯を飾り、窓から窓へと色紙で輪っ子を創っては繋いで通し、まるで西洋の教会のステンドグラスのような華やかさを醸し出したわ。演壇は舞台と化し、床には折り畳みの簡易な椅子を前後左右に規則正しく並べて観客席に模したの。

開会は参列者一同の賛美歌の合唱で始まり、祈禱が行なわれ、聖書朗読と続いたわ。この時間になると、空いている椅子がないほどに来客が詰め掛けて下さった。ご学友たちのご両親やご家族はもちろん、新聞や雑誌の記者さんたちもご招待されて、押すな、押すなと詰め掛けていらしたわ。先日、わたくしの家を訪ねて来た、『女学雑誌』の木村熊二さんの顔も、後方の席に垣間見えたわ。

松井いく子さんが来客への歓迎文を読み上げると、その後はピアノ合奏や英詩暗誦、在校生連声の賛美歌唱歌と続いたの。ピアノ合奏も、仁礼春子（後の斎藤實首相夫人）さんとは種田道子さんが組み、わたくしは親友の山尾寿栄子さんと一緒に並んで弾いたわ。父と母にとりわけ評判がよかったのは、牛場田鶴子さんの「女子の職業」という演説や山尾寿栄子さんの祝文、十二人の女学生によるクラブ体操、橋口ふみ子さんの英詩暗誦、菊地まつ子さんと本田小菊さんの英語による対話などだったわ。この間に、昇級証書授与も行なわれて、わたくしは証書を手にすると、このまま東洋英和に在籍して進級したい気持にも陥ったの。

「一橋に行くの、やめようかしら」

わたくしが呟くと、隣に居た山尾寿栄子さんが微笑みながら振り向いたわ。

「なにを仰るの、外国の方と一緒に暮らせるのよ、羨ましいわ」

「そうですけれど」

「わたくしもね、最後の一年は寮に入れるように、今父にお願いしているのよ」

「隣がご自宅なのに？」

「そうよ。朝から晩まで、お言葉もお食事も生活全部を欧風にしないと」

「寿栄子さん。すごいわね」

「あら、清子さんこそ。先にそうなさるのではありませんか」

寿栄子さんに笑顔で言われると、わたくしも思わず笑顔になって応えたの。

「そうね、しっかりしないと」

東洋英和のクリスマス会は、盛会のうちにお開きになったわ。

年が改まって、明治二十年の春になると、父宗光・母亮子の両親は麻布区仲之町一八番地に引っ越したわ。ここはいわゆるお屋敷街で、また鳥居坂町もごく近くなので、東洋英和には徒歩で五分も要しない場所なの。

「一年が経って、清子が戻って来たら、学校が近くて喜ぶでしょうね。ホホホホ」

父は母にこんなことを呟いていたそうよ。

また新居の前の大きな道の向こう側は、隣町の飯倉六丁目で、そこには徳川邸が建っていたわ。

でも、陸奥家は両親二人きりの家庭となったの。わたくしの兄二人もそれぞれが独立したから。長男の広吉さんはロンドンに留学し、次男の潤吉さんは古河家に約束どおり養子に出されたの。

東洋英和に通っていたわたくしは、一年間の約束で、ミス・プリンス姉妹の築地の家に入り、二人の師と共に腕車で東京（一橋）高等女学校へ通い始めたわ。本当は歩きたかったのよ。でも、東京高等女学校は、去年の九月七日に上野公園内から、神田一橋通二番地旧体操伝習所跡に移転していたでしょ。築地からは徒歩だと四十五分も要するの。

「どうだい、金ちゃん。富士山のてっぺんで、阿具や信次郎が冷やかしたとおりだろう。上流階級の陸奥のお嬢とイモ金のきみとでは、月とスッポンの生活ぶりだろうが」

「なに、お互いに、お互いの家柄や環境に惚れたわけではないさ」

金ちゃんは吐き捨てるように言いながら、のぼさんの周りをぐるぐると回り続けた。

「よせよ。目が回る」

のぼさんは体を張って、金ちゃんの回転を止めると、懲りない奴だなと呟いた。

「じゃあ、金ちゃん。閣下と「華」という、上流階級の両親から提出された、以下の問題をどう解決したんだっけ」


ところで、夏目さん。「小鈴」がおれの目を覗き込むようにして口を開いた。

「徴兵は、どうなさるおつもりかしら」

そうですね、ホホホホと赤シャツが笑った。なにがおかしいのだろう。

「夏目くんには徴兵がありましたね。わたしら外交官は徴兵が免除ですが」

「考えていませんでした」

おれは胸の中が、かっと熱くなった。おれには徴兵があって、内田康哉には徴兵がないってか。

清子の両親は、ここを突くために、おれを部屋に上げたのか。赤シャツがおもむろに言い下した。

「徴兵に取られたら、海外に派遣される可能性だけではなく、お国のために命を捧げる可能性もありますね。極めてご立派な尊敬すべき任務ですが、娘の夫となると、躊躇せざるを得ませんね」

「あなたは、若いときから、刀がお嫌いですものね」

「小鈴」が赤シャツの横顔を見つめながら微笑んだ。

「ええ、大っ嫌いです。戦争ではなく、外交で解決しないと。まあ、それで勝海舟先生には「おしゃべり好きの、腐った女だ」と軽蔑されました。でも、龍馬先生にはすこぶる褒められたのですよ」

「そこで、金ちゃんはどうしたのだっけ」

のぼさんは鼻梁に小皺を寄せてにーっと笑った。金ちゃんは真っ赤っ赤になって、大きく乱高下した。

「思い出したくない」

「というわけにも、いかんよ」

「うるさい」

金ちゃんは駄々っ子のように叫ぶと、見る間に真っ赤から真っ黒な塊になった。

帰る際には、「小鈴」と清子が女中を従えて、玄関まで見送ってくれた。そのとき、「小鈴」がおれと清子の顔を交互に見つめて、こう諭した。

「これから、もしお二人で会うつもりならば、決して外ではお会いしないで下さいね。結婚前の娘に、妙な噂が立つのは困ります。もしお会いするのならば、この家の中だけでお願いします」

「お母様、夏目さんとお会いしてもよろしいのね」

「ええ。でも、夏目さん。拙宅を訪れるのは、月に一度以内にして下さいね。これも妙な噂が立たないためです。お約束して下さいますか」

「はい」

おれはすぐに返事をして、清子の顔を見た。白い頬が、ほんのりと桜色に染まっていた。

外に出ると、当り前だが、きょうは洋琴の音色が聴こえて来なかった。すると、ふいに淋しくなった。不思議な感情だった。

それにしても、赤シャツや「小鈴」が口にする人名は、あまりにも有名な人たちばかりだった。夏目家の普段の生活の中で、これらの人名を口にする場面なんて、まず考えられない。とりわけ、近所のおじさんの噂を語るように、親しげに伊藤博文閣下の言動を口にする光景は、当り前だが有り得ない。

やはり、生きている世界が違うのだろうか。いや、怖じ気づいても始まらない。おれは自分の胸の内で、大声で叫んだ。

「実家の古ぼけた世界よ、さらば。清子の周りの欧化政策を現実化したような華々しい世界よ、こんにちは。この世界への入場券は、勉強して、勉強して、博士になればこそ、手に入れられる。たぶん、手に入れられる」


「これが『三四郎』に結実か」

のぼさんがにやにやと声を立てずに笑った。

「一つ目は母が居る古ぼけた熊本の旧世界、二つ目は美禰子さんが居る東京の華々しい社交界、三つ目は野々宮さんが居る学問の世界。夏目三四郎くんはどれを選ぶのだい？」

「ぜんぶ、だ」

「でも、街中では、清子と二人では逢えないのか。陸奥家の中で、監視付き、探偵付きでないと、逢えないのか」

どうしたものだろう。清子との交際を柔らかく断られたのだろうか。おれは「小鈴」の顔を思い浮かべた。「小鈴」の眉毛は太くて美しかった。その左右の眉毛が眉間に寄せられて、笑顔が消えると、頬の大きな黒子だけが目に付いた。清子と同じ場所についている、遺伝の法則に合致した黒子だった。

いや、なにも結婚を反対されたわけではない。また、二度と娘に付き纏うな、と宣告されたわけでもない。むしろ、正反対の結果ではないか。逢ってもいいのだ。そう許しが出たのだ。希望は大いにある。嬉しい。あれこれ考えずに、素直に喜んでしまおう。

おれは自分に言い聞かせて、歩きながら少し笑みを浮べた。そして、子規への手紙に認めた句を、もう一度胸の中で呟いた。

吾恋は闇夜に似たる月夜かな

八

明治二十四年の秋も深まった。しかし、穏やかな実りの秋ではなかった。十月二十八日の朝、美濃、尾張地方に大地震が起こった。東京でも、夕方には繁華街で号外が放り投げられた。月が替わってからの新聞には、名古屋・岐阜で七三〇〇人以上が亡くなったと書いてあった。

おれはこの記事を読んで、改めて日本で建築家になる虚しさを実感した。真性変態の指摘どおりだった。英文学に進んで後悔はなかった。しかし、文学は他者の立場に自分を置いて、他者の痛みを自分の痛みとして感じ取る訓練が必要だ。自己本位ばかりでは、文学はできない。

おれは濃尾地震を他者の不幸で片付けられなかった。もしこれが自分の身の上に起こったらと想像した。おれが犠牲になったら。いや、清子が犠牲になったら。おれは叫びたくなった。おれは焦った。おれは子孫を持つどころか、まだ結婚だってしていない。おれは命に限りがあるちっぽけな生き物だ。おれは自分以外の、同じ生きとし生けるものの手の温もりを感じたくなった。

翌日、おれは陸奥邸を訪れた。月に一回の約束を守らねばならなかった。守るつもりだった。それで、赤シャツと面会してからは、初めての訪問だった。

陸奥邸では、清子の部屋にも入って、二人だけで過ごす時間も許された。

「あなたを拝顔していますと、自分は体に震えが来ます」

「あら、失礼ね」

清子は怒ったのか、ぷいと顔を横に向けた。

「いや、そうではありません」

おれは清子の予想外の反応にびっくりして、あわてて右手を横に振った。

「あなたの顔は、たった一つ、自分の為に作り上げられた顔だと思っているのです」

「夏目さん。夏目さんの話し方は小難しいわ。父みたい」

清子が顔を傾げた。

「そのお言葉は、わたくしの顔をお誉めになっていらっしゃるの」

「もちろんです。百年の昔から、百年の後まで、自分を従えてどこまでも行く顔です」

「ほら、また小難しい」

清子が片手を口に当てて笑った。

「――」

このとき、おれの胸の中に、別の言葉が湧いて来た。おれは前後を考えずに、気持の勢いに駆られて、その言葉を口走った。

「清子さん。自分の未来永劫の細君になって下さい」

言葉は誠であった。でも、その誠を、どのように実行したらいいのか。実行できないのならば、たとえ誠の心から出た誠の言葉であっても、それは相手にしてみれば単なる嘘と変わりはない。

「未来永劫の細君って、百年後の、あの世での細君って意味かしら」

「いや、この世でも、あの世でも、です。百年は永遠の意味です」

「夏目さん。解るようにお話ししてね。未来永劫の細君って、なあに？」

「未来永劫の細君です」

おれは言いよどみながら答えた。清子はかぶさってきた。

「永遠の細君ではないのね」

「いや、永遠の細君です」

「夏目さんはわたくしを女でばかだと思って、からかっていらっしゃるのね」

清子が尖った声で反発してきた。おれはあわてて、右手を横に強く振りながら、違いますと答えた。

「この世でも細君、天上でも細君。永遠に細君。そうなって欲しいのです」

「よくってよ、知らないわ」

清子は頬を鶏頭色に染めた。おれは清子に向かって頭を垂れた。

「お願いします」

「お頭《かしら》を挙げて下さい。わたくしでよろしければ、夏目さんのお嫁さんにして下さい。この世でも、あの世でも、百年でも、永遠でも」

清子はそう応えて、両目をうるませた。

「本当ですか」

「ええ。だから、お願い。この頑丈な『人形の家』から、一刻も早くわたくしを連れ出して欲しいの」

「えっ、ここは『人形の家』なのですか？　イプセンの？」

おれがびっくりして高い声を出すと、清子は俯いて、もうなにも応えなかった。おれはイプセンの『人形の家』を英訳で読んで知っていた。

十一月の末にも、おれは陸奥邸を訪ねた。清子は二人きりになると、早くこの頑丈な『人形の家』から連れ出して欲しい、と重ねて言い募った。

「父はご立派。母も美しい。わたくしは両親を、それは誇りに思っていますわ。でも、誇りに思えば思うほど、二人の自我に縛られてしまうの。わたくしだって、いつかは死ぬわ。それなら、わたくしはわたくしの自我で、わたくしの人生を歩いて行きたいの」

「清子さんは、その若さで、もう死を意識しているのですか」

「それは――。でも、ヘーゲル主義者ではないのよ」

清子は悪戯っぽく笑った。おれは一瞬口あんぐりした。いきなり、清子の口から西洋の哲学者の名前が飛び出したからだ。おれはあわてて、会話を繋いだ。

「そうですね。むしろ、キルケゴールかな。〝主体性は真理である〟でしょ」

「違うわ。〝主体性は非真理である〟の側よ」

「そうですか。やはり、清子さんは、日本の女性一般とはだいぶ異なりますね」

おれが嘆息しながら呟くと、清子が首を傾げた。

「あら、そんなに跳ねっ返りかしら」

「いや、決して跳ねっ返りではありません。自分を持っているというか、主体性が明確だというか、自我が確立しているというか、海の向こうの外国人の女性と話しているような心持になります」

おれは正直な胸の裡を吐露した。

「わたくしは、海外生活の長い淵沢先生や外国人教師に学んだから、きっと生意気なのね」

すぐに、清子が反応した。

「いや、そうではありません。これからの時代は、女性も学問をして、自分を持たなければ、」

「そうでないと、日本が欧米の国々と肩を並べて競っては行けない、に続くのでしょう」

清子が右の掌でおれの口を抑えて、後の言葉を継ぎ足した。おれはまたまたびっくりして、両目を見開くと、清子を見つめた。

「どうして、自分の話そうとしている言葉が解るのです」

「そんなにびっくりなさってはいやよ。父が夕食の席で、口癖のようにそう語っているだけですもの」

赤シャツが。おれは短く呟くと、後の言葉を飲み込んだ。自分の家の夕飯とは、会話の内容がまるで違う。夏目家では、食事のときに会話自体をほとんど交わさない。黙って食え、と父直克が言い下していた。食事の時に会話を交わすのは下品だ、と。時たま、家族間で交される会話は、しょっぱいとか、甘すぎるとか、そんな天下国家や学問にはどうでもいい、じつに下らない内容だった。

お金の有る無し、身分の高い低いで、食卓に載る皿の枚数と中身が違う。これは、まだ許せる。いや、当然だ、仕方がない。しかし、会話の質に格差があるのは哀しい。それでも、清子を細君に迎えたら、夏目家にも夕食時に会話が誕生し、それも上質の哲学的な、あるいは美学的な話題が交されるのだろうか。

それとも、清子は自分を明治の日本にはそぐわない女性だ、と判断しているのだろうか。おれが『人形の家』から連れ出しても、それが日本国内では、とりわけ夏目家に入れたら、『人形の家』の強弱が変わったにすぎないか。清子の望みは、おれが英文学を専攻しているので、イギリスかアメリカに住めると期待しているのだろうか。

しかし、それならおれの細君になるよりも、外交官の細君になる方が、いかにも手っ取り早い。

「内田康哉という外交官とは、その後具体的に結婚の話が進んでいるのですか」

おれは気になっている男の名前を口にした。

「いえ、なにも」

清子はあっさりと答えた。でも、清子が知らないだけではないのか。おれは「小鈴」の顔を思い浮かべた。「小鈴」が陰で小刀細工を施していないか。おれは清子の顔を見つめた。

「清子さんは、外交官の細君に――」

「ならないわ。でも、母はね、母は内田さんを贔屓にしているわ」

清子は話が内田から動かないので、仕方がないといった感じで、内田との経緯を話し始めた。

「内田さんには、渡米したときに、家族みんながお世話になったの。ですから、わたくしも内田さんには感謝の気持ちでいっぱいですわ。でもね、わたくしは外交官というお仕事にも、ましてや内田さん個人にも、特別な感情は抱いていないわ」

「そうですか」

「ええ」

清子はおれに気を遣ってくれたようだ。

「でも、一年もアメリカでお世話になったのでしょう」

おれは固く唇を結んだ。お国に有為な人間という点で、おれは内田の足元にも及ばない。清子が小さな声で答えた。

「ええ」

同国人の少ないアメリカで、一年近くも共に暮らしたのか。しかも、内田は外交官で英語が達者なのは問うまでもない。赤シャツが英文学専攻のおれに向かって、英語など英米では子供でもできる、英語を使ってなにを成すかだ、と言い放ったのは、内田を意識しての言葉だったのだ。確かに、内田は外交官だから英語を日常に使って、国益のために働いている。英文学専攻のおれは、英語で大著述を著すのが、人生の目的だと宣言してしまった。しかも、嘆かわしさの極みだが、その大著述の中味までは語れなかった。中味は未だ空っぽのままだった。

これでは、内田という外交官の真横にも並べないではないか。

「アメリカでは、内田さんはずっと陸奥一家の世話係だったのですか」

「いえ、そんなことはありません」

清子が微笑んだ。おれはその唇の形を美しいと思った。清子は屈託なく話し始めた。

「わたくしと母は、夏にワシントンからニューヨークへ出掛けました。このときは、内田さんもご一緒でした。避暑にニュージャージーのケープ・メイに行く予定でした。その前に、まずニューヨークに滞在中の山縣有朋のおじさまをお訪ねしたのです」

「山縣閣下もニューヨークだったのですか」

おれのまったく及び知らない遠い世界の逸話だった。

「ええ。山縣のおじさまは内大臣になられた後、八ヶ月ばかり欧州を巡遊して、帰国の途中ニューヨークに立ち寄られたのです。五番街ホテルの四階を借り切って滞在していました。このホテルはセントラル・パークの東縁を南下した場所に建っているので、帰りにセントラル・パークで一休みしました。緑の多い、美しい公園でしたわ」

「清子さんも、山縣閣下とはご懇意なのですか」

いったい、この一家はどのような日常生活を送っているのだろうか。

「懇意というほどではありませんわ。でも、おじさまは、わたくしにご冗談を仰るの」

「冗談、ですか」

「ええ。このときも、今ドイツに留学中の森某とかいう若い軍医が、自分の親戚におるが、清子さんにどうだ、とか仰って、父を困惑させていましたわ」

「やはり、降るほどに、ご結婚の話が舞い込むのですね」

おれは清子に判るほど元気を失ってしまった。

「あら、山縣のおじさまは、いつものご冗談よ。わたくしの顔を見ると、いつだって同じ「森某」をお薦めになるのよ」

「なにかわけがあるのですか」

新たなライバル出現かと、おれが口ごもりながら訊くと、清子は声を出して笑い始めた。

「ないわ。ただね、この森某の妹さんと、わたくしがお友達なの」

「妹さんと?」

「ええ。一橋高等女学校で、ご一緒だったの。喜美子さんとおっしゃるのよ。二人でよく手を繋いで、廊下を端まで駆け抜けたわ。ミス・プリンスに見つかると、大声で叱られたっけ」

おれは女学生らしい清子と出会って、ちょっと嬉しかった。

「山縣閣下は、あなたと森某の妹さんがお友達と知っていて、冷やかすのですか」

「そうだと思うわ。喜美子さんは、ドイツのお兄さまに、〈きょうも陸奥のお嬢と云々〉って、お手紙を差し出していたらしいのよ」

そうか、ドイツに留学した森某か。陸奥家の周りは知的エリートもひしめいている。おれはそこへどのように割って入ればいいのだろうか。

「森某とお見合いの話などは起こらないのですか」

「起こらないわ。だって、喜美子さんのお兄さまには、好きな方がいらっしゃるのですもの」

おれはびっくりして、清子を見つめた。

「そんな秘事まで、ご存知なのですか」

「秘事ではないわ。わたくしたちがアメリカから帰国する直前に、お兄さま自らが世間に発表なさったのよ」

「婚約発表ですか」

おれはますます両目を大きくした。日本にも自由恋愛の末に、婚約発表までする人たちが現れたのか。

「違うわ」

清子は片手を口に当てて、くすりと笑った。

「小説で発表なさったの」

「小説で？」

「ええ。『舞姫』っていう小説。ご存知ないかしら？」

「山縣のおじさまのご冗談が一段落すると、父が山縣のおじさまと話があるから、きみたちはメトロポリタン美術館などを見学して、それから夕食を摂るなりして、先にホテルに帰っていなさい、って」

「内田さんも、ご一緒だったのですか」

「ええ、そうよ」

おれは話を聞けば聞くほどに、気持ちが重たくなった。清子が怪訝な顔をした。

「内田さんと二人っきりではないですよ。母も、兄も。父以外は、みなご一緒ですわ」

「はあ」

「わたくしが二人きりでお逢いできる殿方は、夏目さんだけです」


明治二十二（一八八九）年の暮れも押し詰まってから、父宗光は帰国の途につく決意をしたの。

「代理公使は、佐藤愛麿くんに務めてもらいましょう」

「潤吉は、やはりコーネル大学を受験するのですね。それなら、ここワシントンに残して行きましょう」

「あさっての十二月二十七日に、ここを発ちますよ。長坂邦輔と内田康哉はついていらっしゃい。亮子、そして清子は、もちろん一緒です」

このような慌しい帰国は、末松謙澄のおじさまから、月の初めに届いた電信を読んだのが始まりだったわ。それまでも紀州の政治家の方々からは、帰国を促す電信が何度も届いていたのよ。そのたびに、父は「時期ではない」と言い捨てて動じなかったの。

でも、末松のおじさまは今年になって、伊藤俊輔おじさまの御令嬢で、わたくしも東洋英和で存じ上げている、生子さまとご結婚をなさっていたの。それで、父は「至急帰国せよ、と認めてある。末松の文面は、即俊輔の言葉だ」と決めつけてしまったのよ。ついで、クリスマスイヴには、先に日本に帰った山縣有朋のおじさまからも「至急帰国されたし」の短い電信が届いたの。

同日日本では、この山縣閣下が内大臣を兼ねた総理大臣となって、組閣を急いでいたのね。父は当然のことながら、この山縣閣下からの電信を「自分の内閣で重要な地位を宛がう」と読み取ったらしいの。

わたくしたち四人が日本公使館の外へ出ると、ワシントンの街には雪が舞っていたわ。この季節にロッキー山脈を越えて、サンフランシスコまで行く。という旅程には、大きな危険が付きまとっているの。無謀と言ってもいいほどの。でも、父はもちろん、同行の長坂邦輔のおじさまや内田康哉さんも、不吉な言葉はいっさい口にしなかったわ。むろん、母やわたくしは、ただ従うだけなの。

わたくしたちが乗り込んだ列車は、先頭車両に雪掻車を配置して、魔の山々として名高いロッキー山脈に挑んだわ。途中幾度となく立ち往生はしたものの、それでもなんとかロッキー山脈を乗り越えたの。

「サンフランシスコまで、あと百マイルちょっとだ」

内田さんが微笑みながら、そう教えてくれたわ。わたくしたち一同は誰しもほっとして、周りの乗客と握手を交わして喜び合ったの。

でも、その安堵感も束の間で、すぐに暗転してしまったわ。シエラネバダ山脈に差し掛かったときに、猛吹雪に見舞われたの。たちまち、窓ガラスには白い雪がこびりついて、車窓からの視界はゼロになったわ。内田さんが誰にというわけではなく呟いたの。

「シエラネバダって、スペイン語で「雪の山脈」の意味なのです」

「だから、なんです」

父が不機嫌そうに声を荒げたわ。内田さんは口を結んでうなだれたの。父の八つ当たりよね。一等車の車窓には、二重ガラスが嵌め込まれていたわ。でも、外気の寒さを防げるほどの設備ではないの。

「寒いわ」

わたくしは言うまいとしていたのに、つい囁くような小声を洩らしてしまったの。母は一等車の乗客に配布された毛布で、わたくしの体を包み込んでくれたわ。わたくしは自分に配給された毛布と二枚を重ねて着込んだわけね。それでも、まだ寒いのよ。

列車が長いトンネルに入ったの。すると、速度を緩めて、ついにはトンネル内で停車してしまったわ。

「どうしたんだ」

「故障か」

「こんな暗闇で」

殿方たちが怒号を上げて騒ぎ始めると、車掌がやって来て、説明を始めたわ。もちろん、英語で。わたくしも耳をそばだてて聴き取ってみたの。

「百年に一度の、歴史的な猛吹雪です。安全確保のために、しばらくはトンネル内に停車します」

「なんてこった」

長坂邦輔のおじさまが舌打ちをしたわ。

「まあ、仕方がないですね」

父が長坂のおじさまに応えて苦笑いを浮かべたの。それから、母に顔を向けると、穏やかに呟いたわ。

「せいぜい一、二時間の辛抱ですよ」

ところが、列車は一、二時間どころか、夜になっても微動だにしなかったの。一昼夜が過ぎ、二昼夜が過ぎたわ。もとより、トンネル内は漆黒の闇ですもの、そこへ熱量の倹約とかで車内灯までオフにされてしまったので、昼夜問わずの真っ暗闇に陥ったわ。しかも、凍りつくような寒さが、死の恐怖を煽り立てるの。キルケゴールどころではなかったわ。

三日目の夜になって、ついに携帯して来た食べ物が尽きてしまったの。父は自分の妻と娘のわたくしを抱き締めて、ストーブの傍に坐り込んだわ。ストーブは燃料の鯨油と木材にも限度があるために、夜間のみ使用できたの。と言っても、極力火を弱くする取り決めになっていたけれど。

「今ここで死んだら、我々は永遠の旅人ですね」

内田康哉さんが静かに微笑みながら呟いたの。

「外交官の死に方としては、まあ満足でしょうか」

すると、父は自分の妻と娘のわたくしの顔を交互に見つめて、幕末の志士に相応しい覚悟を口にしたわ。

「どうせ死ぬなら、日本人の名に恥じないように死にましょう」

「いや、弱気になってはいけません。ぼくはこんな所で死にたくない」

長坂邦輔のおじさまがしんけんな声で吐き捨てたわ。父と内田康哉さんがびっくりしたように目を見開いて、長坂のおじさまを見つめたの。長坂のおじさまが、もう一度口を開いたわ。

「生きて日本に帰りたい。誰だって、これが本心でしょ」


清子がおれに微笑んだ。

「わたくしは、長坂のおじさまが一番好き」

えっ、どうして。おれは首を傾げた。

「内田さんは詩人の境地に達しているようだし、閣下は男らしいと思うけれどな」

「夏目さんも、やはり男ね」

清子は肩をすくめた。

「長坂のおじさまだけが、ご自分の心に『真面目』よ」

「『真面目』、ですか」

「ええ」

清子はおれを見つめて、それから微笑んだ。

「日本の殿方って、すぐに鎧を着込むでしょ」

「鎧?」

「そう、心に鎧」

清子は静かに微笑んだまま付け足すように言った。

「夏目さんは、ご自分の心を裸にできる?」

「えっ、裸ですか」

おれはたじたじだった。清子の話の展開に付いて行けなかった。

「そうよ。アメリカの殿方は、ご自分の心を裸にできるわ」

「アメリカの男は『裸の心』?」

「ええ。まるで女性や子供みたいに、心を丸裸にして、目の前の敵や困難や、そして好きな婦人にも立ち向かうのよ、『真面目』に」

「――」

おれはどう答えたらいいのか、まるで見当がつかなかった。きっとぽかんと口あんぐりしていたのだろう。清子がくすっと笑った。

「夏目さんって、本当に英文学者? まるで徳川時代の儒学者みたい」


このときの清子との会話は、後で何度も反芻してみた。「真面目」は『虞美人草』で使ったし、晩年、「裸の心」をキーワードに、「日本の男と欧米の男」という対立構造も、頭の中でできあがった。「裸の心」をモチーフに書き出した作品が『こゝろ』だ。と言っても、『こゝろ』は日本の心、欧米の心と交互に書くつもりだったが、先に書き始めた「日本の心」だけで、つまり「鎧に身を固めた心」だけで、結局最後まで書き進めてしまった。それも明治天皇がご崩御なさって、乃木大将が後追い自殺、しかも御夫人を道連れに心中を果たした事実から、「鎧に身を固めた心」

を書こうと試みた。そこで、『こゝろ』では「先生」も「K」に殉じて後追い自殺をさせた。でも、「先生」は乃木大将とは対極だ。「鎧に身を固めた心」で、連れ沿いの「奥さん」には何も語らない。一人で勝手にあの世に旅立つ。乃木大将の御夫人と「先生」の奥さんと、いったいどちらが幸せなのか。「日本の心」はどちらに軍配を上げるのか。

清子に教わった「裸の心」は、当時ののぼさんにも話した。のぼさんは開口一番に、こう叫んだ。

「金ちゃん、平安時代を見ろよ。日本だって、貴族の男たちは女や子供みたいにさ、すぐにぴーぴーと泣いたり失神したりしたぜ」

「それで、のぼさんは男泣きしてもいいように、国文学に鞍替えしたのか」

おれが笑って混ぜ返しても、のぼさんは一向にへっちゃらの様子だった。

「そうさ。金ちゃんは、これからあしを光源氏さまとか在原業平さまと呼び給え」

「ばか言っているんじゃないよ。光源氏や在原業平が、誰かさんみたいに片思いばかりするか」

おれが笑うと、のぼさんは鼻梁に小皺を寄せてにーっと笑った。

「金ちゃんは、陸奥のお嬢に刃を付き付けられたんだよ。自分の心を裸にできるか、ってね」

「とっくに、心は素っ裸さ」

おれは即答した。でも、のぼさんは、またにーっと笑った。

「そうかな。金ちゃんは大学院を出て博士になるんだろ」

「いけないか」

「いけなくはないさ。でも、博士なんて、鎧の中の鎧、ワースト鎧の肩書だぜ」

「――」

おれは返事ができなくなって、ただのぼさんの顔を見つめた。のぼさんも何も言わない。仕方がない。おれがぼそっと呟いた。

「自分は清子さんに嫌われたのかな」

「まさか、逆だよ」

のぼさんは声を出して笑った。

「いや、「小鈴」はだめだよ。「小鈴」は金ちゃんに博士になれと言う。結果、今よりもっと立派な鎧を心に着けろと促す。でも、陸奥のお嬢は違う。鎧なんか脱ぎ捨てろと薦める。陸奥のお嬢は、ただの詰まらない、徳川時代の、深窓の御令嬢ではないよ。金ちゃんにはもったいない、新時代の、近代的自我に目覚めたお嬢だ」

「おれは、博士にならなくてもいいのか」

「当り前だ。むしろ、博士になろうと小刀細工なんかしてみろ。陸奥のお嬢には、いっぺんで嫌われるぞ」

「うむ」

のぼさんの言葉は、いまいち理解できなかった。おれは両腕を組んで、頭を捻った。のぼさんが愉快そうな顔をして、得意そうに口を開いた。

「陸奥のお嬢にとって、両親は反面教師なんだよ」

「反面教師か」

おれはますます頭を捻った。清子は両親を尊敬している様子だったし、大好きな様子にも見えた。ただ両親の自我に縛られていると洩らした。これらの感情と、反面教師は両立するのだろうか。のぼさんにこの点を問い質してみた。すると、のぼさんはそれには答えないで、声を出して笑った。

「陸奥のお嬢は、早く家を出たいと言わないか」

「どうして解る？」

「やはりな」

のぼさんは鼻梁に小皺を寄せてにーっと笑った。

「図星だろ」

「うん。図星だ。頑丈な『人形の家』から、早く外へ連れ出してくれ、と頼まれた」

のぼさんはおれの肩を叩いた。

「金ちゃん。博士になっちゃだめだぜ。博士にならなければ、陸奥のお嬢はおまいのものだ」

ところが、のぼさんの忠告にも拘らず、明治二十四年の十二月になると、おれはJ・M・ディクソン教授からの依頼で、『方丈記』を英訳解説する仕事に着手した。十月末の二十八日に、美濃、尾張に大地震が襲来したとは前にも述べたが、死者が七三〇〇人近くにのぼったという詳細の報道が、外国人教授の心を刺激したのである。

「日本人は、古来より、自然災害に耐える術を知っていますね。どこから、その強靭な精神力は生まれるのでしょうか」

しかし、『方丈記』の英訳解説という作業は、おれからすると、創作活動というよりも、博士になるための研究活動である。

おれはまず鴨長明の心を理解しようと思った。そこで、『方丈記』を国文学者のように何度も何度も繰り返し行間まで深く読み込んだ。お陰で、結果を言えば、一ヵ月後に出来上がった原稿は、ディクソン教授に思いのほか評判がよかった。

しかし、この朝から晩までの『方丈記』漬けは、おれの心をも『方丈記』の色に染めてしまった。厭世観にたっぷりと嵌ったのである。おれはのぼさんに以下のような手紙を書き送った。


……僕前年も厭世主義、今年もまだ厭世主義なり。嘗て思う様、世に立つには世を容るゝの量あるか、世に容れらるゝの才なかるべからず。御存の如く、僕は世を容るゝの量なく、世に容れらるゝの才にも乏しけれど、どうかこう食ふ位の才はあるなり。どうかこうか食ふの才を頼んで此浮世にあるは、説明すべからざる一道の愛気隠々として、或人と我とを結び付るが為なり。此或人の数に定限なく、又此愛気に定限なく、双方共に増加するの見込あり。此増加につれて漸々慈憐主義に傾かんとす。然し大体より差引勘定を立つれば、矢張り厭世主義なり。唯極端ならざるのみ。之を憧着と評されては仕方なく候すると、のぼさんは、江戸っ子のおれに江戸弁を使ってみせた。

「てやんでえ。大学の教室で、文学が学べるかい」

しかも、そう言うが早いか、のぼさんは十二月の初旬には常磐会寄宿舎を飛び出して、本郷駒込追分町三十番地の奥井邸内に転居してしまった。常盤会は、のぼさんの郷里松山が、ご当地出身の学生を援護するために建てた寄宿舎だった。さらに、のぼさんは旧藩主久松伯爵の給費生の身分をも返上してしまった。このときのぼさんは心の中に一つの固い、いや頑なな決意を抱いていたのだ。

「新居にこもって、小説の執筆に専念する」

しかし、のぼさんのこの行為は、これまで彼自身が「朝に在ては太政大臣、野在りては国会議長たらん」と口走っていた言葉に真っ向から反した。当然、今までのぼさんを経済的に援助していた人たちからは失望と怒りをかった。とりわけ、母八重の兄、大原恒徳の失望から生じる怒りは激しかった。

この大怒号の合唱の中で、のぼさんが己の人生を賭けて書き上げた小説が『月の都』である。

年が改まって、明治二十五（一八九二）年の二月になると、のぼさんは『月の都』の原稿を小脇に抱えて、谷中天王寺町の幸田露伴宅を訪ねた。幸田露伴は慶応三年生まれで、おれやのぼさんと同い年である。しかし、露伴は新聞「国会」の記者として六十円の給料を貰い、またその新聞に小説『五重塔』を連載中であった。

「金ちゃん。文学をやるのだったら、博士になろうとしちゃだめだ。あしを見ろ。露伴を見ろ」

つまり、文学という座標軸の中で、のぼさんにとっての露伴は、おれ夏目金之助とは正反対の位置に立ち尽くす、憧れで、しかもライバルの存在であった。その露伴に自作を見せに行くのは、いくらのぼさんでも自意識を抹殺しなければできない行動だろう。

このとき、露伴は『月の都』をいかに評したか。のぼさんはおれの前で胸を張って、こう自慢した。

「露伴に『月の都』を見せたら、眉山、漣の比ではないと激賞していた。どうだえらいもんだろう」

だけど、これは後で知ったことだが、のぼさんは郷里の後輩である河東碧梧桐《かわひがしへきごどう》や高浜虚子宛の手紙には、こう書いていた。

　拙著はまづ　世に出る事　なかるべし

以上の一行、覚えず俳句の調をなす。呵々

のぼさんは、なぜおれに見栄を張って嘘をついたのだろう。おれを本当の友達だとは思っていなかったのか。それとも、同郷の松山の人間ならば心を裸にできても、東京生まれ、東京育ちのおれには心に鎧を着込むのか。『真面目』になれないのか。いずれにしろ、おれにとっては『月の都』が露伴に不評だった事実よりも、のぼさんがおれに見栄を張って嘘をついた事実の方が、よっぽどの衝撃だった。

一方でのぼさんは、『月の都』で文壇を席巻する妄想を完全に消去したわけではなかった。よせばいいのに、今度は人を介して、早稲田の長谷川辰之助（二葉亭四迷）先生にも評を仰いだ。はたして、冷淡な返事しか貰えなかった。

のぼさんはあらかじめ退路を断っていたので、本郷の下宿も出て、下谷区上根岸八十八番地に転居した。谷中の墓地から一丁ほど離れた線路際で、陸羯南先生の西隣の家だった。のぼさんには陸羯南先生しか頼る者が居なくなっていた。

しかし、のぼさんは、おれの顔を見ると、すぐに愚痴り始めた。「この新しい下宿はね、主婦が不親切この上ないのだよ。しかも、汽車が通るたびに、家が美濃・尾張地震のように震動するのさ」

「自業自得だろ」

おれは唇の端に冷ややかな笑いを浮かべて言い放ってやった。

ところで、こののぼさんの新しい下宿は、後年『三四郎』で野々宮さんの引っ越し先として再現した。

「のぼさんが、自分で勝手に常盤会の寄宿舎を飛び出したんだぜ」

「なに、そこまで遡るのか」

のぼさんは複雑な表情を浮べた。泣いているのか、笑っているのか、皆目見当がつかないような表情だった。

「毎晩な、寝床の中で、孤独感が募って泣けて来るのだよ。男なのに、どうしようもないのだ」

「やったじゃないか」

「えっ」

おれはのぼさんの真似をして、鼻梁に小皺を寄せるとにーっと笑ってみせた。

「のぼさんも、ようやっと在原の業平さまに昇格したってわけだ」

「冗談じゃないんだよ。心から淋しいんだ」

のぼさんは両目にうっすらと涙を浮べた。

「金ちゃんはいいよな。淋しい夜があっても、陸奥のお嬢を思い出せば、この世にたった一人ではなくなるだろ」

「なに、花々の中にだって、一人静かもあれば、二人静かだってあるさ」

「ちぇっ、気障な知識をひけらかすな」

のぼさんは、いきなり大声を張り上げた。そして、そのあと、すぐに大粒の涙をこぼし始めた。

「すまない。あしはね、金ちゃんが羨ましいんだ。ここへ来てから、あしはずっと頭痛が続いてね。朝起きると、寝床の中で頭痛をこらえながら、涙をこぼすんだよ」

のぼさんは『月の都』が不発で、頭痛が執拗に続き、それが高じて時として「精神昏乱」に陥るという。おれから見ても、今ののぼさんは青春の真っ只中で立ち往生していた。いわばシエラネバタ山脈のトンネル内で立ち往生している汽車と同じだった。先がまったく見えない。

「叔父の一人と従弟の藤野潔、古白だね、に狂気が出ている。うちの家系は、男たちが発狂するんだよ。いずれあしもそうなるのさ」

「なに言っているんだよ。狂気は遺伝じゃない」

おれはそう慰めたが、のぼさんは納得しなかった。

「誰がそう証明したんだ」

「ユダヤ人のフロイトという学者が、最近の著書で、そう書いている」

おれは思わず出鱈目を口にしたが、国文科に籍を置くのぼさんは、フロイトもマルクスも、いや洋書という洋書をまったく読んでいない日常だった。のぼさんはにやっと笑って、こう呟いた。

「そうか、天下のフロイトがね。それなら構わないんだが」

九

「精神昏乱」を来たしているのは、以前から国会も同様だった。

明治二十三年の七月一日に、第一回衆議院議員（下院）の総選挙が行われた。陸奥宗光閣下は農商務大臣のまま、紀州から立候補して、すんなりと当選した。

ところが、この選挙では、吏党こと政府党の大成会が過半数を獲得できず、民党と呼ばれる反政府党（立憲自由党、大隈の改進党、国民自由党の三党集合体）の大勝利であった。これは民意（といっても、投票権が与えられていたのは金持ちの男ばかりだった）が薩長藩閥政治へ強く反発した結果である。陸奥閣下はやっと閣僚の片隅の椅子を与えられたが、紀州出身なので元より薩長藩閥政治の中核からは弾き飛ばされていた。いくら実力を認められても、いや実力があればなおいっそう疎まれてしまう立場であった。彼自身は駐米公使時代に、井上馨に書簡を送り、以下のような言葉を述べている。

「議会政策はコンプロマイズ、すなわち民吏両党の妥協によるものです」

この赤シャツ閣下の主張は正しい。まさしく政治とは妥協の産物だろう。「最大多数の最大幸福」を追求する目的ならば、どこでどう妥協するかである。赤シャツにはそれが的確に読める。なぜならば赤シャツは現実を冷静に見つめる目を持っているからだ。これは海援隊時代に、坂本龍馬からも絶讃された目だ。また外交官としても、自国と相手国とを結びつけるのに、特殊な能力を発揮する目なのだろう。

このような中で、明治二十三年の十一月二十五日に、第一回帝国議会が日比谷の議事堂で開かれた。しかし、陸海軍の軍備拡張費を巡って、吏党と民党は激しく対立して、議場は荒れに荒れた。どちらも壮士を雇ったり、議員同士が殴り合ったり、しまいには議会内で議員が暴漢に襲われるという、とんでもない事件まで発生した。

収拾がつかないまま、年が改まり、明治二十四年の一月二十日になって、なんと新築したばかりの議事堂から火の手があがった。貴族院、衆議院の両院ともに消失し、それぞれが仮議場に移るという、「大昏乱」に拍車をかけるような「大事件」が勃発した。

そして、二月になると、のぼさんが国文科に転科したわけだ。のぼさんの「昏乱」も、国会と呼応してか？　いよいよ拍車がかかり始めたのである。

また五月十一日には、ロシア皇太子のニコライ・アレクサンドロビッチが、軍艦七隻を率いて日本に立ち寄った。ところが、大津の遊覧を終えて、京の常磐ホテルに帰る道中で、護衛を勤めていた巡査の津田三蔵に頭部を斬りつけられるという、小規模なテロが起こった。このときは、伊藤俊輔閣下が皇太子の機嫌をとって、危ういところで日ロ戦争が勃発する事態を逃れた。しかし、青木外相、山田司法相、西郷内務相、大山陸相、芳川文相の五人の大臣が監督責任を取って辞任する「大昏乱」ぶりであった。

とは言うものの、この年の七月には、おれ自身も白百合のような清子と偶然に再会して、それこそ人生の「大昏乱」が始まったわけだ。

さらに年が変わって、今年明治二十五年の二月十五日になると、第二回総選挙が行われた。しかし、吏党の思惑は再び外れて、今回も民党の大勝利であった。

しかし、陸奥宗光閣下は、この選挙には大いに不満を抱いた。いや、閣僚に名を連ねる者として、選挙結果に満足できなかったのではない。むしろ、選挙運動に絡んで、同じ政府側で内務大臣を務める品川弥太郎の暴挙を許せなかったのである。品川は警視庁を使って、苛烈この上ない選挙干渉をした。さらには、壮士や博徒まで雇って、各地で流血の惨事を起こし、政府発表でも死者二十五名、負傷者四百名近くを出した。

赤シャツ閣下は、品川内務大臣を猛烈に非難した。

「議会政治にあるまじき野蛮な行為ですね。外の国から見たら、このような野卑な国は、平等条約にも値しない三等国だと決め付けられますよ。いったい品川はこの責任をどう取るのですか」

陸奥閣下はこう言い放つと、さっさと農商務大臣を辞任して、その野蛮な内閣から外に飛び出してしまった。口調と違って、なかなか男らしい閣下なのだ。

この辞任劇は、おれが新聞から知識を得た、清子の家の少しばかりの「昏乱」に繋がる。つまり、父宗光が閣僚ではなくなったので、急遽麻布は富士見町の大臣官邸という『人形の家』を退出しなければならなくなった。


清子の新しい『人形の家』は、隅田川の右岸に位置する北豊島郡滝野川村西ヶ原の屋敷に決まった。先ごろ植木屋仁兵衛から購入した家で、七千坪の敷地の中には樹林はもちろん、小さい池までがある。ただ家屋は平屋で、八畳が二間と四畳半が一間あるだけである。そこで、赤シャツ閣下は家族を西ヶ原に住まわせて、自分は月極めで帝国ホテルを自室にする契約を交わした。

赤シャツ閣下はこの一連の行動で少し落ち着いたのか、三月末からほぼ二ヶ月間の予定で、横浜から蒸気船に乗って関西に向かった。大阪から故郷の和歌山へ回り、日高、田辺、熊野を訪ねると言う。

おれは西ヶ原のお屋敷にも、月に一回の約束を守って通った。おれの訪問は、赤シャツ閣下が留守中でも、「小鈴」から何の問題もなく許可されていた。

ここ西ヶ原の邸宅は、庭園が広大なので、おれと清子は戸外を連れ立って散策した。自然の池は、日本庭園の一部に組み込まれていて、小さな瀧までが造成されていた。池の水は抹茶色で、時折大きな亀が首をもたげた。

清子が旅行中の父の話を口にした。赤シャツが和歌山から手紙を寄越した。しかし、その手紙には、「小鈴」や清子を少しばかり慌てさせる内容が書いてあった。和歌山に住んでいる宗輿の長男で、赤シャツには甥に当たる行蔵の、十一歳になる長女の梅尾と、遠い親戚で女医を志望している十六歳の成田安恵を、帰京の折には引き受けて連れて帰る――。


「その梅尾さんと安恵さんは、二人共、わたくしの妹なのかしら」

わたくしは頭に浮んだ危惧を言葉にしたの。

「違う、わ」

母は言下に否定したわ。わたくしはほっとしたものの、母の言い回しに別のシコリを感じ取ったの。わたくしの耳にも、父の女癖の悪さは聞こえていたから。それに、いつぞや、父が母に「俊輔よりかは、まともだ」と言い放っていたのが忘れられないの。

「政治家や官僚にとって、女遊びは単なる肥やしだ」

「あなた、公私を一緒になさらないで下さい」

母の金切り声が耳を打ったわ。わたくしはふと思ったの。内田さんも、父や伊藤のおじさまと同じなのかしら。お歳を召して、お偉くなれば、平然と女遊びを始めるのかしら。

わたくしは母の前で話題の矛先を変えたわ。

「一度に家族がお二人も増えるのね。お父さまが西洋館風の二階家に新築すると言い張ったのも解るわね」

「そうねえ」

母はわたくしの眼を見て微笑んだわ。

「わたくしは、お屋敷にお金を遣う計画には反対なのよ。わたくしたちはこの先どうなるか判らないもの」

「お母さまったら、心細いお言葉を仰るのね」

わたくしは胸がきゅっとなったわ。両親のどちらかが、重大な病気でも抱えているのかしら。

「あら、そういう意味ではないのよ。政治家っていうお仕事は、浮き沈みが激しいでしょ。それに、清子さんだって、いつまでもここには居ないもの」

「それは、」

わたくしは続きの言葉を飲み込んだわ。「もうじき、出て行くわ」とは、母には言えないもの。

「この頑丈な『人形の家』から、一刻も早くわたくしを連れ出して」

夏目さんに、こう甘えたわよね。

「清子さんは文鳥のような紅い唇から、時々どきりとする言葉を囀るのですね」

夏目さんは両目を見開いて、こう言いながら頷いてくれたわ。でも、わたくしたち二人のこの会話を母は知らない。母の中では、わたくしはいつまでも「深窓の御令嬢」でしかないの。

「清子さんは、内田さんのことをどう思っていらっしゃるの」

わたくしはどきっとしたわ。胸の裡では、夫としての内田さんは、これまでだって一度も存在しないのだから。

「どうって。ご立派な方よ」

「ただそれだけなの？」

わたくしは、これ以上は一言も言葉を洩らさないで下を向いたの。すると、母が追い討ちをかけてきたわ。

「夏目さんはどうなの」

わたくしは「夏目」の固有名詞を耳にして、顔を赤らめてしまったの。

「夏目さんは、人としてご立派で『真面目』な方よ」

わたくしは平生を装って答えたの。でも、芸妓だった母は、男女の関係にはことさら敏感なのよ。わたくしの心なんか、あっさりと見抜かれたに違いないわ。母がわたくしを見つめる目に、こう書いてあるような気がしたもの。

「内田さんは、将来外務大臣やそれ以上の地位にも就く方よ。夏目さんは海のものとも山のものとも定まらない人。それなのに、あなたは夏目さんを選ぶのね」

わたくしはこう読み取って、母に自分の気持ちをきちんと伝える時だと悟ったの。

「わたくし、お父さまや内田さんのように、『最大多数の最大幸福』を願う男の方って、それはご立派だと尊敬するわ」

「そうよ」

母が頷きながら即答した。わたくしはあわてて付け足したの。

「でも、夏目さんのように、『最少人数の最小幸福』って、人前で言ってのける男の方って、日本男子には珍しいほど『真面目』で、妻としては『最大幸福』の夫ではないかしら」

わたくしは母の前で「裸の心」を白状してしまったわ。母はしばらく無言で、じっとわたくしの目を見詰めたわ。それから、おもむろに口を開くと、「よくてよ」と呟いたの。

「よくてよ。清子さんの気持ちは承知したわ。でも、わたくしの晩年も考慮して下さいね。夏目さんが、わたくしの息子に相応しい方なのか、わたくしも頼れる方なのか、それをきちんと調べてみるわ」

「お母さまに相応しい方？」

「ええ」

「お母さまが、結婚なさるのではないわ」

わたくしは少しむきになって言い返したわ。でも、母は冷静な口調で諭すように言うの。

「夏目さんが、徴兵されたら、どうするの」

「徴兵なんて――」

わたくしは言葉に詰まったわ。夏目さんが銃を手にして、人を殺めたり、逆にご自分の体をご自分の血で染めたりする姿を想像してしまったの。

『最少人数の最小幸福！』

こう叫ぶ夏目さんに、その情景は一番相応しくない姿ですもの。

「外交官は、徴兵が免除されるのよ」

「知っているわ」

「そうだったら、清子さん――」

母はじっとわたくしの目の奥を覗き込むの。

「ずるいわ」

「そうかしら」

「そうよ。お母さまは、ご自分のご都合しか、計算していらっしゃらないわ」

清子が池の亀にパンくずを放って、それからおれを見上げた。

「母があなたの徴兵の可能性や、その時期を調べていると思うわ。でも、気を悪くなさらないで下さいね」


おれの周りで、いわゆる探偵の匂いは皆無だった。

「小鈴」は本当におれの徴兵の可能性や時期を調べているのだろうか。夫の赤シャツが、それを調べる力を持っているのか。持っているのならば、その力を使って、とっとと免除にしてくれたらいい。理由はどうにでもなるだろう。だから、徴兵ではなくて、おれの何か別の側面を調べているのだろう。

博士になれるかどうか。でも、それをどうやって調べるのだろう。英文学の教授にでも問い質すのか。無理だ。教授は占い師ではない。答えようがない。

夏目家の家系か。塩原家の家系もか。調べるまでもない。夏目家も塩原家も、陸奥家とは比べようもない下級一家だ。

しかし、「小鈴」だって、おれに毛並みの良さを求められるだろうか。自分だって、元武士の娘とは言っても、江戸詰めの下流武士とその江戸妻の間にできた次女だ。しかも、維新で没落して、自身は新橋芸者にまで身を落とした。

では、内田康哉はどうか。康哉の家は代々熊本細川家の藩医で、父親は佐久間象山に師事し蘭学を修めて藩医を継いでいる。母も熊本士族黒田五左衛門の娘である。

確かに、家の格で言ったら、夏目家よりも内田家の方が比較にならないほど上だろう。でも、それがなんだ。少なくとも、陸奥家から見たら、夏目家も内田家も五十歩百歩の上下しかないだろう。

しかも、おれや清子にとっては、互いの家の格などはどうでもいい。また実際問題として、赤シャツと「小鈴」だって、自分たちよりも上の家系から婿を探すのは困難だろう。なぜならば、陸奥家よりも上となったら、皇室か総理大臣の家系に限定されてしまう。

すると、やはり本気でおれの徴兵の時期を調べているのか。それとも、たった今徴兵されるように小刀細工でも施すのか。

清子はおれとの婚姻問題で「小鈴」とぶつかったら、どうするつもりなのか。おれを選ぶのか。

「小鈴」を選ぶのか。頑丈な『人形の家』からの脱出か、『人形の家』の中の小さな安泰か。

おれは清子と申し合わせた。探偵から「小鈴」への「夏目金之助報告書」が提出されるまでは、おれは陸奥家に近寄らないと。「小鈴」を刺激しないためである。

お蔭で、季節は春たけなわなのに、気分は冬眠状態のような毎日が続いた。のぼさんがおれの部屋を訪ねて来た。「小鈴」が探偵を雇ったと話したら、鼻梁に小皺を寄せてにーっと笑った。

「そいつは、おもしれえ」

「面白くないよ」

「いや、おもしれえ」

のぼさんの考えだと、「小鈴」は自分の娘を内田に嫁がせるつもりだと言う。おれは血相を変えて、なぜ判る、なぜ決めつける、と詰め寄った。

「簡単なことだ。結婚相手として、端から賛成ならば、探偵はつけない」

「そうかな」

「そうさ。「小鈴」は内田にも探偵をつけたのかい」

つけていなかった。おれは黙り込むしかなかった。

「ほら。金ちゃん、内田外交官に完敗だね」

のぼさんは親指と他の指で横の輪っ子を作って、頭上になんども掲げてはおどけてみせた。

「完敗で、乾杯!」

「でも、結婚する相手は「小鈴」ではない。清子だ。清子は――」

おれはむきになって、のぼさんに強い口調で語り掛けた。しかし、のぼさんは聴いてはいなかった。

「前にも言っただろう。外交官は、女に手が早いぜ」

外交官がなんだ。なにが、イギリス帰りだ。なにが、アメリカ帰りだ。おれは徴兵から外れる方策を考えた。徴兵免除になれば、内田康哉との格差も皆無に近くなるだろう。

兄の和三郎直矩に相談して、まず分家届けを提出した。そして、浅岡仁三郎という三井物産の御用商人を紹介してもらい、北海道後志国岩内郡吹上町十七番地浅岡仁三郎方に転居した。つまり、明治二十五年四月五日付けで、おれ夏目金之助は北海道平民となった。

「漱石が送籍かよ」

駄洒落だね。のぼさんには大声で笑われたが、これで徴兵から外れられる。北海道と沖縄に籍のある戸主は、開拓が困難を極めるために、徴兵免除なのである。おれはずるい。自分の利益しか考えない。清子のことになると、十二分にずるい。自己本位を丸出しだ。

ところが、おれの分家には、兄の和三郎直矩にも、それなりの思惑があった。兄が積極的に協力してくれたのは、このたった十日後の四月十五日に、どこで拾って来たのか、山口みよという女性と婚姻入籍を果たすためだったのだ。

おれはびっくりして、兄に詰め寄った。

「兄さん。いったい、なにを考えているのです。姉さんの一周忌も、まだ済んでいないじゃないですか」

「なに、死んだ者に、喜怒哀楽や嫉妬心なんてナッシングさ」

「なんてことを。罰当たりな」

山口みよは、明治九年八月十四日生まれで、十六歳の誕生日にもまだ四ヶ月もある小娘だった。実家は本郷区湯島切通坂町三十八番地で、父親は平民の山口寅次郎という職人だった。この小娘を前の兄嫁の登世と比べるまでもなかった。みよは教育も身分もない、いたってつまらない女だった。それどころか、日常の話も通じなかった。この小娘を「姉さん」と呼べと言われても、それはどだい無理な話だ。兄もこれらの事情を理解しているからこそ、弟の送籍に積極的に協力したのだった。

「籍が違う者に、とやかくは言わせない」

兄はこの言い回しを切り札に持ちたかったのだろう。

おれは大西祝の推薦によって、東京専門学校（後の早稲田大学）の英語講師になった。そして、東京帝国大学の「哲学会雑誌」に、アーネスト・ハートの『催眠術』を翻訳して掲載した。六月には東洋哲学科目論文として「老子の哲学」を執筆した。七月には「哲学雑誌」（「哲学会雑誌」改題）の編集委員にも加わった。

これらは、あれもこれも「博士」への第一歩である。もちろん、「博士」になれるかなんて、おれも清子も本心では少しもこだわってはいない。それどころか、のぼさんからは「金ちゃんが博士になったら、陸奥のお嬢には嫌われるぞ」と脅かされている。だけど、「小鈴」への特効薬の効果はあるに違いない。

また、おれは一ヶ月に一度の約束を復活して、清子に逢いに陸奥家へ通い始めた。「送籍」して「徴兵免除」になった今、「小鈴」の送り込む「探偵」を懼れる必要がなくなったからである。

しかし、訪問時間はなるべく短くして、「小鈴」に好印象を与えようとは試みた。

陸奥家からは、特別なにも言われなかった。徴兵免除は有難いとも、徴兵回避とは怪しからんとも、言われなかった。たぶん、どちらの気持ちもあったのではないか。


「やっちまったな」

のぼさんが鼻梁に小皺を寄せてにーっと笑った。

「この自分本位の、エゴイストめ」

「なにがさ」

「なにがじゃないよ。身体剛健で、体操が得意な若者が、徴兵拒否するとはなにごとぞ」

のぼさんはにーっと笑ったまま、きつい口調で続けた。

「あしなんか、お国のために戦いたかったのに、寝たきりだった」

「仕方がないだろ。恋は罪悪だ。おれは清子を外交官なんぞに盗られたくなかったんだ」

「そうか、そうか。わかった、わかった。恋は罪悪ね。これでやっと金ちゃんは宿題を終えたな」

のぼさんは金ちゃんの肩をぽんと叩いた。

「なんのことさ」

「なんのことさもないもんだ。地上の婚姻相手の鏡子さんをうち捨てて、天上の恋愛相手の陸奥のお嬢を永久に選択したんだろ」

「ちょっと待ってくれ」

金ちゃんは弱弱しい声で、のぼさんの魂に待ったをかけた。

「そんな決心はついていないよ」

「ちっ、」

のぼさんは舌を鳴らした。

「この優柔不断な、ヨモクレ野郎め」

のぼさんは金ちゃんに頭突きをかまして、はるか遠くに突き飛ばすと、ふたたび鼻梁に小皺を寄せてにーっと笑った。

了

漱石、お嬢と契る

一

「金ちゃん。いよいよ、おまいの本心を暴いてみせるぞ」

のぼさんは鼻梁に小皺を寄せてにーっと笑うと、上になったり下になったり、ぐるぐると回ったりした。

「興奮するなあ」

のぼさんは浅草に初めて設置された信号機のようだった。肌と言うか皮膚というかをまっ赤に染めていた。

「おれの本心を暴くって、どういうことさ」

「金ちゃんが墓場にまで持って来た、例のヒミツだよ、絶密のヒミツ。ふふふ、楽しみだなあ」

「なに、楽しみだって？　悪趣味だぞ」

金ちゃんが青色に染まって冷たく言い放つと、のぼさんはダルマみたいにいっそう真っ赤っ赤に染まって怒り狂った。

「悪趣味だと？　あしに向かって。後輩のくせに」

「後輩？　同級生だろ」

「べらぼうめ。彼岸では、あしがずっと先輩で、金ちゃんは新米だ。つべこべ言わずに、ここへ来る前の、生前のおまいを見てみろよ」

のぼさんはそう怒鳴るやいなや、金ちゃんの頭の中に「明治二十五年の十月」を直接入力した。

十月に入ると、おれは長いタイトルの論文を「哲学雑誌」に発表した。『文壇における平等主義の代表者『ウォルト・ホイットマン』の詩について』という文章だ。つまり、「小鈴」との約束である、将来は「博士」に向かって、地道に努力の階段を上《のぼ》り始めた。

しかし、のぼさんは、そんなおれを諫め続けた。

「前にも教えたろ。論文なんかくだらん。そんな原稿は書くな。もし金ちゃんが博士にでもなってみろ、陸奥のお嬢は両親だけではなくて、金ちゃんからも逃げ出すぞ」

こう脅かすのだった。もちろん、おれはのぼさんの戯言を気に留めはしなかった。のぼさんは日頃から学問をどこかで軽蔑している。若い頃、おれも学問を馬鹿にした時期があった。勉強なんかする奴は、ただの小利口な利己主義者だと思い込んでいた。しない奴こそが、人情に厚いバンカラでカッコいいと決め付けたのだ。そこで、おれは毎日大川へ出て、仲間と競争用のボートばかりを漕いでいた。

結果、留年を食らった。留年はさすがにまずい。家族だけではなく、自分にも恥ずかしい。以後、心から反省して勉学に専心した。この成果は、意外にもあっさりと出た。留年以後の成績は、毎年トップの位置に坐り続けた。のぼさんが学問を侮るのは、愚かさからだ。あの頃のまだ青いおれに、そっくりな愚かさではないか。

こんなのぼさんにとって、故郷の松山は有難い存在だ。松山出身の学生を支援する常盤会が、のぼさんに「特別の御憐愍」として、十月分までの給費を出してくれた。

「宵越しの金は持たねえよ」

しかし、のぼさんは江戸っ子もどきの口をきいて、神奈川県大磯の松林館に転地保養に出掛けてしまった。それでも、出発の朝には、西隣に住む陸羯南先生に、今後の身の振り方を相談している。先生は新聞「日本」を創刊していて、のぼさんはその非常勤記者として勤務していた。

「いつでも正社員にしてやるぞ」

陸羯南先生はこう仰って下さった。しかし、肝心ののぼさんには、毎日勤める自信がなかった。と言うのも、今夏の終わり頃から、肺患が悪化していた。さらに、下痢と血痰にも悩んでいたからだった。

「この身体では――」

のぼさんは鼻梁に小皺を寄せてにーっと笑うのだった。でも、この笑い方が、いつになく淋しそうだった。

十月の末に、のぼさんが根岸に戻ると、陸羯南先生は彼を昼食に呼んで、こう勧めた。

「松山から母上と妹さんを呼び寄せたらいいだろう。根岸で一緒に暮らしなさい。それなりの援助はする」

のぼさんはこの言葉を聴いて、涙をこぼしたという。でも、後からこうも嘯いた。

「男が人前で泣くって、たいしたものだろう。まるで在原業平みたいだろ。業平もあしも、金ちゃんとは違って、本心を隠さない繊細な男だからな」


月が変わって、三日の天長節には、恒例となっている外務大臣主催の祝賀会が開かれた。この年の八月に、第二次伊藤博文内閣が発足して、外務大臣の席には陸奥宗光が坐っていた。赤シャツ閣下は夜会の定番である鹿鳴館をやめて、自分が定宿にしている帝国ホテルの大ホールで行なった。これは鹿鳴館が埋立地特有の地盤沈下で、二階の舞踏室に大勢の貴賓客が押し寄せて踊りまくると、建物自体が揺れて危ないためだった。しかし、これは表向きの理由で、反欧米主義の連中にいたって評判の悪い鹿鳴館を避けたのである。この時、赤シャツ閣下が配った招待状は一千通を越し、概算でじつに二千人の招待客が集まると予測を立てた。そこで、次官の林董、秘書の中田敬義、書記官の内田康哉、通商局長の原敬など部下を総動員して、あらゆる点に留意して準備を整えた。

また、この夜会においては、赤シャツの後添いである「小鈴」が、細かい演出を指図しなければならなかった。しかも欧化一辺倒だった鹿鳴館時代を踏襲するのではなく、むしろ鹿鳴館との違いを強調する必要があった。しかし、「小鈴」は閣僚夫人の中では新米だった。下手に遣り方を変えると、猛反撥を食いそうだった。

それでも、「小鈴」は貴賓客を迎える帝国ホテルの門に、西洋飾りを施さない企画を立てて、紅葉とすすきをあしらった。ついで、夜会の大ホールの四面の壁には、紅白幕を張り巡らして、金色の大屏風を立てた。また天井には万国旗を張り巡らした。鹿鳴館の西欧追随の装飾とは、まるで印象が違った。招待客は大ホールに入室するや、誰もがほおっと感嘆の声だか溜息だかを吐き出した。

「小鈴」がこのような大胆な企画を実行できたのは、大山家の後添いに入った捨松が、なにかと手伝ってくれたお蔭である。捨松は若い頃にアメリカに留学した時に、ワシントンのコネチカット街に住んでいたので、日本公使館と極めて近く、「小鈴」ともなにかと親交があったのである。

「金ちゃんも、この夜会に招待されたか」

「まさか。行きたくもない」

そうか。のぼさんは鼻梁に小皺を寄せてにーっと笑った。

「でも、舞踏会での華やかな陸奥のお嬢を見てみたいだろ」

「なに、西洋芸者に堕ちている清子さんなんて、見たくもないさ」

「おいおい、英文科卒の学士さまが、西洋芸者なんて口走るな。ホステスと言え」

うるさい。金ちゃんは耳の辺りまで真っ赤に染めて叫んだ。でも、のぼさんは少しもへこたれなかった。

「内田康哉も来ているぞ」

「それがどうした」

「江戸っ子は負け惜しみが強いな。まあ、見せてやるよ」

のぼさんはせせら笑うと、金ちゃんの頭の中に、帝国ホテルの大広間を直接入力し始めた。


夜会が始まると、赤シャツ閣下は正装で、黒ラシャのダブルのフロックコート姿で客を迎えた。赤シャツは背が高く、顔立ちも彫が深いので、一見欧米人に見えた。その隣に佇む「小鈴」は、光沢あるビロードのレセプション・ドレスをまとっていた。この二人の後ろには、三人の若い娘が松竹梅や御所車が描かれたお揃いの長振袖で控えていて、貴賓客の目を惹くのだった。

「真ん中が陸奥のお嬢だろ。それは判るが、左右の二人のお嬢さまはどなたさまだ」

のぼさんが二人を交互に指差しながら、金ちゃんに訊いた。

「指で差すな」

金ちゃんが恐い声で注意を促すと、のぼさんは両肩をすくめた。

「大丈夫さ。どうせ向うからは見えないんだ」

「そういう問題ではないだろ。のぼさんったら、どうにも無礼な田舎もんだな」

「もしかしたら、腹違いの妹か」

「口を慎め。いいかい、向かって右が、赤シャツの親族の娘で女医を希望している成田安恵さん。左が清子さんの従兄妹に当る行蔵氏の長女で梅尾ちゃんという娘だ。みんなは梅ちゃんと呼んでいる。赤シャツが和歌山に帰郷した折に、頼まれて連れて帰った二人だ」

　ふうん。のぼさんは頷くと、この娘たちはいったいいくつなんだ、と今度は年齢まで訊いて来た。

「二人はまだまったくのネンネじゃないか」

「うん。安恵さんが十六で、梅ちゃんが十一だ。二人とも清子さんを『お姉さま』と呼んで慕っている」

「そうか。十六はともかく、わずか十一歳の小娘では、色気もへったくりもないな。夜会に連れて来られても、ただひたすらにこにこと愛想笑いをしているだけだ」

　のぼさんは大きな溜息をつくと、こう付け足した。

「気の毒なこった」

「まあね。「小鈴」がこの三人のお嬢に、殿方の前ではただ笑っていろと指示したのさ。ただひたすらへらへらと笑っていれば、男たちの毒牙から逃れられるとな。「小鈴」は芸者上がりの性悪で見栄坊な女だからな」


　大ホールに、ワルツが流れ始めた。「小鈴」はまず自分の夫で背の高い赤シャツ閣下と踊り、ついで背の低い伊藤博文総理と手を取り合った。「小鈴」は華やいでいた。さすが「鹿鳴館の華」「ワシントン外交の華」「華、華、華！」と持て囃されるだけの艶やかさだった。お嬢を目で探すと、壁の前に安恵嬢や梅ちゃんと並んで、にこにこと笑いながら突っ立ていた。そこにイブニングを着込んだ内田康哉が、ホテルのボオイのように両手でトレイを持って近づいて来た。トレイにはグラスが三つ載っている。安恵嬢や梅ちゃんの分まで用意して来たのか。西洋人の男のように如才なく、下僕のように気が利く男だ。いや、ただ上っ面の調子がいいだけか。トレイの上にあるのはフルーツポンチだろう。十一歳の梅ちゃんがフルーツポンチに口をつけるものかは。

やはり、フルーツポンチは口実だった。内田康哉はお嬢の手を取ると、中央へ導いて、ワルツを舞い始めた。内田康哉は外交官だけあって、踊り慣れしているように見えた。しかし、お嬢もステップを踏み外す場面はなく、きちんときれいに踊っていた。若いお似合いの男女だった。おれは胸が熱くなった。二人の踊りなんか観ていたくない。この感情はなんだろうか。おれは自分を訝しく思った。

一曲終わると、今度は井上馨閣下がお嬢に踊りを申し込んだ。井上馨閣下は汚職で身を肥やしていると耳にする。

「お嬢に、触るな」

おれは胸の裡で叫んだ。

「のぼさん、もうたくさんだ。引き揚げよう」

「なんだ、金ちゃんは肝っ玉がちっちぇえなあ」

のぼさんは鼻梁に小皺を寄せてにーっと笑うと、年長者のように目を細めて優しい口調で言った。

「女はさ、好きでもない男にだって、笑顔くらいは見せるもんさ。気にするな」

二

「のぼさん、この時は、どういう風の吹き回しだい」

「あっ、間違えた」

のぼさんは真っ青になって、場面を変えようとした。

「待てよ、いいじゃないか」

金ちゃんは咄嗟にのぼさんの腕を掴んで、その日時と場所をそのままに押し留めた。

「たまにはさ、のぼさんの若き情熱の日々も見ようぜ」

「何を言いやがる。あしはね、若くして死んじまったんだ。生前はどこを切り取っても若いんだよ」

天長節の二日後の十一月五日だった。「文科大学遠足会」に、のぼさんがいきなり顔を出して、学友たちと妙義山に登ろうとした。

「おい、正岡じゃないか」

「きみは九月いっぱいで退学したんだろうが」

「だいいち、結核の身体で登坂できるのかい」

「途中から、おぶるのはいやだぜ」

学友たちは次々にのぼさんに声を掛けた。しかし、悪意を含んだ言葉の方が多かった。のぼさんは一昨日の夜会での三人のお嬢のように、ただひたすらにこにこと笑うだけで、何一つ言い訳も反抗もしなかった。

「正岡、どうしたんだ。いつもと違って、なんか気持ちが悪いぞ」

「明日にでも、病死か？」

「大学をやめたんだろ。俳諧師に堕ちたんだってな」

「俳諧師に堕ちた、とはなんだ。上がったと言え、上がったと。この俗人が」

のぼさんは、この時だけは怒鳴り返した。

「二度と言えないように、おまいの舌を引っこ抜いてやろうか」

「おっ、俳諧師がむきになったぜ」

「おい、正岡はほっとけ」

誰かが怒鳴ると、学友たちはのぼさんを相手にしなくなった。のぼさんは確かに場違いだった。でも、学友たちの反応は、予想の範囲内だった。東京帝国大学の学生という高級官僚予備軍集団の中で、落第し、その結果として退学した落伍者に、心優しく接する者などは皆無だった。いや、慰めの言葉を掛ける輩が居たら、それは偽善者そのものだ。のぼさんは胸の内で呟いた。

「さらば、帝国大学。さらば、学問。さらば、エリートの小鬼たち」

これでけじめがついたさ。


この五日後、のぼさんは京都麩屋町姉小路上ルの柊屋に投宿して、郷里松山を引き払って上京する母の八重子と妹の律を出迎えた。律は三歳年下で、明治二十二年に十九歳で結婚したが、ほどなく離婚して、実家に戻っていた。

「あにさん、よろしくお願い致します」

律はのぼさんの顔を見ると、深々と頭を下げた。その隣で、母が両眉を八の字の形にして、今にも泣き出しそうな顔を見せている。母は老いた。いつの間にか老いた。母親の老いた顔を見るのは辛い。のぼさんは気が動転して、やはり泣き出しそうな顔になった。

「いかん。ここであしが泣いたら、いかん。母や律の立場がなくなる」

母も律も松山を出奔するのは初めてで、しかも旅行ではない。知らない土地に移住するのである。退路は皆無だ。

「のぼる、すまないねえ」

母がか細い声を出して、息子に頭を下げた。

「母さん、なに言っているんだよ」

「あにさん、私たちが東京で一緒に暮らしても、本当に大丈夫なの」

今度は律が呟いた。

「あにさん一人でも、なにかとあずるのに」

「任せておけよ」

のぼさんは胸を張って、二人に笑顔で応えた。「あずる」は苦労する、の伊予弁だ。確かに、東京での生活は、一人暮らしでも苦しかった。これから、どうやって母や妹を養って行こうか。

「正式社員として、『日本』に入社させて下さい」

「ようやっと決心したか」

陸羯南先生は、声を立てないで笑った。

「母上と妹さんを東京に呼べと勧めたのは、わしじゃないか。喜んで、きみを正式社員に任命するよ」

「有難うございます」

のぼさんは正座したまま、陸羯南先生に深々と、それこそ額が畳にくっつくまで頭を下げた。

「顔を上げなさい。きみも母上や妹さんと一緒に暮らせば、生きて行く張り合いが出るだろう」

「いや、初めて勧められた時には、びっくりしました。先生は天下国家を語ったら、大隈重信閣下だってあれほど恐れる大人物です。それなのに、吹けば飛ぶようなちっぽけな、あしやあしの家族の行く末まで気に掛けて下さっていたなんて」

「なに、わしだって、同じ猾さ。妻のてつや一男七女の子供たちが居るから、筆先に力が入るんだ」

「この間、夏目くんが言っていた、最少人数の最小幸福ですね」

陸羯南先生は微笑みながら大きく頷いた。

「でもな、じつは我が社も今苦しくてな。きみを正式社員に任用するのは、後二ヶ月、来年まで待ってくれ」

「はい。大丈夫です。それまでちゃんと食い繋ぎます」


のぼさんは母と律を連れ回して、京都や神戸を遊覧しまくった。お金は湯水のように使った。もちろん、のぼさん自身も、無謀な浪費だとは気が付いていた。

「もったいない」

母の八重子はこう呟いて、毎回尻込みをしたが、そのたびにのぼさんは鼻梁に小皺を寄せてにーっと笑った。

「なに、東京は松山と違って、男が少し働けば、べらぼーな給金が貰えるんだ。このくらいの贅沢をせんと、東京ではふうが悪い。人間だと思ってもらえん」

「そんなもんかねえ」

「じゃあ、あにさま。松山での私たちの生活は、牛馬のごときものかね」

「そうさな、牛馬は田畑で働くから、まあ山猿と変わらんね」

のぼさんが得意そうに口端を歪めたので、母や律が「山猿は、ひどいぞなもし」と言い返して笑い合った。のぼさんは嬉しかった。

「さあ、東京へ戻るか」

のぼさんは東京までの汽車も、思い切って中等を奮発した。三人で汽車に乗るのも、家計や持病を考えれば、これが最初で最後に違いない。本当は上等を三枚買いたかったが、さすがに手持ちが足りなかった。

しかし、ハレの旅が終わり、東京に戻ってケの生活が始まると、たちまち家計は困窮した。叔父の大原恒徳に再三の無心を試みたが、京都での浪費がばれていて、「身分不相応」との叱責を受けただけだった。のぼさんはそれでも大原恒徳にすがって、十一月の二十二日には次のような手紙を差し出した。

「贅沢と知りながらことさら贅沢したる汽車代遊覧費等ハ、前中上候通り母様に対しての寸志にして、前途又花咲かぬ此身の上を相考へ候て黯然たりしことも屡々の御座候」

この時、「日本」からの給金は、十五円だった。一家三人の暮らしは、到底立ち行かなかった。母と律は松山に居た時と同じように裁縫をして家計を助けなければならなかった。陸羯南先生は大いに気の毒がって、何とかしたいと言ってくれた。でも、社の予算は当然定まっているので、本年中はいかんともしがたいのだった。

それでも、十二月一日になると、のぼさんは正式社員として「日本」に出社できた。陸羯南先生が隣人の生活ぶりを見かねて、無理に一ヶ月早めて下さった。しかし、月給が上ったのは、新年の一月からで、五円上って二十円となった。

「五円だ、三割も上ったぞなもし」

のぼさんは大喜びをして、母や律に笑顔をみせた。母が目に涙を浮べて呟いた。

「陸羯南先生や恒忠さんに感謝しないとね」

恒忠は、母八重子の弟恒徳の、そのまた下の弟で、この叔父が陸羯南先生をのぼさんに引き合わせてくれたのだった。この叔父と陸羯南先生は、司法省法学校時代からの親友だった。

「ほんとに有難い。これで母上も律も、ちょっとは楽になるね」

母と律は頷かないで、のぼさんを見つめると、ただ静かに微笑みを返した。二人の女性は解っていた。のぼさんの書籍代や薬代がかさむのである。五円上ったくらいで、二人が裁縫の仕事をやめられるはずもなかった。

三

金ちゃんは溜息をついて、上になったり下になったりした。

「のぼさんも、お金の苦労は並大抵ではなかったね」

「なに、お金なんか、苦労のうちに入らんぜ」

のぼさんはそう嘯《うそぶ》くと、鼻梁に小皺を寄せてにーっと笑った。

「あずるのは、心の問題だろ。金ちゃんこそ、この後、お嬢との恋愛で、人生を棒に振りそうになったじゃないか」

「それを今から、本人のこのおれに見せるのか」

金ちゃんは、たちまち真っ青になった。

「あたぼうよ」

「あたぼうかよ」

「そうさ。金ちゃんは、未だに何一つ決めていないからな。天上の恋愛を契った陸奥のお嬢を選ぶのか、地上の婚姻をまっとうした鏡子夫人を選ぶのか」

のぼさんは金ちゃんの周りをぐるぐると回りながら、時々金ちゃんに体当たりをかました。

「てめえはしゃんしゃんとしない男だな。それじゃ、いつまで経っても、天上には入れないぜ」

「解ったよ、見るってば」

金ちゃんはうなだれると、シューと音を立てて縮み込んだ。

「だけど、のぼさん。江戸弁と伊予弁をごっちゃにしないでくれ」

お嬢は天長節の夜会から戻ると、おれに対して、人が変わったように積極的に振る舞った。

「母がうるさいの。早く結婚をしろって」

「ぼくと?」

「あなたとじゃないわ」

おれは口あんぐりした。

「じゃあ、誰だい。内田康哉か」

「そうよ」

おれはふたたび口あんぐりした。

「変だな」

「何が変なのよ、どうするの」

「どうするって――」

おれは口ごもった。

「わたくしが他の男の家にお嫁に行っても、なんとも思わないの」

「まさか」

「ならば、ちゃんとお考え下さいな」

お嬢は両の眉毛を中央に寄せて、きつい目でおれを睨みつけた。

「打つべき手は打っているさ。徴兵だって忌避したし、博士にもなろうと論文も書いている。いや、論文だけではない。来年の一月二十九日には、帝国大学の文学談話会で、講演だってするんだぜ」

「それだけなの」

「いや、この前清子さんの母上に、是非わたしとの婚姻を進めてくれと、改めて申し込んだよ」

お嬢は目を丸くした。

「知らなかったわ。母は、なんて」

「うちに、夏目家に、近々「金之助さんを婿養子にくれ」と挨拶にいらして下さるそうだ」

「本当に？」

お嬢は首を傾げた。

「変ねえ」

「いや、変じゃない。おれの兄がうんと言えば、それで決まる」

「信じられないわ」

「兄はうんと言うよ」

おれは強く言い返した。

「そうじゃなくて。信じられないのは、母よ」

「母上を？　どうして？」

「だって、」

お嬢はもう一度首を傾げると、声を出さないで笑った。

「母はわたくしを内田さんに嫁がせるつもりなのに」

「いや、婿養子でも構わないって、ぼくが譲歩したから――」


おれは「小鈴」がいつ兄に挨拶に来てくれるのか、毎日首を長くして待っていた。キリンのように。いや、こんな陳腐な比喩は使えない。のぼさんしか使えない。

実際にはまだ「待ち」の状態だったが、おれはのぼさんにとりあえず「婚約」を伝えて、一緒に喜んでもらいたかった。でも、のぼさんは十一月十七日に母上と律さんを伴って、新橋駅に帰着したばかりで、なかなか会う機会を作れなかった。

このような、あっちもこっちも中途半端な日々のまま十日が経過して、十一月二十七日になった。すると、陸奥家をも揺るがす大事件が起きてしまった。伊藤博文総理の腕車が首相官邸を出たところで、小松宮妃殿下の馬車と激突したのだ。総理は車から投げ出され、顔面を強打して失神し、当分は執務不能に陥った。赤シャツ閣下は外務大臣の責務以上の任務を負わされて、「小鈴」にも内助の功以上の働きを求められた。

しかも、翌日の二十八日には、外務大臣としての手腕が求められる事故が勃発した。水雷砲艦千鳥の沈没だった。千鳥はフランスからの回航中であったが、瀬戸内海で英国の汽船と衝突したのだった。事故の原因は英国側の不注意にあった。しかし、不平等条約のお蔭で、英国の裁判所で審議される羽目に陥った。裁判の結果は、当然の予測ながら明白だった。

その翌日の二十九日には、第四回帝国議会が予定通りに開院した。議長には星亨が就いた。星亨は赤シャツ閣下と親しい。しかし、野党の議員たちは、国民の怒りを代表して、内閣を厳しく問い質した。

「英国のわがままを許すな」

「こんな一大事に、総理はどこに居るんだ」

「本当に怪我なのか？　怪しいもんだ」

「我国の危機管理はどうなっている」

「外務大臣、貴様がなんとかしろ」

野党の議員たちは、赤シャツ外務大臣への責任追及まで始めた。

月が変わって一日には、のぼさんが「日本」の正式社員になった。おれはお嬢に会いに陸奥家に出向き、いつものようにお嬢の部屋に入った。女中がお茶をトレイに載せて持って来る前に、お嬢が口を開いた。

「あなたとの婚姻は、今や風前の灯なの」

お嬢は眉を顰めた。

「母はわたくしと内田さんとの婚姻を決めたのよ」

「まさか」

おれは唖然として、両目を見開くと、お嬢の二重瞼の下の瞳を見つめた。

「母上は、おれの兄に会いに行くはずだが」

「ええ。もう訪ねたわ」

「えっ、何も聴いていないよ」

おれは頭の中ががらんどうになった。兄はおれに、どうして何も言わないのだろう。

「母上は、なんて?」

「養子の話ならお断りと、お兄さまは即仰られたそうよ」

「そんな」

おれは自分で顔が引きつるのがわかった。

「もう行動を起こさないと、何もかもが手遅れになるわ」

「行動って」

おれがそう言い掛けたときに、ドアがノックされて、老いた女中が部屋に入って来た。

「夏目さん、お茶の前に手を消毒して下さい」

老女中が冷ややかに口をきいた。

「あら、失礼よ」

「清子さん、いいんです。コレラやチフスが流行っていますからね。手を洗って来ます」

おれが洗面所から、ふたたび清子の部屋に戻ると、はたして老女中は退室した後だった。

「行動って、何をするつもりですか」

おれはお嬢が何を言い出すのか見当もつかなかった。

「ここから、この頑強な『人形の家』から、わたくしを連れ出して下さい」

「ええ、それは前に約束しました」

「いえ、そうではなく、今すぐにです」

お嬢はおれの目をしっかりと見つめて言い放った。

「清子さん。もしかして、駆け落ちですか」

「ええ。既成事実が必要なのです」

おれは頭の中で、駆け落ちした自分たちの生活を想像した。どこか鄙びた田舎町の、崖の下の暗い小さな家で、お嬢が未だ童顔の女中に買い物を指示していた。おれは今まで通り東京専門学校（現・早稲田大学）で英語講師をして、わずかに糊口を凌ぐ。

おれは幸せだ。世間から途絶したような生活。それでいて、おれは自分の研究ができる。また何といってもお嬢との百年の恋が実る。

でも、お嬢は幸せなのだろうか。今の何不自由ない深窓のお嬢さまの生活。それよりも、おれと二人の清貧な隠遁生活が、幸せだと言い切れるのだろうか。

「ぼくなんかと駆け落ちしても、本当にいいのですか」

この言葉の裏には、別の意味もあった。内田康哉と所帯を持てば、末はきっと大臣の妻ですよ。あなたの母上と同じように。それなのに、おれと駆け落ちをして、本当にいいのですか――。

「いいもなにも、夏目さん以外の方との生活は考えられないわ」

お嬢はおれの目を見据えたまま、きっぱりと言い切った。おれは肌がつぶつぶと音を立てたかと思うほど嬉しかった。おれはお嬢の目を見つめ返した。よし、駆け落ちしよう。

「いつ決行しましょうか」

「今年中に、」

「解りました。新年には二人で、新しい生活を始めましょう」

おれは近い未来を見据えて、左右の手で力こぶしを作った。お嬢はにこりと微笑んだ。

「はい。不束《ふつつか》ですが、よろしくお願い致します」

「クリスマスに、決行しましょう」

お嬢は十二月二十五日に、駆け落ちしようと希望した。お嬢は東洋英和でキリスト教に慣れ親しんでいた。また在米生活で日曜日のたびにキリスト教会に通う習慣も身に付けていた。さらに、尊敬する淵沢能恵先生やプリンス先生姉妹が、洗礼を受けた敬虔なクリスチャンだった。人生を変えるのは、この日以外には思いつかなかったようだ。

しかも、前日のクリスマス・イヴは毎年恒例の家族パーティーが開かれる。心の中で両親に「さよなら」を告げる絶好の機会だ。

「今年のクリスマスは、生涯忘れられない日になるわ」

おれに異論はなかった。夏目家ではイヴのパーティーもへったくりもない。せいぜいその日が冬至ならば南瓜を食べるくらいだ。また元より、おれに兄弟、家族への未練なんぞは微塵もない。あえて気になるとしたら、決行日が三週間以上も向こうだという間延びくらいか。おれはふと心配になって、お嬢の顔を見た。

「決行日まで、一度も逢わないのは、少し不安ですね」

「でも、」

お嬢は首を傾げた。

「うちで夏目さんに逢うと、わたくしたちの雰囲気で、母やばあやに気付かれるわ」

「もう気付かれても、いいではないですか」

「いけないわ。妨害されたら、困りますもの」

おれは両腕を組んだ。

「妨害って、内田康哉との婚姻を早めるとかですね」

「ええ、籍だけを先に入れてしまうとか」

「どうしたら、いいのかな」

今度はおれが首を傾げた。

「では、とりあえず、先に既成事実を作りましょう」

「既成事実って、駆け落ちとは別にですか――」

おれは後の言葉を飲み込んだ。お嬢の前で、はしたない言葉は口にできない。でも、頭の中では、「男女の特別な関係」を思い描いた。

「ええ。駆け落ちの前に、二人で大森に行きましょう」

「えっ」

おれは短い叫び声を発すると同時に、顔が熱くなった。おれの頭の中が見透かされている。大森は品川の先にある海沿いの町で、江戸時代には処刑場もあった場末だ。でも、明治になって汽車が通ると、出逢い茶屋が乱立して、怪しげな男女で華やいでいるらしい。

「いいんですか」

おれは間抜けた質問をしてしまった。

「他に方法がありますか」

「いえ」

「そうでしょう。他に方法がないのです」

お嬢はぐっと迫るような眼差しでおれを見つめた。おれも男だ。肝を据えなければいけない。

「清子さんは、いつならば外に出られますか」

「父と母が、次の夜会に揃って出掛けるのは、十日の土曜日です」

お嬢が顔色一つ変えずに、はっきりした口調で言い切った。いざとなると、男よりも女の方が、度胸が坐る。おれは胸がばくばくしていた。

「そして、土曜日の午後は、わたくしは傳通院の境内に出掛けます」

「傳通院って、小石川のですか」

「そうです。輪島聞声先生が「淑徳女学校」を開校しているのです。聞声先生の「進みゆく世におくれるな、有為な人間になれ」というお言葉に、母がいたく感動して、わたくしを毎週土曜日の説話会に通わせております」

おれは胸の中で、へえーっと声を出した。陸奥家はクリスチャンではなかったのか。でも、どうでもいい事柄なので、あえて口に出して確かめはしなかった。

「分かりました。土曜日は『人形の家』の外に出られる曜日なのですね」

「ええ」

「では、十日の夕方三時に、新橋駅の改札前で待ち合わせましょう」

おれは少し口ごもりながら告げて、お嬢と指切りを交わした。

「金ちゃん、傳通院って、二年後にきみが下宿する尼寺の隣だろ」

のぼさんがまたしても鼻梁に小皺を寄せてにーっと笑った。おれは言下に打ち消した。

「なに、松山に行く前に下宿したのは、尼寺ではないよ。傳通院側の法蔵院だ」

「法蔵院は尼寺ではないのか」

「もちろん」

金ちゃんが頷くと、のぼさんはははーんと嘆息した。

「どおりで。二十代後半の若い男が尼寺に寄宿できるわけがない、と首を捻っていたんだ。金ちゃんがいくら女に疎くてもさ」

「何を言うか。おれは女に疎くなんかない」

「どうかな。京都の旅を思い出すぜ」

うるさい、うるさい。金ちゃんはのぼさんに体当たりをした。

「法蔵院の宿坊は、傳通院の宿坊を借りて同じ建物だったんだ。だから、襖一枚隔てて隣の部屋に、傳通院の五人の尼さんが寝泊まりしていたのさ」

「なんだ、それなのに、金ちゃんはあしへの手紙に、『尼寺に有髪の僧を尋ね来よ』なんて俳句もどきを付記したのか」

「洒落だよ」

金ちゃんは恥かしくなって、少しばかり紅葉色に染まった。しかし、のぼさんはお構いなしに後を続けた。

「その尼さんたちの中に、陸奥のお嬢にそっくりな祐本が居たのだろ。そこで、祐本が風邪を引くと、金ちゃんが薬をみつくろったり、西洋菓子をお裾分けしたりと、誤解され易い親切を施したわけか」

金ちゃんの頬は、今度も赤みを帯びた。

「でも、尼さんたちは、ただの尼さんではなかった。「小鈴」に頼まれて、探偵みたいに、おれの動向を見張っていたのだ」

「探偵ってか。それは金ちゃんの被害妄想だ。「小鈴」がどうやって尼さんたちに、金ちゃんの探偵を頼めるんだい」

のぼさんは両肩をすくめてみせた。

「西洋人のまねはよせ」

金ちゃんは怒鳴ると、のぼさんにもう一度体当たりをした。でも、のぼさんも口では負けていなかった。

「内田外交官のまねだよ」

「うるさい。この尼さんたちは、『淑徳女学校』を始めた尼さんたちなんだ。それなりにインテリだぞ」

「それならばだ、余計に「小鈴」の手先になって、探偵はしないだろうよ」

「するんだ」

金ちゃんは真っ赤になった。

「「淑徳女学校」の設立に役所関係や金銭面でなにかと援助したのが、赤シャツと「小鈴」の夫婦なのだ。尼さんたちは、陸奥夫婦の言うことならば、何でもきくさ」

「ほう」

のぼさんは大げさに相槌を打った。

「信じていないな」

「いや、信じているよ。それで、金ちゃんは後年『猫』を書いたときに、その十一に「尼が大嫌いになった」とか「淑徳婦人会」とかをいきなり出したり、『こゝろ』の先生が下宿した軍人の未亡人の家を法蔵院の場所にしたりしたのか」

「それだけではない」

金ちゃんがぼそっと洩らしたので、のぼさんはにやっと笑った。

「金ちゃん、腹に溜めておかないで、あれもこれも話してごらんよ」

「話すさ。悔しいけれど、どだい、おれは「小鈴」の掌の上の「坊っちゃん」だったのさ」

「それで、この大森行きを『虞美人草』に使ったのか」


おれは舞い上がるほど嬉しかった。級友たちの一人一人に自慢して回りたかった。お嬢と大森に行けるなんて。

しかし、同時に、身が融け出すほど怖かった。おれたちは大森で、警官に声を掛けられて、捕まらないだろうか。

「おい、若造。おまえたちは、こんな所で、なにをしているんだ」

「出会い茶屋を探しているんです」

「なんだと」

警官はおれたちを上から下までじろりと見る。

「何しに来た？」

「決まっているではないですか」

「なにい、署まで来い！」

大森行きは不純だ。駆け落ちは純粋だ。二つは対極の関係に位置する。

おれは迷った。大森から帰った後ならば、何が露見しても、誰も二人の関係を絶つ訳にはいかなくなるだろう。つまり、大森に行ったという既成事実が、お嬢の両親に娘の内田家への輿入れをあきらめさせるだろう。そして、おれとお嬢を、たとえしぶしぶでも、結婚させるに違いない。

いや、そうはならない。お嬢の両親はおれを恨み、遠ざけ、お嬢を軟禁し、かえって駆け落ちの実行が難しくなるのではないか。

いきなりの駆け落ちが、やはり正解ではないか。

「大森に行くのはやめよう」

しかし、この気持ちを、お嬢に伝える術はなかった。待ち合わせどおりに、十日の夕方に新橋駅に出向いて、そこで直接伝えるしかない。

でも、当日の予定変更は、お嬢の心をずたずたに傷つける可能性もある。大森行きを口に出したのは、女のお嬢だ。それを男が当日になって断るなどは、論外の行為だ。

誰かに相談したかった。でも、この種の相談は、誰にできるのだろうか。のぼさんだ。のぼさんしか居ない。

しかし、のぼさんは日常に忙殺されていた。二週間前に、母上と妹さんが上京し、のぼさんは「日本」の正式社員になって、新聞の原稿書きに追われている。

「金ちゃん、大森に行け。「据え膳食わぬは男の恥」って言うじゃないか」

事件が終わる前に訊かれたら、きっとあしはこう応えたな。のぼさんが鼻梁に小皺を寄せてにーっと笑った。

「相変わらず、陳腐で下品な言い回しだな」

金ちゃんは、河豚が怒ったようにぷっと脹れた。

「じゃあ、今の金ちゃんならば、大森に行く、行かない、どっちに心を決めるんだい？」

「いや、たとえ大森に行っても、どうせ二人は手遅れだったのさ」

金ちゃんはのぼさんに弱気な言葉を吐いて、今度はしゅっと小さくなった。

「手遅れなもんか。いいか、新橋駅で二人が無事に逢えたら、無事に大森まで行って、無事に事を為して、無事に帰って来られたさ」

「そうかな」

「そうさ。それで二人は地上でめでたく結ばれたのさ」

のぼさんは胸を張って、片目をつむってみせた。でも、金ちゃんは心穏やかではなかった。

「だけど、「小鈴」は間違いなくお嬢に探偵をつけていたぜ。すると、おれたちはどうなったかな」

「それは、言うまでもないさ。二人とも新橋駅から地獄行きの特別急行列車に押し込まれるさ」

十二月になってから、妙に生暖かい日が続いて、冬なのか秋なのかはっきりとしなかった。おれはその天候のように、優柔不断を極めていた。すると、たちまち約束の十日が来てしまった。しかも、当日になると、お嬢との約束の時間が、どんどんと迫って来た。おれは迷って、迷って、迷って、ついにはお嬢が以前口にした「真面目」という言葉を頭に思い浮かべた。人間は年に一度くらい「真面目」にならなくっちゃならない。人生の大事な問題は、「真面目」に対処するものだ。「真面目」に対処するとは、自分の心を裸にして前に進むという方法だ。

「駆け落ちは決行するが、大森行きはまずい」

これがおれの結論だった。お嬢には「真面目」に説明しよう。「真面目」に説明して、なんとか納得してもらおう。

おれは心を決めると、新橋駅に急いだ。しかし、市電の到着が遅れた。五分の遅刻だ。改札に駆けつけると、お嬢の姿はどこにも見当らなかった。

お嬢も遅刻か。まだ来ていないのか。

それとも、先に来て待っていて、待ち切れずに帰ってしまったのか。遅刻したおれに愛想をつかして、とっとと引き揚げたのか。

確かに、お嬢が遅刻するとは思えない。といって、五分が待てないとも思えない。お嬢になにか起こったのか。「小鈴」にばれて、急遽内田康哉に嫁入りさせられたのか。それとも、座敷牢にでも軟禁されたのか。いや、たとえ「人形の家」でも、さすがに座敷牢はないはずだ。

おれは思考停止に陥った。思考停止のまま、二時間も新橋駅の改札に突っ立って、お嬢の姿が現れるのを待ち侘びた。

お嬢はどうしているのだろうか。翌日は日曜日だった。陸奥宅まで様子を見に伺いたかった。でも、「小鈴」と約束を交している。お嬢との逢瀬は、一ヶ月に一度と。そして、今月はすでに月初めに訪ねて、その日にお嬢と大森行きやその後の駆け落ちを指切している。だからどう考えても、駆け落ちを控えたこの時期に、「小鈴」との月一の約束を破るのは得策ではない。

自宅には行かれない。といって、お嬢をどう呼び出したらいいのか。またそれ以上に頭を悩ますのは、お嬢はどうして新橋駅に来なかったのか。「小鈴」に大森行きがばれたのか。それとも、来て待っていたけれど、不安が先立って、たったの五分が待てなかったのか。お嬢の心が解らない。

おれは男らしくなかった。うじうじと逡巡した。

「金ちゃん、しゃんしゃんとしろ」

のぼさんなら、こう叫んで、俺に「喝」を入れただろう。

一日、二日と過ぎて行き、十五日の木曜日になってしまった。そこで、おれはのぼさんの仕事が撥ねるのを待って、夜が更けてから根岸を訪ねた。

それでも、まだのぼさんは帰っていなかった。母上と律さんが頭を何度も下げながら、のぼさんは毎晩帰りが深夜だと言う。おれはどうしてものぼさんに会いたいとお願いして、のぼさんの帰宅を待たせてもらった。

のぼさんは日付が替わってから戻って来た。一杯引っ掛けている様子で、いつも以上に賑やかだった。

おれはお嬢との大森行き失敗から駆け落ち予定まで、のぼさんになにもかも「真面目」に打ち明けた。

「でも、今は連絡がつかない」

おれは溜息をつきながら、のぼさんの顔を見た。

「どうしたらいいだろうか」

「待てよ、あずるな」

のぼさんは首を傾げた。この場合の「あずるな」は「あせるな」だと呟きながら。

「変だな。大森行きは、陸奥のお嬢から言い出したのだろ。それなのに、来ないわけがない」

「うん」

おれは大きく頷いた。

「来たのに、五分も待たないで、帰るわけがない」

「そうかな」

おれは、ふいに涙が出て来そうになって、瞬きを繰り返した。

「おい、金ちゃん。相手はか弱い女だぞ。女が大森に行くなどという大決心をしておいて、五分が待てないわけがなかろう」

「そんなもんか」

「そんなもんだ。律を呼んで、律に訊いてみようか」

のぼさんは横を向くと、大声で妹の名を呼んだ。

「いいよ、のぼさん。恥ずかしいよ。律さんも誰も呼ばないでくれ」

わかった。のぼさんは鼻梁に小皺を寄せてにーっと笑った。

「おい、律。お茶を温かいのに替えてくれ」

「だとすると、お嬢に何か起こっているのか」

おれは思わず大きく息を吐き出すと、胸の前で腕組みをした。なにか不吉な予感がした。すると、のぼさんはおれが妄想したのと同じような想像を口にした。それも二種類もだ。

「駆け落ちが両親にばれたか。座敷牢にでも入れられたか」

「なにを言うか。欧化政策の赤シャツ外相宅だぞ、座敷牢なんていう旧時代の小部屋があるはずがない」

まあ、そうだな。のぼさんも胸の前で腕組みをした。

「それなら、「小鈴」が駆け落ちを察知して、先手を打ったかな」

「先手があるものかは」

「あるさ。式を後回しにして、とりあえず内田康哉の戸籍にお嬢の名前を書き入れるのさ」

まさか。でも、お嬢も先に内田の籍に入れられるのを訝って、大森行きを口にしたのだった。

「うむ。ないとは言えないな」

「だとすると、もう陸奥家には居ないぞ。金ちゃんが勇気を出して陸奥宅に行ってみても、陸奥のお嬢の影すら見つからない。せいぜいヘリオトロープの香りでも残っていたら儲けものだ」

「やめてくれ、考えたくもない」

おれは悲鳴を上げた。

「よし、金ちゃんの「真面目」な胸の内はわかった。それなら明日にでも、某社の辣腕新聞記者を陸奥宅に派遣して、聞き込みをさせよう」

のぼさんはふたたびにーっと笑った。

「某社の新聞記者って、誰さ」

「決まっているだろ」

のぼさんか。おれは思わず叫んで、すぐにのぼさんの右手を握り締めた。

「頼む」


「ところで、金ちゃん。東京専門学校（現・早稲田大学）の件は、耳に入っているか」

「なんのことさ」

おれは両眉を寄せた。

「やはりな」

のぼさんの従弟に藤野潔（古白）が居る。彼は東京専門学校に通っていて、おれの生徒の一人だ。その古白から耳に入れた話だという。

「剣呑だぜ。生徒の間に「夏目講師排斥運動」が起こっているそうじゃないか」

「なんだ、それは」

「金ちゃんが、女性にだらしがない、という噂だ」

おれは愕然として、のぼさんを見つめたが、続く言葉が口からすぐには出て来なかった。根も葉もない噂なのか。それとも、お嬢との自由恋愛が、どこからか洩れて、勝手に尾ひれが付けられた噂なのか。

おれが東京専門学校の非常勤講師の口にありつけたのは、そこで専任講師を勤めていた大西祝が、おれを坪内逍遥先生に推してくれたお蔭である。こんな噂を立てられたら、大西祝にもなにかと迷惑が掛かる。職を辞すべきか。

家に戻ってから、一息入れて、それから夜更けまで掛けて、のぼさんに手紙を書いた。


　無論生徒が生徒なれば、辞職勧告を受けてもあながち小生の名誉に関するとは思はねど、学校の委託を受けながら生徒を満足せしめ能はずと有ては、責任の上又良心の上より云ふも心よからずと存候間、此際断然と出講を断はる決心に御座候。

翌々日、おれはのぼさんを証人に立てて、この運動を坪内逍遥先生に報告しに行くと、その場で退職願いを机上に叩き付けた。

「夏目くん、短気を起こしなさんな」

坪内先生は微笑みながらおれを静かに諭した。

「わたしの耳には、なにも届いていない。あの年齢の生徒の間では、このような根も葉もない噂話はよく起こるものだ。彼らがきみに関心のある証拠だよ。もちろん、事実を調べろと言うのならば、調べてはみるけれどね」

坪内逍遥先生は机上の退職願いをあごでしゃくった。

「これは、しまっておけ」

その後、「排斥運動」の方は、いつのまにか雲散霧消した。のぼさんも頭を掻きながら苦笑いの表情を浮べた。

「古白は少し神経症かな。いったい、あしの家系には、頭の変な男が多くてね。あしだって、いつ発狂することやら」

四

この「夏目講師排斥運動」のお蔭で、のぼさんが陸奥家に出向いて、お嬢の様子を探るのが遅れた。それでも、なんとか駆け落ちの決行日の二十五日までにはと頼んだところ、のぼさんは二十一日の水曜日に予定を工面してくれた。この日は冬至だったので、夕方の四時を過ぎると薄暗くなり、のぼさんが馬場下の夏目家に報告に来てくれたときには、もう辺りは真っ暗だった。

「今夜中に伝えたくてな」

のぼさんは開口一番そう言い放った。しかし、その言い方が明るいとは思えなかったので、なにか凶事が起きたのだとピンと来た。のぼさんは溜息をついて、唇を歪めると、おれの両目を見据えた。

「金ちゃん、びっくりするな」

「ああ。いったいどうしたんだ」

「それが」

のぼさんは唾を飲み込んで喉を鳴らした。

「陸奥のお嬢は病気だ」

「病気って、なんの」

風邪か、結核か。まさか、コロリではないだろうな。おれはひどく胸騒ぎがしたけれど、落ち着いているふりをして静かに訊ねた。

「腸チフスだ」

「腸チフスってか」

おれは口あんぐりして、その後の言葉が続かなかった。

「そうだ、お嬢に似つかわしくない病だ」

「いつから」

「十日の土曜日の朝、まさしく金ちゃんと大森に行く約束の日だよ。陸奥のお嬢は、ベッドから起きて来なかった。「小鈴」が心配して女中に様子を見に行かせると、陸奥のお嬢は顔面蒼白で、四十度を超える熱を出していた。後は嘔吐と下痢の繰り返しだ」

「なんてこった」

おれは思わず立ち上がって、外出しようとした。

「天罰か。それならば、おれも腸チフスに罹らんと――」

のぼさんがおれの片腕を抑えた。

「落ち着け。夜が遅い。面会は無理だ。明日にしろ」


翌日、朝一番で西ヶ原の陸奥家に見舞いに行った。書生が出て来たので、挨拶もせずに「清子さんの具合は」と訊いた。書生は何も答えずに、奥に引っ込んだ。たちまち、誰の姿も見えなくなった。人の声も、物音も聞こえない。仕方がなかった。おれは玄関に突っ立っていた。しばらくすると、ようやっと「小鈴」が老女中と姿を見せた。

「清子は昨夜から、幾分回復の兆しをみせています。でも、まだ見舞いを受けられるほどの体力はありません。もう二、三日、様子をみさせて下さい」

「回復しているのですね」

「兆しです」

おれは頭を下げて、持参した白い豆菊の花束を差し出した。白い豆菊は、お嬢の大好きな花の一つだ。

「では、また明日来ます」


「金ちゃん、やるじゃないか」

「なにが」

金ちゃんと呼ばれた魂は、むっとしたように押し殺した声を出した。

「のぼさん。言っておくけれど、見舞いの花束を豆菊にしたのは、安い花だからではないぞ」

「解っているよ」

のぼさんと言われた魂は苦笑いを洩らした。

「本当に解っているのか。清子さんが、白い豆菊が好きなのだ」

「解っているって。そうではなくてさ、金ちゃんは後年に『趣味の遺伝』で、この白い豆菊を小道具に使ったじゃないか」

「そうだっけな」

たちまち、金ちゃんは口ごもって、ほんのりと赤くなった。のぼさんが畳み掛けて言い足した。

「あの『趣味の遺伝』は、『白い豆菊』や、『ヘリオトロープ』や、陸奥閣下のご出身である『紀州藩士』がキーワードだろ。あちらこちらに陸奥のお嬢の香りを散りばめたよな」

「初期の作品だからさ、どうしても自分の身辺雑事を使うのだ」

金ちゃんが苦しそうに言い訳をすると、のぼさんは鼻梁に小皺を寄せてにーっと笑った。

「おい、金ちゃん。『白い豆菊』も『ヘリオトロープ』も『紀州藩士』も、金ちゃんにとっては、身辺『雑事』じゃないだろうが」


その翌日も、またその翌日も、白い豆菊の花束を腕に抱えて、西ヶ原のお屋敷を訪ねた。しかし、おれがお嬢と直接面会できたのは、二十五日になってからだった。この日は日比谷花壇に行って、温室育ちの純白の百合を買い占めると、大きな花束を拵えた。抱えると、白百合の香りが鼻を打った。病人の枕元には、香りがきつすぎるか。でも、お嬢が最も好きな花の一つだった。

お嬢はこの花の甘い香りを愛していた。

お嬢の部屋に入ると、三日分の白い豆菊の花束が、お嬢の枕元を取り巻いていた。

「ごめんなさい」

お嬢が消え入るような小さな声を出した。

「謝らないで下さい」

「だって、もうわたくし、」

お嬢は大きな瞳に涙を滲ませた。おれは右の掌をお嬢の口元に伸ばして、その先をしゃべらないように合図をした。

「安静に」

「でも」

「いいんです」

おれは胸がいっぱいになった。思わず右手を掛け布団の下へ突っ込むと、お嬢の左手を探し出して、少し強く握り締めた。

廊下で女中が聞き耳を立てているに違いない。おれはそう疑って、お嬢に指示語を連発して話し掛けた。

「こんな病気、早く治しましょう。あれもこれも、ぼくたちのすべてのあれは、それからです」

「『それから』ですか。でも、わたくし、きっと死ぬんですもの。もう、あれは」

お嬢もおれに応えるのに、廊下に居るはずの女中に内容を察知されないような言葉遣いを用いた。やはり、お嬢も女中が『探偵』をしていると疑っているのだろう。どだい「小鈴」が「家の中ならば清子と逢ってもいい」と許可したのも、『探偵』が有効だからだろう。

「大丈夫ですよ、すぐによくなりますよ」

おれは大きな声で応えると、右手を掛け布団の下から抜いて、お嬢のベッドの脇の椅子に腰掛けた。

「清子さん」

おれはお嬢の顔を覗き込むと、静かに微笑んだ。そして、お嬢の耳元に唇を近づけて、廊下に聴こえないような小声で囁いた。

「治ったら、決行しましょう」

お嬢は頭をわずかに横に振って、静かな声ではっきりと言った。

「もう死にます」

「いや、治ります」

「でも、死ぬんですもの、仕方がないわ」

お嬢はにこりと微笑んでみせた。おれは黙って、顔を枕から離した。腕組みをしながら、どうして死ぬなんて言うのかなと訝った。

しばらくすると、お嬢が両目を閉じて、こんなことを囁いた。

「わたくしが死んだら、どうか待っていて下さい。また逢いに来ますから」

「そんな。弱気になってはいけません」

おれは少し強い口調で諌めた。

「弱気ではありませんわ」

お嬢は静かに笑った。

「また逢いに来るのですから」

「いつ逢いに来るのですか」

おれはわざと明るい口調に変えて、冗談に応えるように訊いてみた。お嬢ははっきりとした口調で答えた。

「日が出るでしょう。それから日が沈むでしょう。それからまた出るでしょう。そうしてまた沈むでしょう。――赤い日が東から西へ、東から西へと落ちて行くうちに、――あなた、待っていられますか」

「ええ」

おれは小さな声で呟いた。すると、お嬢は両目を閉じたまま、静かな調子のままで、声だけ一段張り上げて言った。

「百年待っていて下さい」

鶴のような思い切った声だった。

「百年、待っていて下さい。きっと逢いに来ますから」

「百年?」

お嬢は熱にうなされているのだろうか。おれは意味が理解できなかった。百年って、永遠のことかな。おれは胸の中で考えた。

「百年経ったら、きっと逢いに来ますから」

お嬢は両目を開けた。そして、掛け布団の下から、真っ白くてか細い左腕をそろりと伸ばして、おれの左手を握り締めた。さっきよりも、冷たい手だった。

「でも、実際に百年経ったら、お互いにこの世には居ませんよ」

「そうね」

お嬢は声を出さないで笑った。おれは両手で、お嬢の冷たい左手を包み込んだ。お嬢がまた唇を動かした。

「この世で許されなくても、天上で結ばれましょう」

「ええ、もちろん。でも、この世でも、結ばれたい」

おれは強い口ぶりで即答した。しかし、両目の端から、涙がこぼれ落ちてしまった。お嬢はそのおれの目を見つめながら、もう一度同じ言葉を繰り返した。

「きっと、百年待っていて下さい」

「待っています」

「お約束よ」

お嬢の黒い瞳の中に、おれの姿が鮮やかに見えた。しかし、それは束の間だった。たちまち、おれの姿は、ぼうっと崩れた。わずかな水が動いて、写る影を乱したのだと思ったら、瞼がぱちりと閉じられた。すると、長い睫の下から涙が頬に流れた。お嬢はこのまま死ぬのだろうな。おれはあせって現実的な話題を口にした。

「ぼくの講演会は、初めての講演会は、来月の二十九日ですよ。覚えていますか。場所は帝国大学です。清子さんも病気なんか早く治して、是非来場して下さいね」

お嬢は目を閉じたまま微かに微笑んだ。おれは自分でも本気なのか、ただお嬢を元気付けるためなのか、解らない言葉を口にした。

「そうだ、この日をぼくたち二人の、一か月遅れのクリスマスにしましょう。例のクリスマス‐パーティーを、この講演の後にやり直しましょう」

お嬢はなにも答えないで、ただ唇の形を笑いにして、微かに頷いた。おれはお嬢に続けて言葉を掛けた。

「百年待ちます。遅れたクリスマス‐パーティーの実行と、両方約束です」

おれはベッドの脇の椅子から腰を浮かすと、ベッドに覆い被さるような格好になって、お嬢の右手を取った。そして、その小指を自分の右手の小指に絡ませて、幼い子供のように指切りを強行した。

「これで、二つの固い約束が成立です」

おれはお嬢に微笑んで、また椅子に腰を下ろした。

「わたくしにもしものことがあって、講演会を聴きに行かれなくても、悲しんで泣かないで下さいね」

「泣くものですか」

「ええ、涙は禁物よ。ただ静かに百年待っていて下さいね」

お嬢はやけにはっきりと断言した。おれはあせって、涙声で言い返した。

「清子さんが、死ぬものか」

お嬢は何も答えなかった。瞼を閉じたままだった。すると、睫の下から、ふたたび涙がこぼれ落ちた。

「接吻して下さらない」

おれはどきっとして、一瞬たじろいだ。でも、お嬢は両目を開くと、真剣な眼差しで、おれの両目を見据えていた。おれは度胸を決めて、お嬢の白百合のように真っ白い顔に唇を近づけると、そのうなじに唇を押し付けた。

「ここにも」

お嬢は右手を掛け布団から差し出して、人差し指で自分の唇に触れた。おれは頷くと、お嬢の唇に自分の唇を重ねて行った。


「金ちゃん、この情景は『夢十夜』の「第一夜」ではないか」

「そうかな」

「とぼけるなよ」

のぼさんは嘆息したように呟くと、金ちゃんの周りを高速で飛び回った。

「やはり、あの白百合は、陸奥のお嬢か」

「さてね」

「おい、これなら、金ちゃんに迷う心はないはずだ。「地上の婚姻」なんか糞喰らえ。「天上の恋愛」万々歳だろう」


おれの帰り際に、珍しく「小鈴」が玄関まで見送りに来た。すると、やはりただの挨拶では済まなかった。年末から三箇日が終わるまで、清子への見舞いを遠慮して欲しいと申し渡されたのだった。

「解りました。年末年始は、多くのご来客が訪れるわけですね。それは、さぞやご多忙極まるでしょう」

「ええ。誠に申し訳ございませんが」

「小鈴」が慇懃に頭を下げた。

「では、清子さんにくれぐれもよろしく、いい年をとお伝え下さい」

「はい。新年には清子も健康を取り戻しているでしょう」

「小鈴」はおれにそう応えると、いつになく優しく微笑んでくれた。


三箇日が終わると、おれは早速白百合の花束を小脇に抱えて、西ヶ原の陸奥邸に向かった。往来は初荷の旗を掲げた大八車が、互いにぶつかりそうなほど混み合いながら、それでも猛速度で行き交っていた。

しかし、陸奥邸に着くと、屋敷の様子が尋常ではなかった。正門に門松が置かれていなかった。玄関にはしめ飾りも飾られていなかった。赤シャツ閣下は、確かに欧化政策の急先鋒の一人だ。しかし、だからといって、赤シャツ自身が、しかも家庭で、和風のなにもかもを峻拒しているわけではないはずだ。

玄関の前に立つと、家の中から御読経が聞こえて来た。

おれは心臓がどきどきして、その音で鼓膜が痛いほどだった。震える指先で、呼び鈴を押した。書生が現れた。書生の両目を見ると、泣き腫らした跡があった。おれは胸が張り裂けそうになった。

「どなたが」

「お嬢さまです」

おれは気を失いかけた。しっかりしろ。自分を胸の内で励まして、書生に訊ねた。

「いつのことですか」

「きのう、三日の午前零時二十五分です。肺炎を併発されまして。享年十九歳でした」

おれは両膝が折れてしまい、その場に崩れ落ちた。書生が歩み寄って来て、おれの右肩を支えた。おれは有難うと呟きながら、書生の顔を見上げた。

「清子さんに逢わせて下さい」

「それより、夏目さんは大丈夫ですか」

「大丈夫です。清子さんに逢わせて下さい」

おれは書生に右肩を支えられながら、立ち上がった。

「どうぞ」

書生が邸宅の中に導き入れてくれた。勝手知ったるお嬢の部屋に近づくに連れて、ヘリオトロープの香りが強く鼻腔を打った。鼻腔が痛いほどだ。誰だ？　こんなに大量のヘリオトロープを撒き散らしたのは。使い手が居なくなったヘリオトロープを使い切ろうというのか。

お嬢はベッドに静かに横たわっていた。十日前のクリスマスに見舞いに来た時と、何一つ変わっていなかった。あえて変化を見つけようとするならば、枕元を埋め尽くしていた白い豆菊が姿を消して、白百合の花束が病人の目につく場所に飾られている配置くらいだった。お嬢は今にも瞼を上げて、あら、いらしたの、と口を利きそうだった。

「眠っているだけですよね」

おれは思わずベッド脇の赤シャツと「小鈴」に叫んだ。でも、二人とも、おれの顔を見ようともしなかった。二人はただお嬢の真っ白い顔を見据えているだけだった。

「閣下！」

おれが叫ぶと、赤シャツは床に顔を向けて、人目も憚らずに大粒の涙を落とした。

「お母様！」

すると、「小鈴」は狼のような低い唸り声を上げて、その後はひたすら泣き続けた。

「清子さん！」

おれが心から呼び掛けても、お嬢はベッドの中で微動だにしなかった。

「清子さん！」

おれがふたたび叫んでも、お嬢は微笑みすら浮かべなかった。赤シャツも俯いたままだった。「小鈴」がしゃくり上げながら、ゆっくりと顔をおれに向けて、ただ首を横に振った。「小鈴」の両目は厚ぼったく、鼻の頭は真っ赤で、「鹿鳴館の華」「ワシントン外交の華」の面影は、どこにも見当たらなかった。

「静かに眠っているだけですよね」

おれは誰にというわけでもなく呻くように呟いた。そして、ベッドに近づくと、お嬢の顔を覗き込んだ。ただただ、真っ白だった。蒼白ではない。白百合のように、真っ白な顔色だった。

「清子さん！」

おれは掛け布団を捲り上げて、お嬢の両肩を掴むと、激しく揺さぶった。しかし、お嬢は目を覚まさなかった。

「清子さん！」

おれはもう一度大声を出した。やはり、お嬢はなんの反応も示さなかった。おれは両手を広げると、お嬢の上半身を抱き締めた。

「清子さんったら！」

おれは泣きじゃくりながら、お嬢の胸の辺りに顔を擦り付けた。無我夢中だった。「自分」なんか、どこかにぶっとんでいた。赤シャツや「小鈴」の前だけれど、もう躊躇はしなかった。赤シャツが沈痛な声を出した。

「夏目くん、こういうわけです」

「どういうわけなんです！」

おれは涙声で叫んだ。赤シャツは何も答えなかった。おれはお嬢の体から離れると、ベッドの脇にへたり込んだ。今度は「小鈴」に顔を向けた。

「ひどいじゃないですか。あんまりだ。三箇日が終わるまで見舞いに来るな、なんて」

「小鈴」はおれと目を合わせなかった。

「初めから、おれには死体だけを見せようとしたのでしょう！」

「小鈴」が消え入りそうな声で言った。

「お帰り下さい。これから家族だけで、仮通夜を行います」

「いや、おれも参列させて下さい」

「どうか、お帰り下さい。うつりますよ」

「小鈴」が少し厳しい口調で言い下した。おれは泣きじゃくりながら声を絞り出した。

「お願いします。清子さんの唇に接吻させて下さい」

「なにを言っているのですか」

赤シャツが顔を上げて、いきなりおれを怒鳴りつけた。

「きみ、きみじゃないですか。清子を不潔な場所に連れ出したのは」

赤シャツは血走った目で、おれの顔を睨みつけた。

「なんのことですか」

おれは赤シャツの顔を見据えたまま、眉を顰めて、首をかしげた。赤シャツもおれを睨みつけたままだった。唇すら微動だにしなかった。代わりに、おれの背後から「小鈴」の声が聞こえてきた。

「知っているのよ」

「なにをです」

おれは振り返って、今度は「小鈴」の目を見据えた。

「あなたに、探偵をつけていたのよ」

「探偵?」

「ええ。清子と大森に行く約束をしたでしょ」

おれは両目を大きく見開いた。ついで、返事をしようと、口を開けたけれど、言葉が出て来なかった。「小鈴」が言い募った。

「しかも、駆け落ちまで無理強いしたでしょ」

「それは」

赤シャツが立ち上がって、おれのすぐ横に来た。

「立ちなさい」

おれは立ち上がると、赤シャツを正面から見上げた。赤シャツは背が高かった。欧米人に頭ごなしに物を言われている気分に陥った。しかし、赤シャツはいつものとおり、女性のように優しい口調で言い放った。

「わたくし、暴力は嫌いです。でも、清子の父親として、夏目さんを殴ります」

おれは赤シャツの拳骨を左頬に受けて、壁の近くまでぶっ飛ばされた。このとき、「小鈴」が金切り声を発した。

「あなたなんかに、貧乏教師のあなたなんかに、処女を汚されて」

おれは頭を振って、立ち上がろうとした。

「この薄汚い野良猫が！」

これは老女中の声だった。続いて、「小鈴」が大声で叫んだ。

「あなたが清子をチフスにしたのよ」

「そんな」

おれは絶句して、言葉が続かなかった。

「内田さんに、顔向けできないわ」

「帰りなさい」

赤シャツが唸るように怒鳴った。

「二度と拙宅に来てはいけません」

「通夜と葬式に参列させて下さい」

「帰れと言ったら、帰りなさい！」

赤シャツはふたたび怒鳴り声を上げると、右の拳でおれの胸を強く突いた。おれは後ろに倒れそうになりながら、頭に血が遡って、思ってもいなかった言葉を口にした。

「清子さんとは天上で結ばれる約束をして、この地上でも結ばれたのです。大森でしっかりと結ばれたのです」

「何を言い出すのです」

「清子さんが、こんなにあっさりと先に天上に行くわけがない。本当はあなた方が眠り薬で眠らせているだけなのでしょう？」

おれは自分でも理屈が通らないと思う言葉を吐き続けた。

「何が言いたいのです？」

赤シャツは低い声を絞り出した。怒りが極限まで達したようだった。おれは振り向いて、「小鈴」に言葉をぶつけた。

「清子さんは死んだと、おれに嘘をついて、本当は内田康哉に嫁がせる気ですね」

「帰って下さい。もう二度と、その汚いあばた顔を見せないで！」

「小鈴」が泣き叫んだ。ついで、赤シャツが大声を出して、執事や書生を呼びつけた。

「きみたち、この『大うつけ者』を外に摘まみ出して下さい！」


「金ちゃん、この情景は読んだ経験があるぞ」

のぼさんは鼻梁に小皺を寄せてにーっと笑った。

「な、なんのことさ」

「おとぼけなさんな。『猫』だよ。語り手の猫は、隣の二絃琴の御師匠さんちの三毛子に恋をしていただろう」

「そうだったかな」

金ちゃんは訝しそうに頷いた。

「でも、久しぶりに訪ねると、御師匠さんと女中の話し声が聞こえて来るだろ。三毛子が病に罹ったのは、表通りの教師の家の薄汚い雄猫が、むやみに誘い出すせいだ。今度見かけたら、叩いておやり。叩いてやりますとも。二人はそう話しているじゃないか」

「覚えていないな」

金ちゃんは唾をごくんと飲み込んだ。

「お惚けなさんな。正月も早十日を過ぎて、「猫」が三毛子の病を心配して訪ねてみると、御読経が聞こえて来る。おやと思っていると、じつは三毛子が死んでいる。陸奥のお嬢と死期までそっくりではないか」

「忘れたよ」

「いや、まだまだあるぞ。「死体だけみせるつもり」は『それから』だろ。「女の死体に接吻」は、『彼岸過迄』だっけ、金ちゃんは想像力の貧弱さを、異常な実体験でカバーしているよな」

「うるさい！」


おれは陸奥邸を追い出されて、東京の街をとぼとぼと歩いた。総身の活気が一度にストライキを起こしたように俄に元気が消え入って、ただ蹌々として踉々という形で前に歩を進ませた。どの家も門柱の脇にはまだ門松を設けていて、往来では子供たちが凧揚げや羽根突きをして遊んでいた。


「わかったぞ」

のぼさんが、ふたたび大声を出した。

「なにをさ」

金ちゃんはもう放っといてくれと小声で付け加えた。

「金ちゃんは、この後、吾妻橋を渡ろうとするのだろう」

「なんで吾妻橋さ」

「吾妻橋だよ。欄干の下の、川の底から、きっとお嬢の声が聞こえたのだ」

のぼさんは鼻梁に小皺を寄せてにーっと笑った。

「お嬢の声ってか」

「そうさ。金ちゃーんって、三度も呼ばれただろ」

「話が読めん」

金ちゃんは少しむきなって、怒りを帯びた声を出した。

「なに、金ちゃんは「今直に行きます」と答えたのだろうが」


「お嬢が死ぬわけがない！」

おれは口に出して言ってみた。ついで、胸の中で、もっと強い口調で吐き捨てた。

「赤シャツも「小鈴」も、おれに嘘をついている！　下手な小刀細工を施して、おれからお嬢を取り上げる気だ」

でも、こう叫ぶと、なぜか涙が出て来た。

「おい、金之助。涙なんか場違いだ。お嬢は生きている。生きているに決まっている。生きていて、おれと駆け落ちを実行するために、死んだふりをしているのだ。そうさ、赤シャツも「小鈴」も、お嬢に一杯食っている。おれの講演が終わったら、おれとお嬢は駆け落ちを決行するんだ。二人で所帯を持って、永遠に仲良く暮らすんだ」

いや、違う。お嬢は「小鈴」の性悪な陰謀から眠り薬を飲まされて、深く眠らされているのだ。眠り薬が解けて、お嬢が意識を取り戻したら、おれとの今月二十九日の約束をきっと思い出すだろう。そして、どうやって、一人で外出するかを思案するだろう。

お嬢がこれまで比較的自由に外出できたのは、淑徳女学校に行く土曜日の午後だった。しかし、先日の土曜日の大森行きが失敗した以上、淑徳女学校との行き来には、探偵と腕車が付くに決まっている。

すると、お嬢が一人で外出する理由は、もう作れないのか。お嬢はノラのように、『人形の家』に押し込められたままで、内田康哉の家へ譲られてしまうのか。

いや、大丈夫だ。いくら「小鈴」だって、帝国大学の講演会ならば、よもや大森や駆け落ちとは結びつけないだろう。それでも外出が難しければ、内田康哉と一緒に来場すればいい。これなら赤シャツにだって怪しまれないさ。こっちは内田が用を足している隙にでも、手を取り合って逃げ出してやる。いや、嘘をついてでも、内田康哉からお嬢を解き放って、外に連れ出してやる。

「内田さん。お嬢とは大森に出向いているのです。ぼくたちはそういう間柄なんです。あきらめて下さい」

今度の講演会には、お嬢はもちろん、のぼさんにも是非来てもらいたい。のぼさんに駆け落ちする現場を見届けてもらいたい。のぼさんは来場すると約束している。金ちゃんの初めての講演だ、『日本』の記事にもしようと言ってくれている。のぼさんはびっくりするだろうな。記事の内容が、予定していた「文学談話会」から、「陸奥外相の御令嬢、文学学士夏目金之助と駆け落ちす！」に変わるのだから。

よし、駆け落ちを決行するぞ。文学談話会で「英国詩人の天地山川に対する観念」を講演し終わったら、会場のみんなに「あばよ」と一声叫ぶのだ。あばよ。これを合図に、お嬢と手を携え合って、二人で忽然と姿を消してやる。

元気が出て来た。口元からは笑みさえこぼれ落ちる。いい正月だ。おれは自然と足早になって、目白の血洗いの池の横を通り抜けると、喜久井町の実家に向かった。

翌日は、のぼさんが新聞社を終えてから、立ち寄ってくれた。

「金ちゃん、大丈夫か」

「ああ、今度は上手にやるよ」

おれが笑顔で答えると、のぼさんは両眉を寄せて、顔を曇らせた。

「陸奥のお嬢の葬儀は、明日だぞ」

「なに、葬儀までやってみせるのか」

「当り前だろ。閣下の愛娘だぞ」

のぼさんが怒声を上げると、おれは急に顔の造作が崩れて、涙がこぼれ始めた。

「泣くな。葬儀は正午からで、場所は浅草松葉町の海禅寺で、だ」

参列するだろ。のぼさんはそう言いながら、おれの顔を覗き込んだ。おれはにやっと笑って、即答した。

「行かないよ」

「えっ」

のぼさんは大きな目を一段と見開いた。

「「小鈴」も「小鈴」ならば、赤シャツも赤シャツだ。おれを騙くらかすために、葬儀まで出すのか」

「金ちゃん、大丈夫か」

のぼさんはおれの目の前まで寄って来て、おれの額に掌を伸ばして来た。

「なにをする」

「熱はないな」

「当り前だ」

のぼさんは、顎を横に振って、金ちゃんと呟いた。

「金ちゃんが、辛いのは解る。でも、陸奥のお嬢の葬儀だ。気を張って参列しろよ」

「なに、お嬢の葬儀なんて、まやかしだよ。おれはそのからくりに気がついている。のぼさんは新聞記者だろ。お嬢の葬儀とやらを覗いて、どんな猿芝居だったのか、記事にしてくれ。それでたくさんだ」

「金ちゃんに報告はするさ。でも、金ちゃんが自分の目で見届けなくてもいいのかい」

のぼさんも赤シャツや「小鈴」に騙されている。おれと会話がまるで噛み合っていない。でも、おれはのぼさんに笑顔で伝えた。

「あれもこれも、芸者上がりの、性悪で見栄坊な母親が考えそうな小刀細工さ。おれからお嬢を取り上げて、内田康哉に嫁がせようとしているんだ」

翌日の六日の夕方にも、のぼさんは顔を見せた。そして、のぼさんはおれの部屋に入ると、開口一番大きな声で言い放った。

「立派な葬儀だったぞ。さすが現役の外務大臣の御令嬢の葬儀だ。参列者が、なんと五百人を越えてね、ご焼香をするにも長蛇の列で辟易としたぜ」

のぼさんは苦笑いをした。

「どうせ、誰もが涙をこぼしていたのだろう」

「ああ。若い女の死だからな。参列者の中でも、とりわけ同級生と思われる若い女たちの一群は、わんわんと大泣きだったよ」

「ふん」

おれが鼻先で笑うと、のぼさんは付け足した。

「森鷗外の妹も参列していたぞ。喜美子さんだ。陸奥のお嬢とは一橋高女の御学友で、一緒に廊下を走って、ミス・プリンスに叱られたらしい」

「猿芝居だな、いい迷惑だ」

おれが吐き捨てるように言うと、のぼさんはおれの目をじっと見つめた。

「金ちゃん。ちょっと、いやだいぶ変だぜ」

「なにが」

おれはむすっとした口調で訊いてみた。すると、のぼさんはいつもとはどこか違う笑いを唇の端に浮かべた。

「きのうから、金ちゃんは辻褄の合わない話をする。『小刀細工』とか『猿芝居』とか、いったいなんのことだい」

「なに『小刀細工』は『小刀細工』、『猿芝居』は『猿芝居』さ」

「誰が、なんのために、そんな馬鹿げた芝居を企てるのさ」

のぼさんの顔から薄ら笑いが消えた。

「決まっているだろ」

「だから、誰が」

「芸者上がりの、性悪で見栄坊な母親だよ。陸奥亮子だよ」

おれははっきりと名指した。しかし、のぼさんは首を傾げた。

「なんのために」

「だから、おれからお嬢を奪い返して、内田康哉に嫁がせるためにさ」

「なるほど」

のぼさんはそう応えたが、納得した様子には見えなかった。

「でも、陸奥のお嬢は亡くなったじゃないか」

「違う!」

「違う?」

のぼさんは両眉の端を下げて、今にも泣き出しそうな顔になった。

「ああ、違う。お嬢は、性悪な母親に眠り薬を盛られて、ただ眠りこけているのさ」

「そうか」

のぼさんは大きな溜息をついた。

「ああ、そうさ」

おれは胸を張った。

「お嬢は近日中に目が覚めて、月末のおれの講演を聴きに来る約束さ」

「そうか」

「ああ。しかもな、ここだけの話だけれどな、講演が終わったら、二人で駆け落ちをする。だから、のぼさんも必ず聴きに来いよ。陸奥の愛娘が駆け落ち、は特ダネ記事になるぜ」

「そうだね」

のぼさんは優しく応えると、立ち上がって、もう帰ると言った。

「金ちゃん、きみの心は疲れているよ。一度医者に行ってみろや」

五

二十九日の日曜日の朝が来た。

おれは最後の三日間を半徹夜で頑張って、講演のためのノートを完璧に仕上げた。また駆け落ちの資金として、預金通帳を解約して現金化しておいた。

さあやるぞ。講演も、駆け落ちも、大成功させるのだ。おれは準備万端整えて、気持ちも最高に充実していた。

講演は午後一時からの予定だった。しかし、午前十一時には自宅を出た。この日、東京は大雪だったのである。しかも、四日前の水曜日にも東京は大雪に見舞われていて、その残雪が融けないうちに、また大雪に見舞われたのである。道は歩きにくいし、市電は混雑と遅延が予測された。そこで、自宅を早めに出たわけだが、もっと本当の理由は、おれの心がむやみにいきり立っていたからだった。

帝国大学には正午を多少回ったくらいに到着した。指定されていた特大教室に向かうと、廊下に机が出ていて、哲学会で書記を務めている小屋保治と藤代禎輔が受付を始めていた。

「おっ、夏目、早いじゃないか」

小屋が西洋の哲学者のような端正な顔をおれに向けた。

「よろしく頼む」

「任せておけ。時間が来たら、呼びに行く。講師の控室はこっちだ」

藤代が控室を指で示してくれたので、おれは頭を下げて、隣のゼミ室に回った。ゼミ室は小さな教室で、椅子と机が円形に置かれている他はなにもなかった。講師の控え室にはぴったりの教室だった。

「外に出て、アンパンと牛乳でも買って来てやろうか」

しばらく一人で居ると、藤代が顔を出して、笑顔で申し出てくれた。しかし、じきに講演が始まる。おれには初めての講演で、しかもお嬢とのぼさんの前だ。そう思うと武者震いが起きて、アンパンと牛乳を胃袋に入れる気にはならなかった。

「有難う。でも、食欲がない」

「そうか。わかった」

おれは藤代に会釈をすると、ノートを引っ張り出して、講演の内容を確認し始めた。頭の中でなんども繰り返し準備をしてきた事柄だ。失敗は起こり得ない。ふっと気がつくと、胸の中が明日からのお嬢との生活で満杯だった。

愛し合う二人の家は、閑静な町がいい。往来を行く人の下駄の響きまでが聞こえて来るような、静かな、静かな町がいい。天気のいい日は、縁側へ座布団を持ち出して、陽だまりで気楽に胡坐をかく。やがてごろりと猫のように横になって、空を見上げると、どこまでも青く澄んでいて眩しいほどだ。ぐるりと寝返りをして、障子の向こうで裁縫をしているお嬢に話し掛ける。

「おい、好い天気だな」

お嬢はなんて返事をするのだろうか。

「ええ」

静かに相槌を打つだけだろうか。それとも、こう付け足すだろうか。

「ちっと散歩でもしていらっしゃい」

「それなら、一緒に出よう」

こんなちっぽけな幸せを得たい。

『最少人数の最小幸福!』

この言葉を赤シャツに言い放った時は、赤シャツの『最大多数の最大幸福』に青臭く反撥して、彼の政治姿勢を密かに揶揄しただけだった。でも、いったん口にしてみると、まるで言霊が作用したかのように、自分の金言に変容した。

『最小人数の最小幸福!』

この言葉は強い。駆け落ちでも、心中でも、なんでもできる。愛こそすべてで、恐いものなんて、何もない。いや、病気だけは恐い。片割れが病気で早死にしたら、残された片割れはどう生きたらいいのか。

天上で結ばれる、そう契りを交わす。

そうだった。百年経ったら、お嬢は白百合に化身して、この世に遺されたおれを迎えに来るのだ。そして、あの世で、天上で、二人は永遠に結ばれる。


「金ちゃん。きみは後年、この時の気持ちを参考にして『門』を描いたんだろ」

「なに、『門』だけではないさ。この時の講演の内容自体が、「自然に対する熱烈な愛」だからな」

「その自然の中に、おまいやあしといった人間も、含み込まれるのかい」

のぼさんが両眉を寄せて、難しい顔で訊いて来た。

「そうさな、人間は――、」

金ちゃんはここまで言葉を発したきり、口を噤んでしまった。


「夏目、出番だぞ」

小屋保治がゼミ室の戸を引いて、おれを迎えに来た。

講演を行なう特大教室の引き戸の前に立つと、小屋はホテルのボオイのように戸を引いてくれて、先におれを教室に入れてくれた。たちまち、拍手が起こった。でも、まばらな拍手だった。聴講席を見渡すと、両手両足の指を使えば足りるくらいの人数しか、坐っていなかった。でも、これは予想していたとおりだ。「帝国大学文学談話会」などに、一般人が来るものかは。おれは少ない聴衆の一人一人の顔を見つめた。お嬢はどこに腰掛けて居るのか。また、のぼさんは。

「お嬢の姿が見当たらない」

まだ百年が経っていないのだ。

「のぼさんもまだ来ていない」

のぼさんは何をやっているのだ。

この二人が来ないうちは、講演を開始したくはなかった。しかし、小屋がおれの紹介を終えて、「では『英国詩人の天地山川に対する観念』をお話し願います」と演題を高らかに謳い上げた。すると、まばらな拍手が起こり、学友の一人が囃し声まで上げた。

「いよっ、イモ金。かっこいいぞ！」

聴衆から冷ややかな笑い声が起こり、おれは口を開くしかなくなった。
「――『族籍に貴賤なく貧富に貴賤なく、之有れば只人間たるの点に於て存す』るのでありま
す。これはホイットマンの言葉で、彼の平等主義を端的に表しています。しかし、また同時に
『人は如何に言うとも勝手次第』という『独立の精神』も強調すべきであります。この二方向を
横文字で一方向にまとめれば「Manly love of comrades」、つまり意訳すれば「義兄弟愛」とでも
なりましょうか」
「義兄弟愛」と言ったときに、数人の聴衆がにやりと笑った。ここで笑うのは正しい。人間は
どこで笑うかによって、その人間の知能やセンスや性格の善し悪しが知れてしまう。
それにしても、この話はお嬢とのぼさんに聴いてもらいたかった。なぜ二人は居ないのか。な
ぜ二人は――。

「金ちゃん、しようがないだろ」

のぼさんが錆色に染まって、少しだけ縮こまった。

「なにがさ」

金ちゃんはつっけんどんに言い返すと、錆色ののぼさんに体当たりをした。のぼさんはよろけ
ながら、悪かったよと不貞腐れたように詫びた。

「だけどさ、あの日はちゃんと休みを取っていたんだぜ」

「じゃあ、なぜ来なかった?」

金ちゃんは詰問の口調で問い質した。

「いや、金ちゃんの晴れ姿だからな。目覚ましを掛けて、予定通りに根岸の家を出たのだよ」

「じゃあ、講演会に居なければおかしいだろ」

金ちゃんが怒りを込めた声で言うと、のぼさんは小さな声でぼそっと応えた。

「大雪だったろう」

「ああ、大雪だった。雪のせいにするのか」

「そうじゃない」

のぼさんは金ちゃんの勢いに押されてたじろいだ。

「でも、大雪だった」

「そうか。東京中で根岸だけ、かまくらでも造れそうな大雪が降ったのだな」

「嫌味を言うなよ」

のぼさんが肩をすくめた。

「大雪だったから、歩きではなくて、市電で行こうとしたのだ」

「ああ、市電でも、飛行船でも、勝手に乗って来ればいいじゃないか」

「違うってば」

のぼさんは唇を歪めて、鼻梁に小皺を寄せた。でも、にーっとは笑わなかった。

「停車場に着いて、電車賃を出しておこうと、財布を引っ張り出したんだ」

「こいつ、財布を忘れたってか」

金ちゃんは畳み掛けるように訊いた。

「違うよ。財布は持っていたよ。だけどな、その中味が問題でね」

「空っぽだったのか」

「いや、母が管理しているからね、入っていたことは入っていたのだ」

金ちゃんは舌打ちをした。

「はっきりしないな」

「うん。往復の市電の料金だけだったのだよ」

「えっ」

金ちゃんは少し青白くなった。

「文学談話会の講演は、入場料が必要だったろう」

「わずか十銭だぞ」

「うん」

のぼさんは金ちゃんから目を逸らして下を向いた。

「のぼさんは、この月から二十円の高給取りじゃないか」

「なにが高給取りなもんか。東京で親子三人が、一ヶ月を二十円で暮らせるかよ。あしの薬代もばかにはならないしな」

「そうか」

「そうなんだよ」

のぼさんは顔を上げて、金ちゃんの目を見つめた。

「あしも会場に行って、金ちゃんの初講演を聴きたかったさ」

「わかったよ」

「本当に？」

「ああ。でも、なんで先に言わないのだ。知っていたら、保治に話して、のぼさんから入場料を取らなかったさ」

金ちゃんは当日ののぼさんの姿を目に浮べた。のぼさんが市電の停車場から自宅まで、前屈みになって、とぼとぼと歩いている。よく見ると、目には涙さえ浮べている。唇は「貧乏はいやだ」と繰り返し動いている。その両肩に、真っ白い雪が次から次へと降り掛かって来る。それはのぼさんが両肩に背負う苦難のようだ。のぼさんの足元に目を遣ると、雪は下駄の歯の高さをとうに超えて、くるぶしの高さにまで降り積もっていた。

「冗談はよせ。あしだけ無料なんて、よけいに行けるかよ」


「自然のために自然を愛する者は、是非共之を活動せしめざるべからず。之を活動せしむるに二方あり。一は「バーンス」の如く外界の死物を個々別々に活動せしめ、一は凡百の死物と活物を貫くに無形の霊気を以てす。後者は玄の玄なるもの、万化と冥合し宇宙を包含して余りあり。

「ウオーヅウオース」の自然主義是なり」

ウオーヅウオースなんて、持ち出すまでもなかった。これはお嬢がおれと契った言葉だ。

「百年待っていて下さい」

「百年経ったら、きっと迎えに来ますから」

「天上で結ばれましょう」

おれとお嬢は、無形の霊気で結ばれている。永遠に結ばれている。お嬢は死んでいない。お嬢はおれの頭の中で生き続けている。お嬢は「ウオーヅウオース」の自然主義だ。お嬢は――。


「感動したよ」

講演が終わると、小屋保治が寄って来て、おれの右手を両手で握り締めた。

「思っていた以上の出来だ。この原稿は『哲学雑誌』にも載せるぞ」

藤代が興奮気味に早口で言った。そして、こうも付け足した。

「でも、夏目くん。いつもと違って、なんか元気がなかったな」

「そう言われてみれば、覇気がなかったな。夏目、なにかあったのか」

小屋がおれの顔を覗き込むようにして訊いて来た。

「病気なんだ」

おれは唇の形を笑いにした。

「病気?」

保治が訝って、首を傾げた。

「ああ、チフスだ」

おれが呟くと、保治と藤代がにやっと笑った。保治が口を開いた。

「ああ、おまえはチフスだ」

「そうだ。もう死ぬ」

「ばかたれ」

藤代が短く言い切って、保治と共に声を出して笑った。おれも声を出さないで笑った。でも、胸の中では、泣きながら叫んでいた。

「お嬢はなぜ来なかったのだろう。本当に死んだのか。死んだって、霊気を使って聴きに来ればいいのに。それとも、天上で静かに、おれが来るのを百年待っているのか」

「あっ、そうか」

保治が少し大きな声を出した。

「正岡が来場しなかったからか」

「なに、あいつは来ないさ」

藤代が笑いながら請け負った。

「よりによって、正岡だぜ。あいつが、人の文学談話なんか、聴くもんか」

了

漱石、恋に乱れる

明治二十六年の冬は、寒さがとりわけ身に凍みた。いや、おれは身に凍みたわけではなかった。心に沁みたのだった。寒さが身に凍みたのは、おれではない。そう、のぼさんだった。のぼさんは一月末の二十九日に、おれの初講演を聴こうとして、大雪の東京の街中を傘も差さないで歩き回ったらしい。これが祟った。二月十五日の朝、起きてすぐに、大きな血痕を吐くと、手足をばたばたさせて苦しみに悶えた。妹の律さんがあわてふためいて隣家の陸羯南先生に知らせ、先生の紹介で、すぐに宮本仲先生が往診に来てくれた。

「この病気は、今根絶しておかないと、大患に変貌しますよ。用心して下さい」

ところが、のぼさんはその言葉をまともに受け取らなかった。いや、まともに受け取る精神的余裕も金銭的余裕も失っていた。のぼさんは叔父の大原恒徳に手紙を認めた。

「用心とは何事にやと問へば、葡萄酒飲むことと滋養物くふことと余り勉強せぬことと長く服薬することといふに、当り前の事ながら今更に驚きたる心地に御座候」

この頃、隣の陸羯南先生の家に、佐藤治六が津軽より上京して書生というか玄関番で入った。

のぼさんは七つ歳下の治六を可愛がって、陸羯南先生に「日本」に入社させるように進言し、翌年七月には実現させた。佐藤治六は詩趣を解する男だったので、のぼさんは彼に俳句を勧めて、「紅緑」の号を名付けた。

でも、のぼさんは紅緑に下から突き上げられているようにも感じた。そんな気持ちに煽られたのか、のぼさんは宮本医師の忠告を無視して、一心に机に向かい、五月には『獺祭書屋俳話』を日本叢書の一巻として処女出版した。しかし、やはり身体は無理に無理を重ねていたのだ。インフルエンザをこじらせてしまった。また高熱から、執拗な不眠症と脳痛にまで苦しめられた。

「なに、働き過ぎじゃないぜ。金ちゃんの駆け落ち未遂事件が、諸悪の根源だよ」

「人のせいにするな」

「いや、金ちゃんが悪い。金ちゃんが、あんな大雪の日に、駆け落ちを実行しようとするからさ」

「駆け落ちは関係ないだろ。あの日は、おれの初めての講演の日だ」

「違うだろ」

のぼさんは真っ赤になって、金ちゃんに体当たりを食らわした。

「それなら、どうして保治たちに、大雪だから講演を延期したいと言わなかったんだい」

「それは――」

金ちゃんはピンク色に染まって、語尾を濁した。

「ほら、みろ。駆け落ちを延期したくなかったからだろ」

「のぼさんじゃないか」

「なにが」

「おれに教えてくれたんだよ。『恋愛に、チャンスは二度ない』って」

「開き直るな」

のぼさんは真っ赤っ赤に染まった。

「だいいち、駆け落ちの相手は、もうすでにこっちに来ていただろうが」

「――」

金ちゃんは目をぱちくりさせて、なにも応えなかった。のぼさんはチッと舌打ちをした。

「あしの不治の病が悪化したのは、まったくもって金ちゃんの恋愛妄想のせいだ」

「それはないって」

「いや、そうだ。生前、金ちゃんにもっとたかって、もっと葡萄酒を飲んで、もっと牛肉に齧り付いて、もっとうな丼を胃袋に収めておけばよかったよ」

のぼさんは鼻梁に小皺を寄せてにーっと笑った。

「なに、のぼさんは『愚陀仏庵』でも、こっちに胃拡張を心配させるくらいに飲み食いはしていたと思うよ」

金ちゃんはのぼさんの周りをぐるぐると回って、ほんの少しばかり反撃に出た。

「のぼさんは食いしん坊だからな。律さんが、エンゲル係数が高いと泣いていたぜ」

「ちぇ、田舎もんの律がエンゲル係数なんて、知るものかは」

のぼさんは鼻梁に小皺を寄せて片目を瞑ってみせた。金ちゃんは両眉を吊り上げて、唇をいったん結んでから呟いた。

「不眠症と脳痛はさ、おれだって悩まされたからな」

「なに、おまいの脳痛は一過性だ。たかが失恋の痛手だからな」

「たかがとは失敬な。のぼさんの失恋は、そりゃあ一過性さ。でも、おれの恋愛は百年物だぜ」

金ちゃんが口を尖らせて自慢げに言い募ると、のぼさんは両肩の辺りをすくめて、くすっと笑った。

「百年物かい。てやんでい、葡萄酒じゃないやい」


おれは梅雨になると、ますます気分が落ち込んで、不眠症と脳痛のために頭を抱え込む毎日だった。学友で生涯の大親友となる菅虎雄が、鎌倉は円覚寺への参禅を勧めてくれて、釈宗活師に紹介状を認めてくれた。おれは六月の中旬から約一ヶ月もの間、円覚寺境内にある帰源院で、釈宗活師から教えを受けた。釈宗活師は歳こそ、おれよりも三歳も若いが、何事にも動じない普遍さを身につけていた。慾がなければ、悩みもない。こうは悟ったが、だからと言って、生の人生で師のように生きて行くのは難しい。これも同時に悟った。

おれは毎日、円覚寺の広い境内を歩き回った。歩き回りながら、少しでも更なる次の段階の悟りを開こうと試みた。

境内の一角に白百合が群生していた。この場所に来ると、いつもいきなり、我を忘れた。白百合はお嬢の化身だった。お嬢に逢いたかった。百年待つのは長かった。百年は永遠だった。永遠にお嬢を待つのか。

いや、違う。死ぬ時が来たら、自分も死ぬ。自分も死ねば、お嬢に逢える。お嬢とあの世で結ばれる。おれとお嬢の『時間差心中』の完遂だ。その時が、百年だ。

おれは参禅を終えると、未だ不確かな気持ちを抱えながら、東京へ戻った。すると、吉報が待っていた。教授会がおれを文科大学英文科の第二回卒業生として卒業させると認定したのだった。加えて、大学院へも進学できるとのお墨付きも得た。しかし、今更の吉報だった。今更、博士になるために大学院まで行って、たとえ「小鈴」に気に入られても、だからなんだと言うのだ。

おれは父や兄夫婦から離れたくて、馬場下の夏目家を出ると、帝大寄宿舎に籠居した。小屋保治と同室だった。

またこれを機に、机上に飾ってあった清子の写真を燃やして灰にした。今の自分は、この世に関心がなかった。

とっとと百年よ経て！　とっとと天上の清子と逢わせろ！

「この夏、あしは東北まで我が領土にするよ。俳諧宗匠を歴訪するんだ」

のぼさんが目を輝かせながら、少し早口で言った。

「金ちゃんも、大学院へ進学できて、失恋の痛手を払拭できただろ」

「あのね、おれは失恋なんか、ちっともしてないよ」

「そうか」

のぼさんはおれの目を見つめながら、両眉を寄せた。

「それに、おれのお嬢への思いは、払拭できるとかできないとかの一過性ではない」

おれは吐き捨てるように言った。すると、のぼさんは小さな音で舌打ちをした。

「あしの失恋は一過性だ」

「そんなこと認めたって、自慢になるか」

「ばかだな、金ちゃん。失恋したら、その恋愛なんか、即一過性に落とすんだ」

おれはのぼさんから目をそむけた。

「したくないよ、そんなまやかし」

「じゃあ、どうだ。一緒に東北を占領して回らないか」

「いやだ」

おれは即答した。

「どうしてさ。気分転換になるぜ」

「気分転換なんてしたくない」

「金ちゃん。大丈夫か」

おれは返事をしないで、のぼさんを真似て鼻梁に小皺を寄せてにーっと笑った。

明治二十六年の夏期休暇がやって来た。のぼさんは東北を侵略し始めた。おれはひたすら帝大寄宿舎に引き籠もった。

「秋には大学院に進んで、研究者の卵だ。この夏は英文学の研究に没頭するのさ」

周囲にはそう言い放っていた。だけど、この言葉を信じる友人は少なかった。大概の学友は、こう誤解した。

「夏目は大学院進学で資金を使って、金欠病に罹ったのだろ」

しかし、ごく親しい友人は、当然のごとくに違う見方を口にした。

「夏目は半年前の失恋で、未だ強度の神経衰弱だな」


「金ちゃん。この夏は、沈み過ぎたな」

「沈んでなんかいなかったさ」

金ちゃんは透明に近い水色に染まって、少し小さくなった。

「元気がないと、周りが気を遣うぜ」

「元気だったてば」

「見ろよ、金ちゃんがこっちの世界に来た直後に、同室だった小屋保治、いや後の大塚保治が当時の金ちゃんを世間にばらしているぜ」

金ちゃんは目を剥いた。

「保治がか」

「ああ。見せてやるよ」

のぼさんは『新小説』の増刊号『文豪夏目漱石』（大正六年一月）を広げると、「『三体詩』の中の「哭亡妓」」という文章を見せてくれた。著者は大塚保治だった。

「金ちゃん、文章を読むのは待て。保治の生の声を聴かせてやるよ」

のぼさんは鼻梁に小皺を寄せてにーっと笑った。

「こちとら、こちらの世界に長いからな。下界の些事なら、何でもできるんだ」

目の前で、大塚保治が『新小説』の女性記者に語り始めた。

「ええ。明治二十六年の夏休みは、夏目はどこにも行かないで、寮の部屋に閉じ籠っていましたね。そして『三体詩』にある「哭亡妓」という詩を微吟愛唱しているのです。それが淋しい詩でね。同室なもんで、どうしても耳に入る。すると、こっちまで体から力が抜けて、暗くなってしまうのですよ」

「詩の詳細ですか。いや、節だって覚えていますよ。朝から晩まで聴かされたのですから。ちょっと唸ってみましょうか」

　魂帰冥寞魄帰泉　只住人間十五年
　昨日施僧薫苔上　断腸猶繫琵琶弦

「この『十五年』の箇所を、夏目は時々『十九年』と替えて吟じるのです。淋しそうだったな。

彼の人生の中で、一番落ち込んでいた時期でしょうね」

「保治の奴、普段は無口じゃないか。それなのに、なんで人の秘密を、こんなにべらべらと喋るのだ」

金ちゃんは真っ赤になって跳ね回った。

「秘密だからさ」

のぼさんはこともなげに応えた。

「ふざけた奴だ」

「なに、保治だって、相手の名前までは明かしていないさ」

「いや、ばらしているよ。『十九年』と替えていたなんて。記者が詮索したら、恋愛相手がお嬢だって読者に知られてしまうぞ。許せん」

「そうむきになるな」

のぼさんは金ちゃんを穏やかに言い含めようとした。

「雑誌には『十九年』の話は載っていない」

「当り前だ。『十九年』などと活字にしたら、陸奥家が黙っていないさ」

「そうかな」

のぼさんはクビを傾げた。

「そうさ。陸奥家はおれを「頭の狂った男」にしたくらいだ」

「どういうことさ」

「わからんのか。おれとお嬢の関係を抹殺するためさ。あれもこれも頭のおかしいおれの妄想だと偽って、現実から完璧に葬ろうとしたのだ」

金ちゃんの目は血走っていた。のぼさんは大人っぽく口先で微笑んだ。

「金ちゃんの思い過ごしだよ。それこそ、神経衰弱だぜ。もう被害妄想の領域だ。古白とおんなじだよ」

「なにを言うか。『十九年』と活字にしてみろ、保治の将来はなかったよ。保治は頭の狂った美学者だとレッテルを貼られて、その後半生を笂井《うつぼい》の実家で座敷牢暮らしさ」

金ちゃんが必死に食い下がるので、のぼさんは慰めの角度を変えた。

「そうさな、でも保治だって懸命だったのさ」

「なにが」

金ちゃんは、まだいきり立っていた。

「金ちゃんがこっちへ来た後さ」

「どういうことだよ」

「まあ、そう力むなよ。いいかい、金ちゃんの亡き後、おまいの門人たちが、漱石先生の心の恋人は『大塚楠緒子《くすおこ》』だと言い出したではないか」

「ばかばかしい」

金ちゃんは即答した。でも、『大塚楠緒子』と耳にしたとき、一瞬口元に笑みを浮かべた。

「『楠緒子』は、保治の嫁だから、欠点に目を瞑って、贔屓にしてやった、それだけだ」

「門人たちは、そうは思っていないさ」

のぼさんは鼻梁に小皺を寄せてにーっと笑った。

「そうかな。のぼさんは楠緒子が明治三十七年に「太陽」に発表した『進撃の歌』を知っているか」

「うむ。その二年前にこっちに引っ越したからな。どだい興味がないから、詳しくは知らん」

すると、金ちゃんはいきなり大きく高い声で吟じ始めた。

進めや進め一斉に　一歩も退くな身の耻ぞ
前に名誉の戦死あり　後に故国の義憤あり
思へ我等が忠勇は　我らが親の績いさおにて
我らが妻の誇にて　我等が子等の誉ぞや

「こんな詩だよ」

「浅いね」

「浅いどこじゃないよ。心がない、愛がない、口からでまかせさ」

金ちゃんは握り拳に力を込めた。

「おれは野村伝四宛の手紙に、こう記したのだぜ」

太陽にある大塚夫人の戦争の新体詩を見よ、無学の老卒が一杯機嫌で作れる阿呆陀羅教の如し、女のくせによせばいゝのに。それを思ふと僕の従軍行杯はうまいものだ。

「野村伝四って、『三四郎』のモデルの一人にした奴か」

「まあな」

「でもさ、おまいの門人たちなら、きっとこう言うぜ。漱石先生は照れ隠しで、わざと厳しい論評をされたのだ、と」

金ちゃんは鼻からふんと息を吐いた。

「一生懸想する女に、たとえ演技でも『無学の老卒』とか『一杯機嫌で作れる』とか『阿呆陀羅教』なんて言葉をぶつけるかい」

「確かに、好きな女だったら、ここまで辛辣にやっつけないな」

のぼさんは片目を瞑ってみせた。

「おまいの門人たちは、女が解ってないね」

「いや、男も解っていない」

「いや、その前に詩の良し悪しが解っていない」

のぼさんは唇の端を歪めて声を立てないで笑った。金ちゃんが少し赤くなって、唾を飛ばしながら言い放った。

「おれはね、生半可に利口ぶる女が大っ嫌いなんだ。『三四郎』の美禰子なんて殴ってやりたい。『虞美人草』の藤尾なんか早く死ねばいいとさえ思っていた。美人で、自意識の強い、自分の事しか愛さない、そんな『新しい女』のモデルが、楠緒子だ」

金ちゃんは言い終わると、ふうーっと大きく息をついた。

「文豪漱石先生、衝撃の告白だな」

のぼさんは声を出さないで笑った。金ちゃんは言い足した。

「だから、おれは自分の娘たちに、小説を読ませなかった。おれの小説だって、手にする行為すら禁じたくらいだ。女の小説家で認めているのは、樋口一葉女史くらいだよ」

「鷗外先生も、一葉は誉めていたな」

「うむ」

金ちゃんは深く頷くと、意外な言葉を吐き出した。

「それに、楠緒子はおれなどが手に負える女じゃないよ」

「どういう意味さ」

「楠緒子に関しては、墓場まで持って行く秘密事もあってね」

「お安くないね、」

のぼさんはにやにやと薄ら笑いを浮べて、金ちゃんの両目を覗き込んだ。

「なに、相手はおれじゃない」

金ちゃんはあわてて右手を横に振った。

「保治が西欧に留学していた時さ。楠緒子は明治女学校に英語を習いに通った。腕車でね。英語を覚えたいならば、保治について西欧に行けばいいだろ」

「そうさな。なんか日本に残る理由でもあったのか」

「残った理由かどうかは解らない。でも、荻原守衛が見ているんだ」

「荻原守衛って、あの彫刻家か。高村光太郎と親しかった、ロダン贔屓の男だよな」

「そうだ。守衛は明治三十三年に、明治女学校の校地内の林の中に、専用の小舎を建てて、深山軒と名付けると、住み込んでいたんだ」

「なんか面白くなって来たな」

のぼさんは声を立てずににやにやと笑った。金ちゃんがのぼさんに訊いた。

「校長の巌本善治を知っているか」

「ああ、バーネットの『小公子』を訳した若松賤子の夫だ」

「そうだ。ある日の夕方、もう薄暗いのに、深山軒の近くで華やいだ女の嬌声が聞こえる。守衛は不思議に思って外を覗いた。すると、巌本善治校長が楠緒子を抱きかかえるように歩いて来て、楠緒子を大木の幹に押し付けると、二人の顔が重なった――」

「本当か、その話」

のぼさんは青くなった。

「嘘で言える話か」

「そうだな」

金ちゃんとのぼさんは、同時に微笑んだ。

「誰から聴いた」

「言えない」

「荻原守衛から直接か、それとも高村光太郎辺りからか」

「黙秘だ」

「あっ、思い出した」

のぼさんは素っ頓狂な声を上げた。

「守衛は夏目漱石の大ファンだった。全小説を読破したと自慢していた！　碌山という号も、金ちゃんの小説の登場人物から盗み取ったと白状していた。守衛からだ、間違いない、守衛本人から聴いたんだろ」

金ちゃんはなにも答えずに、ただにやにやと笑った。

「金ちゃん、この話、保治にはしたのか」

「できっこないよ」

「そうだよな」

二人は互いの目を見て頷き合った。

「だから、こうやって、墓場まで持って来たのさ」

「なんだ、金ちゃんは当事者ではなくて、ただ話を墓場まで持って来たというオチか」

「それなのに、保治は『十九年』を記者に喋ったのだ」

「怒るな、金ちゃん」

のぼさんは鼻梁に小皺を寄せてにーっと笑った。

「保治は、金ちゃんの永遠の恋人が、我が女房ではないと、それだけを暗に言いたかったのだよ」

「それでも、怪しからん――」

金ちゃんは即座に返答した。が、その後は口を噤んだ。のぼさんが微笑みながら言った。

「そう、怪しからん。でもさ、保治だって、自分の女房の異性関係の誤報は解きたいさ」


七月の下旬になると、帝大文科の寄宿生は片手の指で数えられるほどの頭数となり、三室ほどを利用するのみとなった。保治とは同室だったが、独りになりたいときには、おれも保治も向かいの部屋に自分の蒲団を持ち込んだ。

秋から大学院に進学か。大学院に進んで、博士になって、さてどんな価値があるのか。今更だ。今更博士になっても、陸奥家がおれとお嬢との、この世の結婚を許してくれるわけではない。いや、許してくれるくれないに、もう意味がない。

では、英文学の研究自体には、意義があるのか。日本で生まれ育った日本人が、英文学を研究して何になるのだろう。どだいイギリス人の英文学研究者には叶わない。だいいち、文学研究は建築と違って、なんの形も残らない。せいぜい自著が出せるかどうかだろう。虚しかった。しかし、突き詰めてみると、この虚しさは、英文学研究への不安から生じているのではなさそうだった。

陸奥家の書生から、密かに連絡が入った。七月二十五日に、お嬢の両親が、秘書官の中田敬義夫婦を随行させて、大阪の夕陽岡に行くという。おれはその意味が解らなかった。問い返すと、夕陽岡に陸奥家の墓が掘られていて、そこにお嬢の骨を埋葬するのだという。

おれは頭の中で、白百合が群生している小高い墓所を想像した。

「いや、違う、違う!」

おれは頭を激しく振った。お嬢を骨にして土中に埋めてはいけない。お嬢は戻って来る。お嬢はおれに逢いに戻って来る。でも、それは百年後か。

お嬢が骨になっているわけがなかった。お嬢は両親に眠り薬で長い眠りにつかされているだけだ。今回の夕陽岡行きだって、きっと野良犬の骨でもこれみよがしに持参して、中田敬義夫婦には偽証を頼んで、お嬢を埋葬したとのふりを見せるだけだろう。

このような小刀細工は、お嬢の母親が、芸者上がりの性悪で見栄坊な母親が、考え付きそうなまやかしだ。おれにお嬢を諦めさせるための小刀細工だ。陸奥家の書生からの「内緒話」そのものだって、母親の小刀細工の一環かも知れない。おれがお嬢を諦めたと判断したら、即日にでも内田康哉に嫁入りさせるのさ。

二日前から、保治も寮から居なくなった。斎藤阿具が保治の消息を訊ねて来たので、書簡で返答した。

「小屋君は其後何等の報知も無之、同氏の宿所は静岡駿州興津清見寺と申す寺院にて御座候」

保治は同郷の清水寮監の紹介で、とんでもないべっぴんと見合いをした。じつは、初めはおれにも同じ話が舞い込んで来た。おれはお嬢と約束があるから、当然乗らなかった。ただ峻拒するのは清水寮監に欠礼だと判断して、煮え切らない態度を示しておいた。すると、清水寮監は同時に保治にも声を掛けていた。相手の条件は婿養子だったので、おれとか保治とか、とにかく長男ではない帝国大文科生が対象だった。でも、清水寮監の本命は、同郷の保治だった。保治はたちまち乗った。相手のべっぴんが大塚楠緒子だったからである。大塚楠緒子は帝大生の憧れだった。

「羨ましいね」

おれは保治に微笑んだ。保治はおれの肩をぽんと叩いた。

「きみだって、あのべっぴんじゃないか。陸奥のお嬢だろ」

「そうさ。でも『只住人間十九年』だからな」

「なに、天上で永遠に一緒になるさ」

保治はおれの心を見抜くと、おれに右手を伸ばして来た。

「ぼくもきみのように永遠の愛を手に入れたいものだ」

「ああ」

おれは保治に力なく右手を伸ばして、彼の握手の求めに応じた。

八月に入ると、いよいよ寮には人が居なくなった。おれは独りで座禅を組んだり、英単語を調べたり、頭の中でお嬢と会話をしたりして過ごした。すると、円覚寺の座禅で知り合った鈴木大拙から、英文の補筆訂正を依頼された。釈宗演師が九月にシカゴで開かれる世界宗教会議で講演する「仏教小史」の原稿で、大拙が英訳した文章である。喜んで引き受けたとまでは言えないが、内容が内容だけに多少の現実逃避にはなった。

八月も終わり近くになって、のぼさんから「東北占領より戻った」と知らせが来たので、彼を訪ねた。久しぶりの外出だった。のぼさんは血を吐いたとは思えないほど元気闊達で、俳諧宗匠の話をこれでもかこれでもかと山盛りにしゃべると、あとは東北にいかに美人が多いかを得々と語っては、一人で大笑いをするのだった。おれはひたすら聞き役に回って、ただただ頷く所作ばかりを繰り返した。どちらが病躯の若者か判らなかった。

「蕣《あさがお》や　君いかめしき　文学士」

のぼさんはおれに元気出せよと言い放って、この句を詠んでくれた。

確かに、おれは自分の向かうべき方向を見失っていた。大学院への進学は決めていたが、大学院で学ぶ目的も、その先も、濃い霧に覆われていて、少しも見通せなかった。

九月になると、学習院への就職の話が舞い込んだ。教師に成りたかったわけではないが、父兄から自立するために、モーニングまで拵えて期した。しかし、その席は米国帰りの重見周吉に決まった。重見はイェール大学医学部卒のエリートだ。だが、どうも背後から、赤シャツを着込んだ某外務大臣の強い推薦があったようだ。

十月になると、いくつかの高等学校から英語教師の口が掛かった。何度も言うが、おれは教師になりたかったわけではない。このため、迷いに迷って「丁度霧の中に閉じ込められた孤独の人間のやうに立ち竦んでしまった」感じだったけれど、父兄から自立しなければならず、結果外山正一が推挙してくれた東京高等師範学校に、年棒四五〇円で就任した。それでも、やはりこの就職は「肴屋が菓子屋に手伝いに行ったやうな」心持ちだった。


年末の二十九日になると、第五回帝国会議で、赤シャツ閣下がなにかに取り憑かれたような大演説を行なった。しかし、国会議員たちはぽかんと聞いていただけで、「後世歴史に残る」名演説と高く評価したのは、日本人記者や外国人記者といった、客観的な目を持つ知識人だけだった。

おれはこの新聞記事を読んで、赤シャツはなぜそんなに元気闊達なのかと訝った。愛娘が亡くなって、まだ一年ではないか。おれは人生の目標を失って、生きる価値さえ見つけられないでいる。

――陸奥閣下は最大多数の最大幸福を目指しているから？　おれは最少人数の最小幸福を渇望していたから？

違う。誤魔化されないぞ。お嬢は亡くなってなんかいないからだ。外交官の内田康哉の家に、むりやり嫁に行かせれば、親としてご満悦だからだ。

いったい、おれはどうしたらいいのだろうか。

年が明けて、明治二十七年の正月を迎えた。一月三日に陸羯南邸でカルタ会が催されて、のぼさんに誘われた。しかし、この日にカルタなどを取っても楽しいはずがなかった。きょうはお嬢の一周忌ではないか。おれは寮に籠って、部屋中にヘリオトロープをばら撒くと、お嬢を頭の中で追想した。

五日の新聞に、お嬢の兄の広吉が、インナー・テンプルでバリスターの資格を取得して帰国したとの記事が載った。八日の新聞には、その広吉に、パッシングハム・エセルというイギリス人の恋人が居るとのゴシップ記事までが掲載された。

広吉はたいしたものだ。おれはそう思った。外国で、その国の女性と恋ができれば、その国の文化を丸ごと理解したという証だろう。

森鷗外もそうだ。『舞姫』の太田豊太郎は、作者に実体験がなければ描けないだろう。そう言えば、アメリカで山縣有朋閣下が、お嬢に「親戚の森某氏」を結婚相手にどうかと、冗談めかして薦めていたとか。この森某とは森林太郎が本名の、森鷗外先生のことだったのだ。

また、父親の赤シャツは、あの分厚いベンサムの『道徳及び立法の諸原理序説』を、なんと監獄で翻訳して、出獄するや『利学正宗』の書名で出版している。しかも、赤シャツの英語は、学校で教わったのではない。「海援隊」に居るときに、外国人と商売上交わって、実質的に覚えたものだ。

「英語を使って、なにを成すのですか」

イギリス人のように背の高い赤シャツは、おれに執拗に訊ねた。

「日本に居ながら、イギリス人もびっくりするような大著述を英語で著したいのです」

おれは未だ青二才で、赤シャツをがっかりさせた。では、今のおれなら、なんと答えるか。

「喰うために、英語教師です」

情けない。おれは進歩するどころか、とっくに終わっている。去年の一月三日で我が人生は幕を下ろしている。とっととあの世に行きたいものだ。とっとと百年が経って、お嬢と天上で永遠に一緒に暮らしたいものだ。


二月に入ると、のぼさんは陸羯南邸の東隣、上根岸八十二番地に転居した。手伝おうと申し出たが、佐藤紅緑が居るからいいと断られた。しかし、引越しの手伝いに行かなくて幸いだった。この日、なんとおれは血痰を吐いた。すぐに近くの病院に駆け込むと、そこの医師から「肺結核の初期」と診断された。なんのことはない、おれも子規《ほととぎす》になってしまった。

「軽症の結核患者には、弓の稽古が薬だ」

たぶん、俗説だが。保治がこう付け足しながら、弓道の稽古に連れて行ってくれた。弓を引くときに、力を込めて胸を張るのが、結核の治療に効果的らしい。

いや、治療効果はどうでもよかった。保治の友情が嬉しかった。どだい、結核を治す気なんてなかった。むしろ、これで百年が短くなるかも知れないと、密かにほくそ笑んでいた。

紀元節の十一日には、「小日本」が創刊された。のぼさんが編集責任者に就任して、月給は三十円に上がったそうだ。それでも、まだ収入は英語教師のおれの方が多かったが、仕事に対する思い入れはのぼさんの方が断然熱かった。いや、おれだって、誠心誠意を込めて懸命に教壇には立っていた。でも、これは教師としての喜びを感じていたからではなかった。自分の小心な性格からに過ぎなかった。

三月に入って、少し寒さが緩むと、春になるのが疎ましくなった。春になって、梅の花が咲き、梅の花が香り、梅の花が散ると、桜の花が咲く。すると、誰もが何となく浮かれて、世の中が賑やかに動き出す。この喧騒を思うと、心が沈んだ。自分がこの世に居ながらこの世に居ないような、妙な気分に陥った。

九日は明治天皇の大婚二十五年の祝典日だった。あいにくの小雨だったが、それでも市中にはお祭気分が溢れていた。とりわけ、柳橋の料理屋、船宿、芸妓連中は大川に数十艘の伝馬船を浮かべ、その船上で力自慢の男たちに米俵を担がせる競争をさせ、昼間から終日花火を打ち上げた。おれは派手な大川には近づかなかった。大学の寮にほど近い上野池ノ端を独りで小雨に打たれながら散策した。

誰も居ない寮に帰ると、菊池謙二郎に手紙を認めた。

人間は此世に出づるよりして日々死出の用意を致す者なれば別に喀血して即席に死んだとて驚く事もなけれど先ず二つとなき命故使へる丈使ふが徳用と心得医師の忠告を容れ精々摂生

致居候
　何となう死に来た世の惜まるゝ
一度び此病にかゝる以上は功名心も情慾も皆消え失せて恬淡寡慾の君子ならんかと少しは希望を抱き居候にも係らず身体は其後愈壮健に相成医師も左程差当りての心配はなし抔《など》申し聞け候にても性来の俗気は依然不改旧観実に自らもあきれ果候そこで君の漫興に次韵《じいん》して蕪句一首
　閑却花紅柳緑春　閑却す花紅柳緑の春
　江楼何暇酔芳醇　江楼何んぞ芳醇に酔うに暇あらん
　猶憐病子多情意　猶お憐れむ病子多情の意
　独倚禅牀夢美人　独り禅床に倚りて美人を夢む
御一笑可被下候この頃は雨のふる日にも散歩致す位に御座候
　春雨や柳の中を濡れて行く
大弓大流行にて小生も過日より加盟致候処的は矢の行く先と心得候へば何時でも仇矢は無之真に名人と自ら誇り居り候
　大弓やひらりひらりと梅の花
　矢響の只聞ゆなり梅の中
できる限り明朗な文面に書き上げた。菊池にしても誰にしても、友から暗い憂鬱な書面を貰いたくはないだろう。でも、記した内容は嘘ではない。おれの不治の病は、幾分大人しくなって小康状態を保っていた。と言って、のぼさんの経緯もある。百年が半年に縮まる期待も、内心では捨ててはいなかった。

そう言えば、のぼさんはこの頃、浅井忠の仲介で、書家の中村不折と知り合ったそうだ。

十二日には、そののぼさんに手紙を書いた。

其後以前よりは一層丈夫の様な心持が致し医者も心配する事はなし抔中ものから俗慾再燃正に下界人の本性をあらわし候是丈が不都合に御座候へどもどうせ人間は欲のテンションで生て居る者と悟れば夫も左程苦にも相成不申先ず斬様に慾がある上は当分命に別条は有之間敷かと存候

春雨や柳の下を濡れて行く
弦音にほたりと落る椿かな
弦音になれて来て鳴く小鳥かな
弦音の只聞ゆなり梅の中
春雨や寝ながら横に梅を見る

のぼさんへの手紙には「春雨や柳の中を濡れて行く」を「春雨や柳の下を濡れて行く」に訂正した。「中」では当り前で詰まらないけれど、「下」だと少なからず意味を生じる。「柳」の「下」

はどんな世界か。そこには誰が居るのか。俗に言えば、「柳」の「下」は、幽霊、お化けの世界である。元気だ、健康だ、と見せかけておいて、じつはもう幽霊なのだ、お化けなのだ、と凄んでみせた。「椿」も見舞いに持参するのは厳禁の花だ。前触れなく、「ほたりと」落ちる不吉な花だからである。のぼさんなら、この手紙を読んで、おれの明るい振る舞いの奥底をきちんと読み取ってくれるだろう。

五月になると、どういうわけか気分までもがまさしく五月晴れに変わって、月末には菊池謙二郎宛の手紙に、近い未来の予定まで書けるほどに回復した。

昨年は御存じの如く夏中寄宿舎に蟄居致居候故、今年は休暇に相成次第何れにか高飛を仕る積りに御座候

でも、この気分上昇は、一ヶ月も持たなかった。五月晴れが梅雨空に変わって、何日か経った六月二十日の午前二時に、東京を強い地震が襲った。倒壊した建物は四千八百戸にも及んだ。しかも、木造建築よりも、煉瓦造りの西洋建築の被害が甚だしく、旧鹿鳴館、今の華族会館のバルコニーも崩壊するに至った。

「金ちゃん、このバルコニーって、後年に芥川龍之介くんが『舞踏会』で描いた場所だろ」

「そうさな」

「確か、天長節の舞踏会だったよな。ピエール・ロティと日本の御令嬢が、並んで花火を眺めたバルコニーだ」

「儚き恋だな」

「なに、恋はあれもこれも儚いさ」

「いや、そんな恋ばかりじゃない」

金ちゃんは強い口調で言い募って、その後すぐに溜息をついた。のぼさんは鼻梁に小皺を寄せてにーっと笑った。

「これは明治何年の舞踏会だったたっけ？」

「明治十九年だろ」

「モデルは陸奥のお嬢かな？」

のぼさんが語尾を上げると、金ちゃんは真っ赤っ赤に染まって、それから口を開いた。

「お嬢は、参加していない」


「木造建築では、とても百年は持ちませんよ」

おれが建築家になって、自信たっぷりにこう説明して、次々に煉瓦造りの西洋館を設計していたら、この地震ですっかり気落ちしていただろう。日本という国の地層には、石造りの建築は適合しないのだ。かと言って、木と紙の建築では、火事に弱過ぎる。いったい、日本の地面には何を何で建てたらいいのだろうか。

建築家への道を進んでいたら、今頃この日本独自の切実な悩みに頭を抱え込んでいただろう。しかし、たとえ建築家でも、お嬢が傍に居てさえくれたら、悩みはなんの悩みでもなかっただろう。お嬢がおれの隣で微笑んでいてさえくれたら、建築学でも英文学でも、そんな専攻はどちらでもいい。

梅雨空のように憂鬱な雲が心に掛かったまま、七月に入った。佐藤紅緑が正式に「日本」に入社して、「小日本」は廃刊し、のぼさんは「日本」に戻った。

中旬の十六日には、赤シャツ閣下が外務大臣として、「新日英通商航海条約」を締結して、イギリス側のみに許されていた領事裁判権を全面的に撤廃した。

赤シャツ閣下の信念は強かった。以前にはおれにも「屈従するなかれ。理屈を持って堂々と争うべし」と諭してくれた。

また赤シャツは政治に対しても、他の政治家ばらとは異なる感慨を抱いていた。

「政治というのは『術』、すなわち『アート』であり、『サイエンス』のような『学』ではない。政治は、広く世勢に練熟する『巧拙』、すなわち『スキール』が重要だ」

この赤シャツを人間として超えるには、どうしたらいいのだろうか。背の高さでは、百年待っても超えられそうにない。おれは赤シャツを生き方で超えたい。仕事で超えたい。国家に有為ではなく、個人に有為な人物として超えたい。

こんな夢を見た。行った記憶もない大阪の夕陽岡に、おれは独りぼっちで佇んでいた。辺り一面には苔が生えていて、おれの横には丸い墓標が建っていた。

おれは苔の上に腰を下ろした。これから百年の間こうして膝を抱えて待っているんだなと考えながら、正面の丸い墓石を眺めていた。そのうちに、お嬢の言った通り日が東から出た。大きな赤い日であった。それがまたお嬢の言った通り、やがて西へ落ちた。赤いまんまでのっと落ちて行った。一つとおれは勘定した。

しばらくするとまた唐紅の天道がのそりと上って来た。そうして黙って沈んでしまった。二つとまた勘定した。

おれはこういうふうに三つ四つと勘定して行くうちに、赤い日をいくつ見たか分らなくなった。勘定しても、勘定しても、数え尽くせないほど、赤い日が頭の上を通り越して行った。それでも百年はまだ来ない。しまいには、苔の生えた丸い石を眺めて、おれはお嬢に欺されたのではなかろうかと思い始めた。

すると石の下から斜《はす》に自分の方へ向いて青い茎が伸びて来た。見る間に長くなって丁度自分の胸のあたりまで来て留まった。と思うと、すらりと揺ぐ茎の頂《いただき》に、心持首を傾けていた細長い一輪の蕾《つぼみ》が、ふっくらと瓣《はなびら》を開いた。真白な百合が鼻の先で骨に徹《こた》える程匂った。そこへ遥《はるか》の上から、ぽたりと露《つゆ》が落ちたので、花は自分の重みでふらふらと動いた。おれは首を前へ出して冷たい露の滴《したた》る、白い花瓣《はなびら》に接吻した。おれが百合から顔を離す拍子に思わず、遠い空を見たら、暁の星がたった一つ瞬いていた。

「百年はもう来ていたんだな」とこの時初めて気が付いた。

夜明けに目を覚ますと、おれの両目から涙が溢れていた。これは正夢だ。お嬢自身が死の床で、おれと契った言葉が夢になった。でも、正夢だと認めれば、お嬢が現実に亡くなったと認めた話になる。でも、でも、おれがこの世で百年待てば、お嬢は白百合になって、おれを迎えに来てくれる。お嬢はその時が来るまで、天上でおれを待っていてくれる。いや、百年は永遠だ。おれが死ねば、たちまち百年が経って、天上でお嬢に再会できる――。

おれは居ても立ってもいられなくなって、朝食も摂らずに帝大の寮を飛び出した。北は松島から南は興津まで、お金《あし》が続く限りの放浪の旅に出るつもりだった。

早朝に上野駅を発って、午後六時過ぎに伊香保温泉に到着した。この時、ラジオのニュースで、仁川近海の豊島沖で、清との間に海戦が始まったと知った。日本海軍の軍艦三艘と清国の軍艦二艘が、突然激しい撃ち合いを始めたのである。

「なんで、またこの日に、」

おれはのぼさんのようにチッと舌打ちをして、伊香保の石段を上がり始めた。

「神は気が変になると、人間の血を欲しがる」

おれがぶつぶつと呟いたので、すれ違った老夫婦らしき男女が揃って振り向いた。

「おれは気が変になると――、さてどうなるのか。放浪の旅にでも出るのか、墓の脇で百年を待つのか」

どうせならば伊香保一番の旅館に泊まろうと、「小暮武太夫方」に入った。

「頼もう」

「いらっしゃいませ」

番頭が出て来て、にこにこと笑い掛けて来た。しかし、その目は少しも笑っていなかった。それどころか、おれの頭上から足の先までを素早く値踏みした。

「あいにく、今夜は満室です」

「空き部屋があるだろう。平日だぜ」

おれは食い下がった。知らない土地で、宿を探して右往左往するのは御免だ。

「お客さま。今朝のシナとの海戦は御存知ですか。その戦勝の宴が催されておりまして」

番頭も譲らない。しかし、どこからも三味線の音色すら聞こえて来ない。

「蒲団部屋でも、どこでもいいぞ」

「それならば、ここ伊香保で別の宿をご紹介致しましょう。当方と同系列の宿ならば問題ありますまい」

番頭にくっ付いて、坂を上ったり下がったりして行くと、やがて「萩原重朔の宿」と看板の出ている、ちゃちな門構えを通り抜けた。玄関も古ぼけていて、見るからに「小暮武太夫方」よりも格下の安宿だった。

部屋に案内されると、畳はつるつるで、出されたお茶はぬるかった。おれは一人で居るのがいやになって、筅井《うつぼい》に帰郷している保治を呼び出そうと思った。伊香保との距離は、腕車で二時間ほどか。

大兄御出被下候はば聊不平を慰しべきかと存じ夫のみ待上候願くは至急御出立当地へ向け御出発被下度願上候也余は後便に譲る

しかし、保治からの返事は、おれの願いに叶う内容ではなかった。

只今血縁親者集まりて我が婚姻良しや悪しや相談由不能訪大兄御赦被下度候

おれは後便を書く気力も失せた。保治の家は名家だから、たとえ保治が長男ではなくても、養子に出すのを快くは思わないのだろう。

おれにはおれの、保治には保治の恋愛があり、それぞれがそれぞれの青春を生きている。今の保治はおれどころではないのだろう。

寝る前に風呂に行った。暗くて足元が見えない。転ばぬようにそろりと檜の湯船の中に身を入れた。すると、足の裏や背中が、藻かなにかでぬるぬるする。

次の日は朝早くに目が覚めた。保治と会えない伊香保に長居は無用である。朝食を掻き込むと、そそくさと勘定を済ませて、外へ出た。すると、昨夜は気がつかなかったが、夏の伊香保はどちらを見ても、ここかしこの空き地に白百合の花が咲き誇っていた。たちまち、白百合の強い香りが鼻孔を突く。しかも、どういうわけだろうか。白百合の周りには、白い豆菊が群生していた。

白百合は決別と再会の花である。

おれにとっては、またお嬢にとっても、そうである。

白い豆菊は見舞いの花である。

おれと病床のお嬢を繋いだ花だ。

朝から涙が出て来た。

お嬢は白百合に似て高貴だった。お嬢は白い豆菊に似て質実だった。お嬢は反物で言うならば、絹糸にさらによりをかけた糸で織った「糸織」だった。高貴で質実。これがお嬢だ。

伊香保から早く逃げ去りたかった。伊香保に居たら、お嬢に囚われている自分から跳躍できない。


「この時期、内田康哉は、どこにおったんだ」

のぼさんは金ちゃんの周りをぐるぐると回った。

「ロンドンの公使館に転任中だ」

金ちゃんは素っ気なく答えた。のぼさんは生前と同じように鼻梁に小皺を寄せてにーっと笑った。

「それでか」

「なにが」

金ちゃんは首を傾げた。のぼさんは両肩をすくめた。

「母親が地団駄を踏んでさ」

「お嬢の母親か」

「そうさ。内田と結婚させておけば、清子は死なずにすんだ、と嘆いておられてね」

のぼさんは声を出さないで笑った。たちまち、金ちゃんは真っ赤に染まって、大きな声を出した。

「とんでもない。お嬢にその気がまったくなかったんだ」

「そうかね」

「そうさ」

すると、のぼさんはふたたび鼻梁に小皺を寄せてにーっと笑った。

「金ちゃんは、うぶだね」


八月一日には、日本は清国に対して開戦の詔勅を発表した。日清戦争勃発である。

おれはこの報道にはそれほどの関心はなく、松島の禅寺である瑞巌寺に参詣した。住職の南天棒に相見して、一喝を浴びた。しかし、俗気が落ちる気配はなかった。仕方がなかった。この後は、なんとなく房総の海岸を彷徨って、その後東京に戻った。

すると、月末の二十九日になって、赤シャツ閣下に「子爵」の称号が与えられたとの新聞記事が出た。これは「新日英通商航海条約」を締結した功が評価されたからだそうだ。そして、こんな付け足し記事も載っていた。

「実際には閣下の右腕として青木周蔵、左腕として内田康哉の活躍も大なり」

内田康哉か。ロンドンで閣下の左腕として、我が国のために大活躍か。それに比べて我が身はどうか。お嬢が居ないのに、最少人数の最小幸福を実現できるか。

おれは東京の地を歩き回るのが恐くなった。誰かと顔を合わせるのが苦痛だった。知り合いのこんな会話を聴きたくなかったのだ。

「陸奥や青木はもちろんだが、内田康哉も凄いね」

おれの居場所はこの世にない。いや、ある。学問を究めて、赤シャツを越えればいい。でも、心も頭もお嬢に囚われて、少しも学問などしていない。どうすればいいのか。

結果、月末の三十一日に、おれはふたたび東京を脱して、逗子の日影茶屋に辿り着いた。目の前の湘南の海は、二百十日の荒天の下、波高く荒れ狂っていた。しめた、と思った。神の気がふれて、人間の血を求めているのだ。おれは日影茶屋のオヤジが制止するのも聞かず、その海に突進して、そのまま飛び込んだ。意味のない大声を張り上げ、手足をばたばたさせて、煩悩を振り落とそうと試みた。でも、無駄だった。命を危険にさらせば、消え入るような悩みではなかった。

「このまま神の狂気に召し上げられたい」

「天上で、お嬢に逢いたい」

しかし、そんなに簡単に、あの世に行かれるものではなかった。

九月三日になると、日影茶屋にはどうにも居づらくなった。おれが正真正銘の自殺志願者だと疑われたからだ。仕方なく、大学の寮に戻った。そこで翌四日に、のぼさんに煩悩を訴える手紙を書いた。

小生の旅行を評して健羨《けんせん》々々と仰せらる、段情なき事に御座候元来小生の漂泊は此三四年来沸騰せる脳漿を冷却して尺寸の勉強心を振興せん為のみに御座候去すれば風流韻事抔は愚か只落付かぬ尻に帆を挙げて歩ける丈歩く外他に能事無之願くば到る処に不平の塊まりを分配して成し崩しに心の穏やかならざるを慰め度と存じ候へども何分其甲斐なく理性と感情の戦争益劇しく恰も虚空につるし上げられたる人間の如くにて天上に登るか奈落に沈むか運命の定まるまでは安身立命到底無覚束候俊鶻一搏起てば将に蒼穹を摩すべく只此頸頭鉄鎖を断ずるの斧なきを如何せん抔と愚痴をこぼし居候も必竟餐向に直前するの勇気なくなり候為と深く慚愧に不堪

「金ちゃん。『此三四年来沸騰せる脳漿』って、具体的には何の事さ」

のぼさんが鼻梁に小皺を寄せながらにーっと笑った。金ちゃんは真っ赤に染まりながら、俯いてぼそっと言った。

「解っているだろう」

「まあね。時期から見ても、陸奥のお嬢への恋愛感情だよな」

「解っているなら、訊くな」

金ちゃんは消え入りそうな声で応えた。

「すると、「理性と感情の戦争」とは、学問を取るか、恋愛を取るか、かな」

金ちゃんは何も応えないで、のぼさんの周りを高速で飛び回った。

のぼさんが続けて言った。

「でも、陸奥のお嬢は亡くなっている。すると、この世で学問をしなければという理性と、死んで天上に登ってお嬢と出逢いたいという感情の、劇しい戦争か」

まさしく、天上に登るか奈落に沈むか、という煩悩だな。のぼさんは口の中で、ぼそぼそと付け足した。

「この時、金ちゃんが湘南の海で自殺に成功していれば、あしよりも早くこちらに来たわけだ」

「あれは、自殺じゃない！」

金ちゃんはのぼさんを怒鳴りつけた。

「そうかな。でも、あの時死んでいれば、天上の純愛か、地上の婚姻かなどと、悩む必要もなかったわけだ。その代わり、文豪夏目漱石も現れなかったな」

「うるさい、うるさい、うるさい」

金ちゃんは叫びながら、のぼさんの周りを目にも留まらぬ速さで飛び回った。のぼさんはふうーっと長めに息を吐き出しながら、確か『こゝろ』だったよな、金ちゃんは「先生」にこう言わせたよな、と呟いた。

「死んだ気で生きて行こうと決心しました」

　大学の寮は、実家や避暑から戻って来た学生たちで、にわかに喧しくなってきた。とりわけ、食事の時間になると、学生たちの政府高官への人物評が耳に飛び込んで来た。

「陸奥はカミソリのように切れるな」

「いや、青木の頭の回転が電気のように速いんだよ」

「なに、内田に機関車のような底力があるからさ」

　おれには耐えがたい苦痛だった。

　結果、おれは後先を考えずに、寮を飛び出した。行く宛はなかった。すると、なんとなく両足が向いたのは、小石川の指ヶ谷町だった。そこの八番地には、菅虎雄の所帯があった。菅虎雄は二年前の夏に結婚していた。妻は静代と言って、菅とは同郷の久留米の眼科医の娘だが、十六歳で結ばれたので今は十八歳か。ちょっと若過ぎる。これでは居候は無理だとは思ったが、菅に頼んでみた。すると、菅は置いてくれると言う。有難かった。おれはその日のうちに、菅の新婚家庭の同居人になった。

　ところが、まずい事が一つあった。静代夫人を一目見たときから、頭がくらくらと痛むのだ。理由は判っていた。まず、静代夫人の年齢がお嬢に近い。静代夫人もお嬢と同じで柳のように痩せ細っている。しかも、お嬢のように丸顔だった。

　それでも一ヶ月が無事に過ぎて、しばらくはこのまま気分も安泰かと思い始めた矢先だった。

おれは自分に与えられた部屋で机に向かっていた。菅虎雄は教師の仕事に出掛けて留守だった。家の中には、おれと静代夫人の二人しか居なかった。

するといきなり「ごめんなさいまし」と若い女のか細い声が聴こえて、障子が開けられる音がした。誰だろうと思って、振り向くと、なんとお嬢ではないか。清子が丸髷を結って、久留米絣を着込んで、茶碗をお盆に載せて部屋の隅にかしこまっている。

なんだ、百年はもう来ていたのか。おれは無事に死んだのか。

「お嬢、迎えに来てくれたのか?」

おれは嬉しくなって、高いトーンの声を出すと、お嬢は首を傾げた。

「約束どおりだな」

お嬢は何も応えずに、ただ微笑んだ。

「お嬢。百年、待ったぞ」

おれは感に堪えない口調で唸った。

「さあ、永遠に一緒になろう」

おれは立ち上がって、お嬢の前まで行くと、お嬢の右手を取ろうと両手を伸ばした。

「やめてくださいまし」

ところが、お嬢は身をよじって、おれの誘いの手を跳ね除けた。

「どうした、お嬢」

おれは唖然とした。お嬢はなんでおれを拒絶するのか。おれはお嬢の方へさらに一歩踏み出した。すると、お嬢は立ち上がって、おれを突き飛ばすと、部屋から飛び出して行った。その際、盆がひっくり返って、茶碗が倒れた。

「お嬢、待ってくれ」

おれも部屋を飛び出そうとした。しかし、右足が畳にこぼれたお茶を踏んづけてしまった。熱かった。足袋を履いているのに、それでも声が出るほど熱かった。おれは尻餅をついて、右足から茶を吸った足袋を剥ぎ取った。

今の女性は、本当にお嬢だったのか。お嬢がおれを迎えに来てくれたのか。それならば、なぜお嬢はやめてくださいましと身をよじるのだ。なぜおれから逃げ出すのだ。

背中に悪寒が走った。

まさか、静江夫人だったのでは。

まずい。おれは頭がどうかしている。おれは狂っている。お嬢がこの部屋にお茶を持って来るはずがない。今の女性は静江夫人だ。間違いない。もうここには居られないぞ。菅虎雄の顔をまともには見られない。静江夫人と目を合わせられない。

おれは左足にだけ足袋を穿いたままの恰好で、机に向かった。菅に手紙を書いた。散文だと恥ずかし過ぎるので、漢詩という形の韻文にした。

書き上げると、封筒に「火中」と記して、机上に置いた。そして、静江夫人に見つからないように、こっそりと菅の新婚家庭を飛び出した。

俗人溺慾生陋巷俗人慾に溺れて陋巷に生き

狂人失自見夢天狂人自らを失って天を夢見る

変人百年待百合変人百年百合を待ちて

愚人見蓮云百合愚人蓮を見て百合と云う

「おい、金ちゃん。百合と蓮を間違えてはまずいだろう」

のぼさんが口をすぼめながら言うと、金ちゃんは全身を紅鮭色に染めて、しゅっと縮み込みながら苦しそうに呟いた。

「まずい。どうにも、まずい。が、同じ白色の花だった」

「言い訳になるかよ。親友の花だろうが」

のぼさんがきつい声で咎めると、金ちゃんは頬を桃色に染めて、野球のボールくらいに小さくなった。

「でも、白百合だと思ったんだ」

おれは向かう家も帰る住処も失くして、学友たちの下宿を転々とした。でも、浮遊しているのは、おれの肉体ではない。おれの心だ。おれ自身がどこにも納まらない。学問どころではない。体中の筋肉がへたって、力が入らない。今更ながら、お嬢に逢えない日々がどこまでも続くのは辛かった。百年は長過ぎた。

米山は議論乞食と揶揄されていた。おれは陰で失恋乞食と非難されている。そのとおりだ。おれは失恋で何もかも失った失恋乞食だ。

「金ちゃん、失恋乞食だなんて指さされたら、怒れよ」

菅虎雄がおれの居場所を見つけて、訪ねて来ると、励ましてくれた。菅虎雄に激励されては、益々立場がない。

「金ちゃん。うちに戻って来いよ」

「できるか、そんなこと」

おれがきっぱりと拒絶すると、菅虎雄は穏やかな口調で言い足した。

「静江も心配しているぞ」

菅虎雄は優しかった。おれは小さな声を出して嗚咽してしまった。

「きみたち夫婦に合わせる顔がない」

「なに、気にしていないさ。それよりも、失恋乞食だなんて言わせておくなよ、怒れ」

菅虎雄がおれの目をまっすぐに見つめながら言った。おれは力なく肯いた。

「金ちゃん。傳通院を紹介しようか。ぼくや静江に遠慮して、うちに戻れないならば」

「えっ、傳通院を?」

おれは、「傳通院」という言葉に、一も二もなく反応した。傳通院ならば、「淑徳女学校」だ。まだ境内のあちらこちらに、お嬢の面影が遺っている。ヘリオトロープだって香っているかも知れない。

「お嬢――」

おれは思わず呟いて、一人で勝手に頬を紅葉色に染めた。

「本当に、傳通院の宿坊に下宿できるのか」

「うん。からくりはあるがね」

菅虎雄が言うからくりは、法蔵院だった。法蔵院の宿坊の住所は、小石川区表町七三である。これはなんと傳通院の住所と同じだ。つまり、菅の説明によると、法蔵院は傳通院の隣で、その宿坊は傳通院の敷地の中に建っている。というか、法蔵院の宿坊は、なんと傳通院の宿坊を間借りしているのだそうだ。そこで、菅自身が結婚前に法蔵院に下宿をしていたので、その縁故でまず法蔵院を紹介する。法蔵院の許可を得れば、自ずと傳通院の宿坊に寝泊りができる――。

有難かった。菅はおれの傳通院への思いを知っている。


「のぼさん。菅はね、本当にいい奴なんだよ」

「自分のお古の下宿を紹介すると、そんなに褒められるのか」

「そうじゃないさ」

金ちゃんは透明になると、形も勾玉に戻った。

「境内にヘリオトロープの香りでも遺っていたのか」

「まさか。傳通院でこの宿坊を使っていたのは、五人の尼さんだ」

「知っているよ」

のぼさんは鼻梁に小皺を寄せてにーっと笑った。

「あしに、手紙を送って来たではないか。下手な俳句もどきの五七五まで付けてさ」


　隣房に尼数人あり、少しも殊勝ならず。女は何時までもうるさき物なり。尼寺に有髪の僧を尋ね来よ

「有髪の僧＝勝手に僧になったつもり＝沙弥だろ。そして、この時期の金ちゃんは、至って苦しかった。苦しいから苦沙弥。「苦沙弥」は「くしゃみ」の洒落で、『猫』の先生の名前だよな」

「そうさな」

「しかも、この法蔵院は、『こゝろ』の下宿が建っていた場所だろ。「先生」は親友の「K」を、自分の下宿に世話をする。「K」は世間に心を閉ざしている。そこで「先生」は、そこの「奥さん」と「お嬢さん」の温もりで、「K」の心を懐柔しようとした――」

　この構図で、間違いないだろ？　のぼさんは少し胸を張った。

「そうさな」

「すると、菅虎雄は自分の新婚家庭に金ちゃんを入れて、新妻の温もりで金ちゃんの失恋の痛手を癒そうとしたのか」

「そうかも知れない」

「やけに、素直になったな」

のぼさんは腕組みをして、それから鼻梁に小皺を寄せてにーっと笑った。

「でも、「K」が「お嬢さん」を好きになった。金ちゃんが蓮の花を白百合と間違えた」

「それ以上は言うな。もう口を噤んでくれ」

「いや、蓮と白百合を間違えられたら、菅にとってはえらい読み違いだからな」

「悪かったよ」

金ちゃんは小さく小さく縮んだ。

「そうか、読み解けたよ。『こゝろ』の「K」は、金ちゃんの「K」か」

「知るか」

「菅虎雄が『先生』か。すると、菅虎雄は初めから知っていたのかな」

「何をさ」

金ちゃんは両目をぱちくりした。

「傳通院の宿坊に、五人の尼さんが寝泊まりをしていた事実さ」

のぼさんは片目を瞑ってみせた。

「それはそうだろ」

「では、その五人の尼さんの中に、陸奥のお嬢にそっくりな「祐本」が居た事実は？」

「あっ」

金ちゃんは短く叫んだ後、口を閉ざした。

「菅は『こゝろ』の先生でもあるから、金ちゃんという「K」を祐本に引き合わせたかったんだな。蓮の花から遠ざけるためにもさ」

「菅はそんな奴じゃない」

「なに、親切に下宿の世話なんかしてくれても、滅多に油断のできないのがありますから、ホホホホ」

のぼさんは『坊っちゃん』の赤シャツのように笑いながら、こう付け足した。

「菅は『こゝろ』の「先生」だけではなかったんだね。『坊っちゃん』で言えば山嵐か。一人二役の大忙しだ」


菅虎雄は当宿坊の詳細を説明してくれた。傳通院の宿坊には、尼が五人住んでいる。この中で主導的な立場に居るのは、輪島聞声という尼である。輪島聞声は一昨年に傳通院の境内に「淑徳女学校」を設立した。そして、前年には、「淑徳婦人会」を結成した。「淑徳婦人会」は、対女性の文化教育講座、後の世で言うカルチャーセンターの先駆けとして、「淑徳女学校」内に組織した講座だ。この本体の「淑徳女学校」は、土曜日毎に「女性講演会」を催している。

「輪島聞声は高名で、噂どおりの立派な尼さんだね」

おれは感嘆してみせたけれど、じつは「淑徳女学校」の「女性講演会」は熟知していた。元気だったお嬢が、毎週顔を出していた講演会だ。

いや、ただこれだけの因縁ではない。この「淑徳女学校」の講演会を利用して、おれとお嬢は大森行きの指切りをしていたのだった。

宿坊に下宿すると、毎晩襖一枚向こうから、輪島聞声の甲高い声が響いて来た。輪島聞声は毎日説話を行なう。聴き手は四人の若い尼さんだ。そして、最後に必ずこう叫んで結ぶ。

「いいですか。いくら仏門に入っているとはいえ、進みゆく世に遅れてはいけません、有為な人間になりましょう！」

おれは耳が痛かった。おれは有為な人間か。有為な人間になりたかった。百年後にも名が残るような有為な人間に。

しかし、現状はどうか。おれは二十七歳にもなって、まだ誰の役にも立っていない。これからもきっと誰の役にも立ちそうにない。おれは無為な人間か。「最少人数の最小幸福」などと嘯くだけの、詰まらない、取るに足りない、陸奥宗光閣下の足許にも及ばない、口先だけの男なのか。

ある時、一人の尼さんが体調を崩して熱を出した。襖越しにも、他の四人があたふたと動き回っているのが判った。どうやら、手ぬぐいを水に浸して、それを絞っては病人の額に乗せているらしい。でも、処置はこれだけで、医者も呼ばなければ、薬も皆無のようだった。

「どうしました？　風邪薬なら持っていますよ」

おれは襖に向かって大きな声を掛けた。隣室は一瞬沈黙して、すぐさま輪島聞声の聞き慣れた甲高い声が響き渡った。

「申し訳ありません。お借りできますか」

「今、そちらに持って行きます」

おれは富山の薬箱を手にして、いったん廊下に出ると、隣室に入れてもらった。十六畳ほどの大きな部屋だった。その片隅に布団が敷かれて、一人の若い尼さんが苦しそうに唸っていた。

おれは病人に近づくと、額から手ぬぐいを外して、そこに掌を当ててみた。病人は祐本だった。似ていた。祐本はお嬢に似ていた。両目が大陸の人のように離れていて、それなのに人を射る光が強く、いかにも聡明そうだった。顔は典型的な丸顔なのに、体躯は細い。お嬢と違うのは、左頬に黒子が二つない点か。

「ひどい高熱ですね」

おれはそう言いながら、新しい手ぬぐいに取り換えた。尼の一人がコップに水を汲んで持って来たので、富山の薬箱の中から風邪薬を取り出した。


富山の薬箱を尼たちの部屋に残して、おれは自室に戻った。襖越しに、尼たちの会話が聞こえ来る。今夜は病人が居るからか、遠慮がちな小さな声での会話だ。

「夏目さんは親切だねえ」

輪島聞声の声だ。自分が知らないところで褒められている。おれもちっちゃく有為か。

「祐本さんだからですよ」

誰の声かは判らなかった。別の声の尼が応えた。

「本当に美人で、あの方にそっくりですものねえ」

たちまち、おれは全身が縮み込んだ。誰にそっくりだと言うのか。

「失礼ですよ」

輪島聞声の声が諌めた。

「ごめんなさい。陸奥閣下の御令嬢と、わたくしたち尼風情を一緒くたにするなんてね」

今、なんて言ったのか。おれの耳には「陸奥閣下の御令嬢」と聞こえた。おれは現実に頭がおかしくなったのか。

それとも、隣房の尼たちは、本当にお嬢を見知っているのか。「女性講演会」の聴衆の顔を一人一人見覚えているのか。もし見覚えていたとして、その顔の持ち主が陸奥清子だと、どうして名前と一致するのか。

いや、もっと摩訶不思議なのは、祐本が「陸奥閣下の御令嬢」にそっくりだと、どうしておれが祐本に親切になると言い切るのか。まるでおれとお嬢との契りを感知しているようではないか。

迂闊な行動はできない。祐本に親切に振舞うのは剣呑だ。しかし、どうして傳通院の尼たちが事情通なのか。気味が悪い。おれは以前から、ここの尼たちに見張られていたのか。

どうして？　どうして尼たちは、おれを見張るのか？　誰かに頼まれたのか？　いったい誰に？

「お嬢様を亡くされて、どんなにお辛い毎日でしょうか」

おれは両耳が痛くなるほど、聴き耳を立てた。

「それにしても、しゃきっとしていますよね」

これは誰の噂か。おれはしゃきっとしていない。お嬢を失って、気持ちがへたり込んで、学問すら手につかない。

「世間で『華』、『華』と囃し立てるのも、ごもっともなお美しさですわ」

ちょっと待て。やはり、これはおれの話ではない。

「ほんと、どこから見ても『華』ですよねえ」

「確かに。外面だけではなくて、お心もお美しい」

「あのような貴婦人は、外国を探しても、めったにいらっしゃいますまい」

「わたくし、あの方のためだったら、なんでも致しますわ」

「あら、わたくしも」

「わたくしだって」

この後は、尼たちのそれなりに煌びやかな笑い声に終始した。おれはぞっとした。尼たちが話題にしているのは、まさしくお嬢の母親、陸奥亮子、「小鈴」ではないか。「芸者上りの性悪の見栄坊」な母親をどうしてこれほどに褒め上げるのか。いや、その前に、どうして尼たちが、お嬢の母親を見知っているのか。尼たちに母親との接点はないはずだ。あの方のためならば、なんでもするって？　そうか、おれへの探偵でも、なんでもするのか。

尼たちは、わざとおれに聞こえるように話している。きっとおれに宣戦布告をしてきたのだ。あなたを探偵していますよ。わたくしたちは『華』の、「小鈴」の、回し者なのですよ。恐れ入りましたか。

いや、探偵は探偵でも、目的は違うかも知れない。「小鈴」がやっと決意したのだ。お嬢が死んだなどという狂言は、もう通用しないと。内田に嫁入りさせるのをあきらめて、末っ子の夏目を入り婿にしようと。それで、夏目が普段はどんな男なのか、金遣いは？　女っ気は？　仕事ぶりは？　と尼たちに調べさせているのだ。

ならば、合格しただろう。おれはお嬢にそっくりな祐本が、風邪だと聴くや否や、富山の薬箱を持参して看病に努めた。母親に悪い情報が届くはずがない。

でも、「芸者上りの性悪の見栄坊」な母親だ。「娘をやるのはいいが、そんなに欲しいんなら、頭を下げてもらいに来るがいい」くらいはのたまうか。

なに、そうは「小鈴」の思い通りになるものか。しばらく放っておこう。「小鈴」だって、きっとあせるに違いない。「小鈴」の方から「どうか娘を貰って下さい」と頼みに来るのを待ってやる。

三日待った。実家からは何の連絡もなかった。おれは心を決めて、喜久井町の実家に問い質しに出掛けた。兄の和三郎をとっ捕まえて、ズバリ訊いてやった。

「私のところへ縁談の申し込みがあったでしょう」

「えっ、なんの話だい？」

おれは兄の和三郎を睨み付けた。なんでとぼけるのか。

「縁談ですよ、私を婿養子に欲しいという縁談です」

「そんなものはなかったようだよ」

和三郎は首を捻りながら、あっさりと応えた。おれは昔から、兄の和三郎の、こういういい加減さが大っ嫌いだった。断ったならば、断った理由をちゃんと述べるのが筋だろう。しかも、これは、おれの人生にとって重要極まりない縁談話ではないか。

「私にだまって断るなんて、親でもない、兄でもない」

「ちょっと待てよ」

和三郎は両肩をすくめて、おれの顔を覗き込んだ。

「金ちゃん、いったいどこから申し込んで来たのだい」

「ふざけるな」

おれは兄を強い目で睨むと、ぷいと横を向いて、実家を後にした。

法蔵院に戻ると、兄の和三郎が追い掛けて来た。

「金ちゃん、訳が判らないよ。何を怒っているのだい？」

「私に何も言わずに断るなんて、そんな不人情者は、親でもない、兄でもない」

「ぼくは親代わりだなんて、自惚れては居ないよ」

「当たり前だ。親爺は没義道のことをしても、それは親だから子として何ともいうことはできないが、兄はけしからん。この拳でぶった叩いてやろか」

おれは拳を振り上げて、兄の和三郎に近づいて行った。

「暴力はよせ。いったい、申し込みの当の相手は、誰だって言うのだい？」

「口が裂けても、言うもんか」

「駄々っ子だな」

兄の和三郎は手がつけられないと吐き捨てると、おれが間借りしている部屋から出て行った。しかし、兄はそのまま喜久井町には帰らずに、隣房に立ち寄った。襖越しに、兄と女探偵たちの声が耳に届いた。

「最近の弟ですが、以前と何か変わりましたか」

「それが、夏目さんの部屋の方に、私たちが顔を向けているだけでも、近ごろはひどくこわい目つきで睨まれます」


「のぼさん。この時期、おれは本当に「苦沙弥」だったよ」

金ちゃんはこう洩らすと、俄かに涙目になった。

「情けないな。金ちゃん、今ではこの辺の事情が、解っているのかい？」

「なにをさ」

「この尼さんたちが、どうして「小鈴」を知っていたのか」

金ちゃんは口を結んだまま、首を横に振った。

「よし。見せてやるよ」


「主旨はよく解りました」

陸奥宗光閣下は女性のように甲高い声で応えた。

「我国が欧米の列強と肩を並べるには、女子教育が最重要です」

「ええ、女も有為な人間にならなくてはいけません」

「そのとおりですな。女学校設立に力を貸しましょう」

閣下のネルの赤いシャツが頼もしく見える。

「わたくしはこれで失礼致します。あとは女同士、家内にお話し下さい」

閣下はホホホホと笑って、ソファーから立ち上がりながら、祐本に目を遣った。

「亮子さん。それにしても、この方はうちの娘にそっくりですね」


「よかったわね」

「ほんと」

「令夫人も約束して下さったんですもの、女学校の認可は出たも当然よ」

五人の尼たちは傳通院に帰る路上で、互いの顔を見合っては、十二、三歳の小娘のように笑い転げた。

「ねえ、あそこに茶屋があるわ」

「お汁粉、食べたい」

「ねえ、いいでしょ？」

四人の尼が、いっせいに一人の尼の顔色を伺った。その尼が微笑んだ。

「いいわ、きょうは。わたくしがご馳走するわ」


のぼさんは鼻梁に小皺を寄せてにーっと笑った。

「ほら、金ちゃん。解ったかい？」

「淑徳女学校の設立に、赤シャツと「小鈴」が絡んでいたのか」

「それだけではないだろ」

のぼさんが、上目遣いに金ちゃんを見上げた。

「祐本のことか」

「うん。父親がびっくりするくらいだ」

のぼさんは片目を軽く瞑ってみせた。

「祐本は「小鈴」を慰めに、長い間通っていたんだぜ」

「知っているさ。『趣味の遺伝』の小野田の令嬢だ。そう書いた」

「嘘をつくな」

のぼさんは少し赤く染まった。

「金ちゃんは怒っていたではないか。祐本が「小鈴」の許に通って、自分を探偵した結果を報告していると」

そうだっけ。金ちゃんはシュンと縮こまった。

「あの秋は、この世の何もかもが、もう厭になったんだ」


明治二十七年の暮れには、赤シャツと「小鈴」が、大磯の東小磯にある松林の砂丘を六千坪ほど購入して、百坪ばかりの数寄屋造りの別荘を建てた。東京の家で正月を過ごすと、「小鈴」がお嬢を思い出して、涙が止まらなくなる。そこで、波の音が四六時中聞こえる、東京とはまるで違う新天地を求めたと、赤シャツが新聞に語っていた。新聞は愛妻家の大臣の美談として、この談話を掲載していた。でも、おれは嘘だと思った。もし記事が真実ならば、祐本を「小鈴」に近づけるものかは。もっと別の政治的な事情が隠されているに違いなかった。

と言うのも、閣下の別荘の東側には、富貴楼のお倉と山縣有朋の別荘が隣接している。お倉は気楽に宴を設定してくれるだろう。また西側には鍋島家の別荘があり、その西隣に伊藤博文が滄浪閣を移転させ、そのまた近所には後藤象二郎や岩崎弥之助の別荘も建築されていた。

赤シャツは政治的に元気である。おれをお嬢の前で殴った、あのエネルギーに満ち溢れている。「小鈴」はどうか。「小鈴」も元気に違いない。ただただ、お嬢が病気になったのは、おれのせいだと恨み続けて。

おれは極度の厭世思想に陥って、いわば「苦・沙弥」が極まっていた。菅虎雄が同情して、ふたたび座禅を薦めてくれた。

「今年も、鎌倉は円覚寺の塔頭《たっちゅう》、帰源院に入らないか。改めて、釈宗活を紹介するぞ」

おれは薦めに従って、正月七日までの約十日間を帰源院で過ごした。朝から夜まで、座禅を組む毎日だった。その間に、宗活の手引きで師家釈宗演に参禅した。また、たまたま鈴木大拙が来院していて、彼といくつかの問答を交した。去年の夏、彼に依頼されて、釈宗演のアメリカでの講演草稿に補筆したのを懐かしく思い出した。


法蔵院に戻った。しかし、帰源院の十日間で、厭世的な気分が変わるはずもなかった。新年が来ても、お嬢は居ない。二年が過ぎた。相変わらず、学問は手に付かない。有為な人間になれない。この繰り返しの後悔が、胸の中で渦を巻いて、一歩も前に踏み出せないのだった。

尼たちは相変わらずだった。「小鈴」の手先になって、おれを見張る任務に没頭していた。

赤シャツはふたたびおれを殴るつもりだろうか。それとも、今度は地回りにでも依頼して、おれの耳を引きちぎったり、おれの目玉に指でも突っ込んで掬い取るか。

赤シャツも「小鈴」も、おれを許していない。

逃げたい。東京は怖い。

横浜の英字新聞「JAPAN・MAIL」の記者に職を求めた。横浜はモダンな都会だ。東京に近いが東京ではない。いったん多摩川を渡れば、東京とは違った力関係が働いている。おれは英文で禅に関する論文を認めて、菅虎雄の手で提出してもらった。しかし、おれの論文はなんの論評も記されずに、菅に送り返されて来た。もちろん、不採用である。

「この論文の、どこがまずいんだ。どこがどういけないと場所と理由を指摘して返すのが礼儀ではないか」

おれは菅虎雄の見ている前で、力任せに論文を引き裂いた。

「金ちゃん。仕方がないよ。新聞の読者は、一般人なんだ。新聞はその一般人相手の営業だ。金ちゃんは力量があり過ぎるのさ」

「そんなおためごかし、慰めになるかい」

「金ちゃん、解ったよ。別の新聞社を見つけて来よう」

「もういいよ。おれは遠い所へ行きたいんだ」

「東京に居たくないのか」

「ああ。東京にも、この世にも、居たくはないさ」

しばらくすると、菅虎雄は愛媛県の尋常中学校の英語教諭の口を周旋してきた。

「自殺でもされると、かなわんからな」

「なに、地方へ堕ちるのと、自殺するのと、どこが違うのさ」

春三月が巡って来た。今年、明治二十八年の春三月は、自分も、自分の周りも、世の中も、目まぐるしく動き始める、まさしく啓蟄の季節となった。

まず、二日に、のぼさんが従軍のために、新橋駅から広島の大本営所在地に向かった。のぼさんは新調の洋服を着込んで、いつになく颯爽としていた。

「金ちゃん。日本のために、いい記事を書くぞ」

のぼさんは元より、圧倒的な日本贔屓だった。陸羯南先生の日本主義の影響も多少は受けていたかもしれない。それがこのご時世で、ますます気分が高揚していた。

「海の向こうをいやって言うほど観て、これでもかと記事を書くぜ」

「無理をするなよ、身体に気をつけて」

「なに、土産話を待っていろよ」

のぼさんは人の話を聴いていなかった。興奮しまくっていた。でも、元気溌剌なのぼさんを観るのは、おれも嬉しかった。

のぼさんの汽車は、翌日の三日に広島に到着した。

十六日には、小屋保治と大塚楠緒子の披露宴が、星岡茶寮で催された。おれは兄の仙台平の袴を借りて列席した。あと学友は、芳賀矢一、立花銑三郎が来ていて、斎藤阿具は夫婦で顔を見せた。小屋はきょうから、大塚を名乗るそうだ。楠緒子は美しかった。美しかったが、芸者のように男を惹きつけるコケティッシュな美しさだった。

「あんなに色っぽいと、保治はたいへんだぜ」

おれと芳賀と立花は、負け惜しみもあって、こう結論付けた。

翌々日、おれは遠く山口に居る菊池謙次郎宛てに、借金を申し込む手紙を書いた。松山落ちに必要な経費五十円ほどをお願いした。

じつは、菊池は山口高等中学校教授になっていて、おれに赴任を促す手紙をくれたのだった。おれは無心と断りを一通の手紙で済ませる横着を決め込んだ。

なぜ山口をやめて、松山を選んだのか。これはまず紹介者の菅虎雄の気持ちを有難く思ったからだ。菅はぼくに「JAPAN・MAIL」を紹介してくれた。しかし、門前払いのような形で否となった結果を本人以上に気にしていた。そこで棒給が月額八十円という破格（校長よりも二十円も高い）の松山の中学を見つけてくれたのだった。またもう一つの理由は、松山がのぼさんの故郷だからだ。彼からしょっちゅう松山のお国自慢を聴かされていて、なんだかおれまでが松山の生まれのような気になっていたからである。

ところが、二十四日になると、大事件が起きた。山口県の馬関（下関）で日清戦争の講和交渉を行なっていた、清国全権弁理大臣の李鴻章が、群馬県人の小山六之助にピストルで狙撃されて負傷してしまった。明治天皇は即時休戦を無条件で受託するように命じた。

日本側の全権は伊藤博文総理大臣が掌握していた。しかし、表裏で活躍した人物は、言うまでもなくカミソリ大臣こと陸奥宗光外務大臣であった。結果、赤シャツは「伯爵」を陞爵《しょうしゃく》した。

「金ちゃん、山口に赴任しなかった、もう一つの理由はこれだろ」
「な、なにを言うか」
「図星だろ。赤シャツが山口に来ていたので、当地を忌避したのだろうが」

四月七日になると、おれは東京を発って、松山に向かい始めた。ところが同日、のぼさんの従弟である藤野潔（古白）が、ピストル自殺を敢行した。額に弾丸を二発も撃ち込んだが即死にはならず、五日後の十二日に冷たい骸となった。

おれが古白の自殺を知ったのは九日で、松山に着いてからだった。古白は二年前に隣家の娘に失恋して、それ以来狂人じみた挙動が多かった。二年前の失恋が原因で自殺、だ。

おれは胸が突かれる思いだった。

おれもちょうど二年前にお嬢を失った。そして、同じ四月七日に、これまでの自分を殺すために、東京を捨て、松山に向かった。おれは古白で、古白はおれだった。

しかし、それでも、おれと古白とは違う。徹底的に違う。古白は可哀想過ぎた。死んでも、あの世で一緒になろうとの契りがない。

しかし、のぼさんにとって、四月七日の夜は出征前夜だった。「古白危篤」の電報を受け取っても、身動きがとれなかった。結果、四月二十四日になって、河東碧梧桐から陣中に来た手紙で詳細を知った。のぼさんは高粱を敷き詰めた宿舎の寝床で、ローソクの灯を頼りに文字を追ったのだった。

「一字一句肝つぶれ胸ふたがりて我にもあらぬ心地す」

また、当日の『陣中日記』に、こうも記した。

「春や昔古白といへる男あり」


「次はあしの番だと思ったよ」

のぼさんは縮み込みながら呟いた。

「うちの家系の男には、自殺する血が流れているからな」

「こっちに来てまで、何を言っているか」

金ちゃんはのぼさんを励ますために、わざと乱暴な言い方をした。のぼさんは頷いて、そうだな、変だなと応えた。

「でもさ、二年も前の失恋だぜ。まさか自殺とはな」

「なに、本当に好きだったら、二年なんてあっと言う間さ。百年だって、きのうの出来事のようだ」

「そんなものかは」

のぼさんは元気なく、にーっと口元だけを笑う形にした。金ちゃんはその笑いを見ると、なぜか腹を立てた。

「そんなものさ。のぼさんには、わからん」

「解るって。あしの恋だって、いつも真剣だったさ」

のぼさんは薄紅色に染まると、金ちゃんの周りをぐるぐると回り始めた。


四月九日の午後二時少し前に、おれは三津に到着した。三津から松山までは、軽便鉄道がわずか五分ほどで運んでくれた。料金は下等で三銭五厘の安さだった。

松山は山の上に建つ城だけが目立った。まるでおもちゃのような田舎町だった。おれは呼び込みに誘われるままに、市内三番町の旅館城戸屋に荷物を下ろした。

翌日になると、おれは新調した紺サージの背広を着込んで、赤革の靴をキュッキュッと鳴らしながら、松山中学の職員室に入った。

教頭が目ざとくおれを見つけて、大声で校長を呼んだ。おれが校長の前に連れて行かれるのではなくて、校長がわざわざおれの前に顔を出した。おれの方が、校長よりも月給が高いからだろうか。帝国大学卒は嫌味なもんだ。だから逆に、おれは二人の前で直立不動の姿勢をとって、ばか丁寧に頭を下げた。

「夏目金之助です。英語を教えに来ました。よろしくお願い致します」

「夏目先生。遠路はるばる当地まで有難うございます。松山の田舎中学の生徒では、なにかと物足りないでしょうが、こちらこそ末長くよろしくお願い致します」

校長が丁寧な言い回しで挨拶を返してくれた。

「ホホホホ。いくら田舎の中学でも、中には優秀な生徒もおりますよ」

教頭は右手を口にあてがって笑った。

「なんだ、こいつ」

おれは思わず目を見張った。教頭は赤いシャツこそ着ていないが、おとなしいしゃべり方や芸妓のような笑い方が、陸奥閣下にそっくりだった。この手の人物は、妙に頭が切れるから、用心しないといけない。

「では、みなさんにご紹介致しましょう」

教頭はおれを従えると、職員室のほぼ真ん中まで歩いて行って、周囲を見回した。

「みなさん。こちらが東京帝國大学の、しかも大学院を修了されました、英語の夏目先生です」

教員たちは椅子から立ち上がると、おれを一瞥して、深々と頭を下げた。おれもあわてて、先輩諸氏に向かって、身体を二つに折り曲げた。


この日は新学期の始まりであった。校庭に生徒全員が集められて、朝礼が行なわれた。ここでも、おれは壇上に上らされて、新任教員として生徒に紹介された。教頭が「帝國大学」と殊更大きな声で発音すると、生徒たちから、「おーっ」と歓声が上がった。こっちが恥ずかしくなるような反応だ。この歓声がいつまでも続くように立派な講義をしなくては。

二日がつつがなく過ぎて、十一日になった。日清戦争が日本の勝利で終了した。のぼさんは近衛連隊付き従軍記者として、きのう宇品から出港した。近州・旅順を目指したはずだが、一日で終戦を迎えてしまった。運がいいのか悪いのか、見たいものを見られたのだろうか。

昼食時に職員室のおれの机に、国語の教員が近づいて来た。猪飼建彦と名乗った。

「夏目先生は、東京なんですね」

「ええ」

「ぼくも東京の大学なんですよ」

猪飼先生はにこにこと笑いながら、嬉しそうに話した。


「なんだ、野だの登場か」

のぼさんが鼻梁に小皺を寄せてにやーっと笑った。

「猪飼先生は図工ではない。国語の教員だ」

「どっちでも同じさ、どうせ赤シャツの子分なのだろ」

「違うさ。猪飼先生は『東京でゲス』とは言ってない」


「ぼくは地方出身者ですが、夏目さんは?」

「おれは牛込です」

「そうですか、どおりでセンスがいいと思った。ぼくは大学が國學院でして。生まれは紀伊の国なんです」

「紀伊の国?」

おれは思わず訊き返した。語尾が震えた。紀伊藩と言ったら、陸奥家ではないか。陸奥家は、代々紀伊藩の大番頭格だった。しかし、猪飼先生は、この話題に頓着しなかった。

「ええ。紀伊藩です。代々、御道具支配を務めて参りました」

「役職ですね」

おれは何気なさを装って応えたが、両足が震え出した。なんで紀伊藩の御道具支配の子孫が、この中学の職員室に同僚として先に着任して居るのだ。こんな偶然があるものかは。

「それにしても、めでたいですね」

猪飼先生はにこやかに笑った。

「何の話ですか」

「いや、なに、日清戦争ですよ」

おれは猪飼先生の顔を見つめて、一つ勝負に出た。

「陸奥閣下の体調はいかがでしょうか」

「あまりよくはないようですね」

猪飼先生は即時に返答した。新聞記事以上の詳細な情報を、内部の人間しか知り得ない情報を、じかに耳に入れているのか。

十九日になった。赤シャツに関する記事が、新聞に小さく載った。昨日赤シャツは、山口県馬関の宿泊所より、兵庫県舞子の万亀楼に移った。これは結核の治療に専念するためだ、と。

　さらに、二十七日の新聞には、びっくりするような記事が載った。陸奥宗光閣下の賢夫人亮子が、夫の見舞いのために、きのう東京は新橋駅から官有鉄道に乗り込んだ、女中と警備の者を従者に連れていて、きょうにも神戸に到着する予定だ、と。

「今朝の新聞を読みましたか」

　職員室に入ると、猪飼先生がおれを待っていたように話し掛けて来た。

「いや、寝坊をしたので」

　おれは惚けた。

「そうですか。陸奥閣下の賢夫人が、閣下の見舞いに舞子までいらっしゃるそうです」

「はあ」

　おれはイヤな予感がした。

「どうです。今度の日曜日に、我々も見舞いに行きませんか」

　そうか、どうも変だと思った。おれが横浜の英字新聞「JAPAN・MAIL」社を落ちたとき、理由が明確に示されなかった。論文のどこがまずいのか、菅虎雄にいくら訊いても、教えてくれなかった。この田舎の中学は、おれのような若造に校長よりも二十円も高い月給を提示した。あれもこれも、おれをここに就職させて、御道具支配に見張らせる、陸奥家の策略だったのだ。菅虎雄もまんまと引っ掛かって、その片棒を知らないうちに担がされたに違いない。


「そうか、解ったぞ」

のぼさんが右の拳で左の掌を叩いた。

「何をさ」

金ちゃんはびくっとして、青くなると、のぼさんを見つめた。

「あしの故郷、松山を舞台にした『坊っちゃん』だよ。松山の悪口をさんざんに書いただろう」

「そうかな」

金ちゃんは小さくなった。

「そうかな、じゃないよ。坊っちゃん先生は一カ月しか、松山に居ないで、東京に逃げ帰る」

「まあ、あれは小説だ」

「なに、金ちゃん自身だって、一年で熊本に逃げてしまったではないか」

のぼさんはしゃべっているうちに、どんどんと赤味を帯びて来た。金ちゃんはそれを見て、もう少し小さくなった。

「中学よりも、高等学校の教員がいい、と考えたからさ」

「違うだろ」

「違わないさ」

金ちゃんもむきになって言い返した。のぼさんは鼻梁に小皺を寄せてにーっと笑った。

「松山中学の同僚に、紀伊藩の御道具支配が在籍していたからだろ」

「――」

金ちゃんは何も答えずに、ますます小さくなった。

「金ちゃんは、松山に来ても、まだ見張られている、と友達への手紙に書いたではないか」

「だって、紀伊藩だよ、その御道具支配だよ。そんな奴が何で松山中学に居るんだよ」

金ちゃんは今にも泣き出しそうな声で叫んだ。

「だから、たった一年で、熊本へ逃亡したのだろ。でもさ、熊本なんて、東京からは松山よりも遠いじゃないか」

「逃げんたんじゃない」

「逃げたんだよ。松山の連中は、松山が田舎だから、漱石先生は一年しか松山に居なかった、と自らを慰めているんだぜ。可哀想だとは思わないのか」

「逃げたんじゃないってば」

「それなら熊本のようなド田舎に、どうして四年半も居られたのさ」

金ちゃんは真っ赤になると、ちっちゃく、ちっちゃく、ピンポン玉くらいに縮み込んだ。

「この猪飼先生が、やっぱり「のだいこ」だろう。ただ教頭の子分ではなくて、同じ赤シャツでも、陸奥閣下の子分だと思い込んだ――」

「違う」

金ちゃんは思わず怒鳴った。

「違わない」

のぼさんは負けじと怒鳴り返した。のぼさんの声の方が大きかった。

「うらなりの送別会で、赤シャツは自分が囲っている芸者が座敷に入って来ると逃げ出してしまう。この芸者に名前は不要なのに、金ちゃんは「小鈴」と名付けた。「小鈴」は陸奥閣下夫人の新橋芸者時代の源氏名だ。「こかね」と読んで「小兼」と記すときもあった。本名の「金田」から取っている」

「偶然だ」

金ちゃんは認めなかった。

「それならば、赤シャツが出て行った後で、野だが「鈴ちゃん逢いたい人に逢ったと思ったら、すぐお帰りで、御気の毒さまでげす」と冷やかし、挙句に「鈴ちゃん僕が紀伊の国を踊るから、一つ弾いて頂戴」と言う因果は、どう解釈するのだい？」

「もういいじゃないか」

金ちゃんは涙目になった。

「これも、またまた偶然かい？」

「いじめるなよ」

「偶然も重なれば、偶然とは言わないぜ」

のぼさんが嵩にかかって言い募ると、金ちゃんは泣き出した。

「悔しかったんだよ」

「悔しいだろうさ」

のぼさんは優しい声で応えると、鼻梁に小皺を寄せてにーっと笑った。

「だから、『猫』でも、「芸者上りの性悪の見栄坊」な「鹿鳴館の華」「ワシントン外交の華」を「鼻、鼻」とからかったし、その名字だって「金田」にしたのだろ」

「もう、勘弁だ」

「答えろよ。金ちゃんが『猫』や『坊っちゃん』を書いたのは、いくつの時だよ」

金ちゃんは嗚咽しながら、忘れたと呟いた。

「忘れるもんか。『それから』にだって、代助の見合いの相手の佐川の令嬢は「教育を受けたミス何とか云う婦人の影響」で「清教徒の様に仕込まれている」との表現があるではないか。「ミス何とか」って誰が聴いたって、「ミス・プリンス」のことだ」

「もう何も言わないでくれ」

金ちゃんは両手で両耳を押さえながら、のぼさんに懇願した。のぼさんは、そうはいくかと嘯いて、『虞美人草』を話題にした。

「初め「謎の女」として登場する藤尾の母は、娘の結婚相手の条件を吟味して、あれこれ選抜する。なぜかと言えば、藤尾の母は後妻で、前妻の子が長男でおる。すると、明治の憲法では、長男にしか遺産は渡らないから、藤尾の母には一銭も回って来ない。のみならず、長男とは血も繋がっていないから、自分の一人娘藤尾に後半人生を託すしかない。つまり、経済的な面から、藤尾がどんな男と結婚するかが大問題となる。これはそのまま陸奥亮子の境遇ではないか」

金ちゃんはもう何も言い返さないで、ただひたすら小さく縮こまっていた。

「末筆の『明暗』だって、そうだ。なんで理想の女の名前が「清子」なんだ。しかも、金ちゃんは自分のヘタくそな小さな字で、わざわざ「きよこ」とルビを振っている。必要ないだろう。どの読者だってほっとけば普通は「きよこ」と読むさ。理想の女「清子」を「さやこ」と読むとしたら、あれもこれも知っている鏡子夫人だけではないか。だから、金ちゃんは鏡子夫人への目潰しに「きよこ」とルビを振ったのだろ。姑息な奴め」

「悪かった」

金ちゃんはやっと声を絞り出した。

「悪くはないよ」

のぼさんは眉間に縦皺を寄せながら吐き捨てた。

「でも、究極はどう始末を付けるのさ」

「おれはお嬢が好きだ」

「よくぞ、言ってのけた」

のぼさんは鼻梁に小皺を寄せてにーっと笑った。

「で、鏡子夫人は?」

「鏡子には心から感謝をしている」

「感謝? 感謝は夫婦の間では、愛か」

「わからない」

金ちゃんは、傍点のように小さく縮こまった。


「しようがないな、ここまで優柔不断では」

「お嬢には逢えないのか。おれは逢いたいんだ」

金ちゃんは涙声で、のぼさんに訴えた。

「もういいよ」

「よかないよ。お嬢に逢わせてくれ」

「そうじゃないよ。金ちゃんに取って置きの事を教えてやるよ」

のぼさんはそう言うと、金ちゃんの周りを何度も飛び跳ねた。金ちゃんはのぼさんの姿を目で追って、顔を上下左右に動かした。

「いいか、金ちゃん。こちらの世界では、取るに足らない、つまらん、ちっぽけな、近代的自我なんて、どうでもいいんだよ」

「どうでもいい？　近代的自我がか」

「そうさ。だから、鏡子夫人がこちらに来られても、陸奥のお嬢と、金ちゃんを巡って争うなんて事態にはならないのさ」

「どういうことさ。わからん」

「簡単さ。金ちゃんを好きだ、愛しているという共通点で、二つの魂は一つの塊に溶け合えるのさ。そこには、男も女もない。だから、あしも金ちゃんを好きだから、その塊の仲間に入れてもらえるぜ」

「こちらには、近代的自我がないのか」

金ちゃんは腕組みをして、うーんと唸った。

「わからん」

「そうだろうよ」

のぼさんは鼻梁に小皺を寄せてにーっと笑った。

「教えてやるよ、「倶会一処《くえいっしょ》」と言うのだよ」

「じゃあ、なんでのぼさんは、おれに詰め寄ったんだよ。鏡子とお嬢と、どっちを選ぶかと」

金ちゃんは真っ赤になって、大きさもいっきに元に戻った。

「おれを面白半分にからかったのか」

「違うさ」

のぼさんは少し青くなった。

「いいか。金ちゃんが明治の恋愛第一世代として、あまりにも近代的自我に囚われているからさ。そんなもん、こちらの世界では邪魔なだけさ。あしは「倶会一処」を伝えるのが目的で、わざと難問を出すために、金ちゃんを迎えに来たのさ」

「善光寺のご本尊様じゃなくてか」

「そうさ、どちらがよかった?」

金ちゃんはなにも答えずに、ただ涙ぐんだ。

「これがあしの金ちゃんへの友情と愛情さ」

のぼさんはふたたび鼻梁に小皺を寄せてにーっと笑った。

「さあ、陸奥のお嬢が待っているぞ。天上に連れて行ってやるよ。ついて来い」

のぼさんはひゅーっと真上に舞い上がった。

「おい、待ってくれ」

金ちゃんはあわてて、のぼさんの後を追い掛け始めた。

了

「蛇足」のペディキュア――「偕老同穴《かいろうどうけつ》」から「倶会一処《くえいっしょ》」へ

明治四十三年八月、漱石は修善寺温泉で胃潰瘍の予後静養中であった。ところが病状が急変して、自らが「三十分間の死」と呼ぶ人事不省の危篤状態に陥る。この体験を八ヶ月後に『思い出す事など』（「朝日新聞」明治四十三年十月二十九日～明治四十四年四月十三日）の「十五」に綴っている。

「三十分の死は、時間から云っても、空間から云っても経験の記憶として全く余に取って存在しなかった」

「死」は「無」ではないか。漱石にとって、この体験は、我々が想像する以上に衝撃的だったに違いない。と言うのも、続く文章で「死とはそれ程はかないものかと思った」と嘆き洩らすに及んでいるからだ。

なぜか。同作の「十二」には、前もって以下の文章も書かれている。

「誰でも中年以後になって、二十一、二時代の自分を眼の前に憶《おも》い浮かべてみると、色々回想の簇《むら》がる中に、気恥《きはず》かしくて冷汗の流れそうな一断面を見出すものである。」

続いて、こうも記している。

「二十年の昔に経過した、自分の生涯のうちで、甚だ不面目と思わざる得ない生意気さ加減を今更の様に恐れた。」

二十一、二歳の漱石と言えば、明治二十一、二年の漱石で、陸奥清子を初めて見掛けて、「この世で、たった一つ、自分のために創り上げられた顔」と一目惚れしてのぼせた時期である。しかし、清子の方は、間もなく両親と共に渡米してしまう。漱石が清子と出会いたくても、その機会は訪れない。

ところが、二十年前の漱石と言えば、明治二十四年の漱石で、まさしく「井上眼科」の待合室で、探し求めていた顔と、偶然再会の夢を果たす時期である。

結果、漱石と清子は「天上の恋」を契るが、漱石は「三十分間の死」によって、死後の世界を「無」だと感じてしまう。「どうして幽霊となれよう。どうして自分より大きな意識と冥合できよう。」(同十七)

漱石にとっての「気恥かしくて冷汗の流れそうな」若気の至りとは、清子との「天上の恋の契り」なのか。「死」が「無」であれば、「天上の恋」などは、当然存在し得ない。「死」は単に「はかないもの」に過ぎない。「どう考えても余は死にたくなかった」(同十四)との呟きも耳に届く。

この気持ちの流れなのか、漱石は修善寺の大患での、鏡子夫人の献身的な看病に対して感謝の念が強くなる。漱石は「三十分間の死」を体験する直前に、「さっと迸しる血潮を、驚いて余に寄り添おうとした妻の浴衣に、べっとり懸けた」のであるが、これは『こころ』で「先生」が「私」に、「私は今自分で自分の心臓を破って、その血をあなたの顔に浴びせかけよう」との描写に繋がるのだろう。しかし、「先生」は「妻」に対しては、「妻が己れの過去に対してもつ記憶を、なるべく純白に保存しておいて遣りたい」と考え、「私は妻に何にも知らせたくない」との結論に達する。

　これは乃木大将が明治天皇の死去に伴い殉死するに及んで、妻と心中を成し遂げた事件へのアンチ‐テーゼだと考えられる。「先生」は「妻」に何も話さないで独りで自殺する。乃木大将は妻を道連れにして、二人で心中する。乃木大将と「先生」とは、どちらが「近代」か。どちらが「明治」を超えているのか。

　ところで、鏡子夫人は、漱石との「偕老同穴」を望んでいた。「偕老同穴」は、夫婦が生きては共に老い、死んでも同じ穴（＝墓）に葬られるのたとえで、夫婦の愛情が深く、永遠に壊れない様を言う。つまり、夫婦間の、男女一対一に限られた「愛」である。

「倶会一処」は老少不定で相前後してこの世を去った者が弥陀の願力で共に西方浄土に往生して共に一処に会合する様を言う。

　この言葉は、次の解釈も可能である。天上で魂が会合すると、夫婦も、男も女もなく、ひとつに仲良く溶け合える――。

　またこの世でも、夫婦や親兄弟、さらに縁のない他人同志までもが、男女問わず同じ墓に入るケースがある。その墓には「倶会一処」と彫られている。

「偕老同穴」には「近代的自我の確立」と同義を感じる。これは「偕老同穴」が、たとえ夫婦であっても、二人ぽっきりの行為だからである。漱石曰く、「恋は神聖」だが、「恋は罪悪」なのである。

しかし、「倶会一処」には「近代的自我の確立」を超克した、大きな「愛」を感じる。神仏の「愛」である。「人類愛」にも通じる。

いや、勝手な解釈かも知れぬ。

さて、漱石は、そして子規は、天上でどちらの生き方を選んでいるのだろうか。もちろん、これは「死」が「無」ではないと仮定しての話である。

二〇一七年重陽節句　母正子登天上

参考文献

原武哲『夏目漱石と菅虎雄　布衣禅情を楽しむ心友』（教育出版センター、一九八三年十二月）
原武哲『喪章を着けた千円札の漱石　伝記と考証』（笠間書院、二〇〇三年十一月）
伊藤美喜雄『夏目漱石の実像と人脈』（花伝社、二〇一三年十月）
小坂晋『漱石の愛と文学』（講談社、昭和四九年三月）
小坂晋『夏目漱石研究―伝記と分析の間を求めて―』（桜楓社、昭和六一年十月）
江藤淳『漱石とその時代　第一部／第二部』（新潮選書、昭和四五年八月）
江藤淳『漱石とその時代　第三部』（新潮選書、平成五年十月）
江藤淳『漱石とその時代　第四部』（新潮選書、平成八年十月）
江藤淳『夏目漱石』（講談社、一九六六年三月）
江藤淳『決定版　夏目漱石』（新潮文庫、昭和五四年七月）
宮井一郎『夏目漱石の恋』（筑摩書房、昭和五一年十月）
宮井一郎『漱石文学の全貌　上下』（図書刊行会、昭和五九年五月）
荒正人「漱石の恋人研究」（静岡新聞、昭和五一年）
沢英彦『漱石文学の愛の構造』（沖積舎、平成一九年九月）
加藤湖山『謎解き若き漱石の秘恋』（アーカイブス出版二〇〇八年四月）
越智治雄『漱石私論』（角川書店、昭和四六年六月）
柄谷行人「内側から見た生　漱石私論」（『群像日本の作家1　夏目漱石』小学館、一九九一年二月）
内田道雄・久保田芳太郎『作品論　夏目漱石』（双文社出版、昭和五一年九月）
平岡俊夫『漱石研究』（有精堂、一九八七年九月）
小宮豊隆『夏目漱石　一』（岩波書店、昭和二八年八月）
小宮豊隆『夏目漱石　二』（岩波書店、昭和二九年九月）
小宮豊隆『夏目漱石　三』（岩波書店、昭和二九年十月）
唐木順三『夏目漱石』（修道社、昭和三一年七月）
森田草平『夏目漱石』（甲鳥書林）
森田草平『續夏目漱石』（甲鳥書林、昭和一八年十一月）
大岡昇平『小説家夏目漱石』（ちくま学芸文庫、一九九二年六月）

平岡敏夫『漱石研究』（有精堂、一九八七年九月）
沢英彦『漱石文学の愛と構造』（沖積舎、平成一九年九月）
加藤湖山『謎解き　若き漱石の悲恋』（アーカイブス出版、二〇〇八年四月）
賀茂章『夏目漱石　創造の夜明け』（教育出版センター、昭和六〇年十二月）
玉井敬之『夏目漱石論』（桜楓社、昭和五一年十月）
林原耕三『漱石山房の人々』（講談社、昭和四六年九月）
熊倉千之『漱石のたくらみ　秘められた『明暗』の謎をとく』（筑摩書房、二〇〇六年十月）
熊倉千之『漱石の変身　『門』から『道草』への羽ばたき』（筑摩書房、二〇〇九年三月）
千谷七郎『漱石の病跡　病気と作品から』（勁草書房、一九六三年八月）
後藤文夫『漱石・子規の病を読む』（上毛新聞社出版局、二〇〇七年二月）
塩崎淑男『漱石・龍之介の精神異常』（白揚社、昭和三一年五月）
平井富雄『神経症夏目漱石』（福武書店、一九九〇年十一月）
池田美紀子『夏目漱石　眼は識る東西の字』（国書刊行会、二〇一三年一月）
滝沢克己『漱石の世界』（国際日本研究所、昭和四三年八月）
小林千草『『明暗』夫婦の言語力学』（東海教育研究所、二〇一二年十二月）
村山美清『漱石に見る夫婦のかたち、その不毛を問う』（風詠社、二〇一二年十二月）
吉田六郎『『吾輩は猫である』論　漱石の「猫」とホフマンの「猫」』（勁草書房、一九六八年十二月）
松岡譲編著『漱石の漢詩』（朝日新聞社、昭和四一年九月）
山田晃『夢十夜参究』（朝日書林、一九九三年十二月）
林田茂雄『漱石の悲劇』（理論社、一九六二年三月、第二版）
鳥越碧『漱石の妻』（講談社、二〇〇六年五月）
真下五一『人間夏目漱石』（日刊工業新聞社、昭和五二年十二月）
中澤宏紀『漱石のステッキ』（第一書房、平成八年九月）
石田忠彦『愛を追う漱石』（双文社出版、二〇一一年十二月）
渡辺澄子『女々しい漱石、雄々しい鷗外』（世界思想社、一九九六年一月）
田中文子『夏目漱石『明暗』蛇尾の章』東方出版、一九九一年五月）
河内一郎『漱石のユートピア』（現代書館、二〇一一年七月）
林浩一『漱石の坂道』（寒灯舎、二〇一三年四月）
森まゆみ『千駄木の漱石』（筑摩書房、二〇一二年十月）
小山田義文『漱石のなぞ　『道草』と『思い出』との間』（平河

出版社、一九九八年三月）
安住恭子『『草枕』の那美と辛亥革命』（白水社、二〇一二年四月）
半藤一利『漱石俳句探偵帖』（角川学芸出版、平成一一年十一月）
蒲池正紀「「熊本の漱石」雑考」（熊本商大論集第45号、昭和五〇年三月）
田中実「〈牛〉になれと漱石は言った」（「琅 No.3」）
飯田利行編『漱石・天の掟物語』（図書刊行会、昭和六〇二年一月）
鳥井正晴監修『『明暗』論集　清子のいる風景』（和泉書院、二〇〇七年八月）
伊藤整編『近代文学鑑賞講座　第五巻　夏目漱石』（角川書店、昭和三三年八月）
文芸読本『夏目漱石』（河出書房新社、昭和五〇年六月）
文芸読本『夏目漱石Ⅱ』（河出書房新社、昭和五二年一月）
國文學『夏目漱石の全小説を読む』（學燈社、平成六年一月臨時増刊号）
國文學『漱石　世界文明と漱石』（學燈社、平成一八年三月号）
夏目鏡子『漱石の思い出』（角川文庫、昭和四一年三月）
内田百閒『私の「漱石」と「龍之介」』（筑摩書房、一九六九年五月）
夏目房之介『孫が読む漱石』（新潮文庫、平成二一年三月）
半藤一利『漱石先生ぞな、もし』（文藝春秋社、一九九二年九月）
半藤一利『続・漱石先生ぞな、もし』（文藝春秋社、一九九三年六月）
半藤一利『漱石先生がやって来た』（NHK出版、一九九六年五月）
半藤末利子『漱石の長襦袢』（文藝春秋、二〇〇九年九月）
小山田義文『漱石のなぞ』（平河出版社、一九九八年三月）
長尾剛『漱石ゴシップ』（文藝春秋社、一九九三年十月）
長尾剛『あなたの知らない　漱石こぼれ話』（日本実業出版社、一九九七年五月）
長尾剛『吾輩はウツである』（PHP研究所、二〇一三年三月）
清水義範『漱石先生大いに悩む』（小学館、二〇〇四年十二月）
河内一郎『漱石のマドンナ』（朝日新聞出版、二〇〇九年二月）
黒須純一郎『日常生活の漱石』（中央大学出版部、二〇〇八年十二月）

横山俊之『元祖・漱石の犬』（朝日クリエ、平成二五年九月）
牧村健一郎『旅する漱石先生』（小学館、二〇一一年九月）
中村英利子編『漱石と松山』（アトラス出版、平成一三年七月）
古財運平『漱石あれこれ』（自費出版、昭和三六年秋）
本田有明『ヘタな人生論より夏目漱石』（河出書房新社、二〇一二年十月）
出久根達郎『漱石先生の手紙』（ＮＨＫ出版、二〇〇一年四月）
矢島裕紀彦『心を癒す漱石からの手紙』（ＮＨＫ出版、二〇〇一年四月）
矢島裕紀彦『鉄棒する漱石、ハイジャンプの安吾』（ＮＨＫ出版、二〇〇三年八月）
みもとけいこ『愛したのは「拙にして聖」なる者』（創風社出版、二〇〇三年十一月）
三浦雅士『漱石　母にあいされなかった子』（岩波新書、二〇〇八年四月）
小森陽一『漱石を読み直す』（ちくま新書、一九九五年六月）
滝沢克己『夏目漱石の思想』（新教新書、一九六八年二月）
小林章夫『漱石の「不愉快」』（ＰＨＰ新書、一九九八年七月）
増田裕美子『漱石のヒロインたち　古典から読む』（新曜社、二〇一七年六月）
原武哲・石田忠彦・海老井英次編『夏目漱石周辺人物事典』（笠間書院、二〇一四年七月）
井上明久『漱石2時間ウォーキング』（中央公論社、二〇〇三年九月）
東京藝術大学美術館・東京新聞編『夏目漱石の美術世界』（東京新聞／ＮＨＫプロモーション、二〇一三年）
江戸東京博物館　東北大学編『文豪・夏目漱石　そのこころとまなざし』（朝日新聞社、二〇〇七年九月）
『夏目漱石　漱石山房の日々』（群馬県立土屋文明記念文学館大7回企画展、平成一七年十月）
『漱石山房秋冬　漱石をめぐる人々』（新宿区地域文化部文科観光国際課、平成二三年三月（5版））
『漱石山房の思い出』（新宿区地域文化部文科観光国際課編、平成二三年三月（2版））
「漱石と美術」（中日新聞、二〇一三年四月二十八日）
國文學編集部編『知っ得　夏目漱石の全小説を読む』（學燈社、二〇〇七年九月）
新潮文庫編『文豪ナビ　夏目漱石』（新潮社、平成一六年十一月）

『夏目漱石と日本人』（文藝春秋社、特別版、平成一六年十二月）
『現代日本文学アルバム　夏目漱石』（学習研究社、一九七九年）
『新潮日本文学アルバム2　夏目漱石』（新潮社、一九八三年十一月）
大路和子『相思空しく　陸奥宗光の妻亮子』（新人物往来社、二〇〇六年十二月）
萩原延壽『陸奥宗光　上下』（朝日新聞社、一九九七年八月）
岡崎久彦『陸奥宗光　上』（PHP研究所、一九八七年十二月）
岡崎久彦『陸奥宗光　下』（PHP研究所、一九八八年一月）
岡崎久彦『陸奥宗光とその時代』（PHP研究所、一九九九年十月）
中塚明『『蹇蹇録』の世界』（みすず書房、一九九二年三月）
和歌山市立博物館『陸奥宗光　その光と影』（平成九年十月）
木村蓮峰「陸奥伯の奇智」（「報知新聞」明治三十九年十一月十一日）
下重暁子『純愛　エセルと陸奥廣吉』（講談社、一九九四年十二月）
山田風太郎『エドの舞踏会』（文藝春秋社、昭和五一年一月）
村上淑子『淵澤能恵の生涯　海を越えた眼時の女性』（原書房、二〇〇五年十二月）
福田和也『大宰相・原敬』（PHP研究所、二〇一三年十二月）
野辺地清江『女性解放思想の源流　巌本善治と『女学雑誌』』（校倉書房、一九八四年十月）
碓井知鶴子「明治のキリスト教女子教育の定着過程　明治二十年代を中心に」（東海学園大学紀要6、一九六九年）
碓井知鶴子「明治期女子教育者にみるアメリカ文化の影響」（東海学園大学紀要7、一九七〇年）
碓井知鶴子「官立東京女学校の基礎的研究　在学生の「生活史」の追跡調査」（東海学園大学紀要19、一九八四年）
大滝晶子「明治期のキリスト教主義女学校に関する一考察」（教育学雑誌6、日本大学教育学会事務局、一九七二年三月）
『東洋英和女學校五十年史』（昭和九年十一月）
『東洋英和女学院七十年誌』（昭和二九年十二月）
『東洋英和女学院楓園史』（昭和四〇年九月）
『東洋英和女学院百年史』（一九八四年十月）
『目で見る東洋英和女学院の110年　1884～1994』（一九九五年三月）

『東洋英和女学院120年史　1884―2004』（二〇〇五年二月）
『カナダ婦人宣教師物語』（東洋英和女学院、二〇一〇年二月）
『創立五十年史』（東京女子高等師範学校附属高等女学校、昭和七年十一月）
『お茶の水女子大学百年史』（一九八四年）
『作楽会百年のあゆみ』（作楽会百年史編集委員会、平成四年二月）
『共立女子學園沿革史』（一九五五年）
『共立女子学園七十年史』（昭和三一年十二月）
『女学雑誌　46号』（明治二〇年一月）
『女学雑誌　262号』（明治二四年四月）
大塚楠緒子「清子」（『こころの草』第六巻第六号、明治三六年六月号）
徳富蘇峰『中央公論』（昭和一二年）
佐伯順子『明治美人帖』（NHK知るを楽しむ歴史に好奇心、二〇〇八年二月）
佐伯順子『明治〈美人〉論』（NHK出版、二〇一二年十一月）
鈴木由紀子『女たちの明治維新』（NHK出版、二〇一〇年七月）
太田治子『明治・大正・昭和のベストセラー』（日本放送出版協会、二〇〇七年七月）
歴史読本編集部編『物語幕末を生きた女101人』（新人物往来社、二〇一〇年四月）
『日本史有名人の子孫たち』（新人物往来社、二〇一〇年一月）
清水慶一『ニッポン近代文化遺産』（NHK知るを楽しむこの人この世界、二〇〇七年十月）
『kotoba 第12号　夏目漱石を読む』（集英社、二〇一三年夏）
『芸術新潮　夏目漱石の眼』（新潮社、二〇一三年六月号）
漱石文学研究会編『エンサイクロペディア 夏目漱石』（洋泉社　二〇一六年五月）
『歴史を動かした女たち』歴史群像一月号別冊〔カルタ〕二〇一二年冬号（学研パブリック、二〇一二年十一月）
長浜淳之介『〝漱石〟の市電を歩く』（『荷風 vol.16』日本文芸社　平成二〇年六月）
金賢『漱石の本郷・早稲田を訪ねる』（『荷風 vol.26』日本文芸社、平成二二年十月）
水村美苗『続明暗』（筑摩書房、平成二年九月）
真下五一『伝記小説　人間夏目漱石』（日刊工業新聞、昭

和五二年十一月）
勝山一義『小説『坊ちゃん』誕生秘話』（文芸社、二〇〇九年九月）
江下博彦『おジュンさま』（自費出版、昭和六〇年九月）
江下博彦『漱石余情　おジュンさま』（西日本新聞社、昭和六二年五月）
小城左昌『夏目漱石と祖母「一冨順」』（自費出版、平成一八年二月）
小林信彦『うらなり』（文藝春秋、二〇〇六年六月）
工藤隆『新・坊ちゃん』（三一書房、一九九六年七月）
柳広司『贋作『坊ちゃん』殺人事件』（朝日新聞社、二〇〇一年十月）
古山寛原作・ほんまりう画『漱石事件簿』（新潮社、一九八九年十二月）
姜尚中『夏目漱石　悩む力』（NHK知るを楽しむ私のこだわり人物伝、二〇〇七年六、七月）
若山滋「鈴木禎次と漱石」（中日新聞夕刊、二〇〇九年九月四日）
渡部直己『本気で作家になりたければ漱石に学べ！』（河出書房新社、二〇一五年十二月）
いとうせいこう・奥泉光『漱石漫談』（河出書房新社、二〇一七年四月）
『夏目漱石　乗り越える言葉100』（英知出版社、二〇一六年六月）
正岡子規『子規選集　第九巻　子規と漱石』（増進会出版社、二〇〇二年七月）
関川夏央『子規、最後の八年』（講談社、二〇一一年三月）
遠藤利國『明治廿五年九月のほとゝぎす』（未知谷、二〇一〇年三月）
喜田重行『子規交流』（創風社出版、二〇〇九年十一月）
久保田正文『正岡子規・その文学』（講談社、昭和五四年八月）
柴田宵曲『評伝　正岡子規』（岩波文庫、一九八六年六月）
『新潮日本文学アルバム21　正岡子規』（新潮社、一九八六年一月）
『文藝春秋　12月臨時増刊号『坂の上の雲』と司馬遼太郎』（文藝春秋、平成二十一年十二月）
『正岡子規　俳句・短歌革新の日本近代』（河出書房新社、二〇一〇年十月）
土井中照『そこが知りたい　子規の生涯』（アトラス出版、二〇〇六年十月）
鳥越碧『兄いもうと』（講談社、二〇〇七年七月）
伊集院静『ノボさん』（講談社、二〇一三年十一月）

阿木津英『妹・律の視点から 子規との葛藤が意味するもの』（財団法人子規庵保存会、二〇〇三年四月）
夏目漱石・柳原極堂『生誕百年記念　正岡子規』（財団法人松山観光コンベンション協会、昭和四一年九月）
明星企画株式会社編『漫画　正岡子規物語』（（財）松山観光コンベンション協会、平成十七年四月）
松山市総合政策部　坂の上の雲ミュージアム編『子規と真之』（平成一九年四月）
『週刊司馬遼太郎6「坂の上の雲」の世界』（週刊朝日、二〇一〇年四月）
『子規・漱石・秋山兄弟ものがたり』（松山中学・松山東高校同窓会誌別冊）
出久根達郎『萩のしずく』（文藝春秋社、二〇〇七年十月）
河東碧梧桐『子規の回想』（二十七章、意外なる秘事）（一九四四年）
堀内統義『恋する正岡子規』（文芸春秋社、昭和五年／創風社出版、二〇一三年八月）
宮坂敏夫「子規俳句　瀉瀉6　明治三十年」（信州大学医療技術短期大学部紀要　Vol.17　一九九二年二月二十八日）
比経啓助『明治人のお葬式』（現代書館、二〇〇一年十二月）
神田純一『神道概説』（学生社、二〇〇七年十一月）
小林千草『女ことばはどこへ消えたか？』（光文社新書、二〇〇七年七月）
野村雅昭『落語のレトリック』（平凡社選書165、一九九六年五月）
星新一『夜明けあと』（新潮社、一九九一年二月）
石黒敬章『幕末明治の肖像写真』（角川学芸出版、平成二一年二月）
森まゆみ『明示東京奇人傳』（新潮社、平成八年一月）
森まゆみ『明治・大正を食べ歩く』（ＰＨＰ新書、二〇〇四年一月）
嵐山光三郎『人妻魂』（マガジンハウス、二〇〇七年八月）
三浦展『大人のための東京散歩案内』（洋泉社、二〇〇六年十月）
PETER HAMMOND『THE TOWER of LONDON』
滝沢志郎『明治乙女物語』（文藝春秋社、二〇一七年七月）
神田万世橋まち図鑑制作委員会『神田万世橋まち図鑑』（フリックスタジオ、二〇一四年十月）
泰恒平『心　わが愛』（俳優座一八六回公演台本、一九八六年十月）
荻原雄一『漱石の初恋』（未知谷、二〇一四年十二月）
荻原雄一『改訂　漱石の初恋』（未知谷、二〇一五年二月）

荻原雄一「漱石、葬儀に『鯛』を贈る　DVと「井上眼科の少女」について」（「名古屋芸術大学研究紀要　第30巻」平成二一（二〇〇九）年三月二十八日）／『国文学年次別論文集　近代2　平成二一（二〇〇九）年』（学術文献刊行会　平成二四年五月　再録）

荻原雄一「夏目漱石、その作品の構図　天上の恋、地上の婚姻」（「名古屋芸術大学研究紀要　第31巻」平成二二（二〇一〇）年三月二十六日）／『国文学年次別論文集　近代2　平成二二（二〇一〇）年』学術文献刊行会　平成二五年八月　再録）

荻原雄一「漱石の初恋と菅虎雄」（『夏目漱石外伝　菅虎雄先生生誕百五十年記念文集』二〇一四年十月十九日　菅虎雄先生顕彰会）

荻原雄一「漱石は松山が嫌いなのか」（「愛媛新聞」二〇一五年五月十日）

おぎはら　ゆういち

学歴：学習院大学文学部国文学科卒業
埼玉大学教養学部教養学科アメリカ研究コース卒業
学習院大学大学院人文科学研究科国文学専攻修士課程修了
職歴：東京学芸大学講師などを経て、現・名古屋芸術大学教授。
俳優座特別研究員兼任。
著書（論文）：『バネ仕掛けの夢想』（昧爽社、1978／教育出版センター、1981）
『文学の危機』（高文堂出版社、1985）
『サンタクロース学入門』（高文堂出版社、1997）
『児童文学におけるサンタクロースの研究』（高文堂出版社、1998）
『サンタクロース学』（夏目書房、2001）
『「舞姫」――エリス、ユダヤ人論』（編著、至文堂、2001）
『サンタ・マニア』（のべる出版、2008）
『漱石の初恋』（未知谷、2014）
（小説）：『魂極る』（オレンジ - ポコ、1983）
『消えたモーテルジャック』（立風書房、1986）
『楽園の腐ったリンゴ』（立風書房、1988）
『小説　鷗外の恋　永遠の今』（立風書房、1991）
『北京のスカート』（高文堂出版社、1995／のべる出版、2011）
『もうひとつの憂國』（夏目書房、2000）
『靖国炎上』（夏目書房、2006）
（ノン - フィクション）：『〈漱石の初恋〉を探して』（未知谷　2016）
（翻訳）：『ニューヨークは泣かない』（夏目書房、2004／のべる出版、2008）
『マリアナ・バケーション』（未知谷、2009）
（写真集）：『ゴーギャンへの誘惑』（高文堂出版社、1990）

漱石、百年の恋。子規、最期の恋。

2017年10月 2 日初版印刷
2017年10月14日初版発行

著者　荻原雄一
発行者　飯島徹
発行所　未知谷
東京都千代田区猿楽町2丁目5-9　〒101-0064
Tel. 03-5281-3751 / Fax. 03-5281-3752
［振替］　00130-4-653627
組版　柏木薫
印刷所　ディグ
製本所　難波製本

Publisher Michitani Co. Ltd., Tokyo
Printed in Japan
ISBN978-4-89642-536-9　C0093

荻原雄一 の仕事

改訂 漱石の初恋

漱石の初恋の人＝天上の恋人、特定!!　年譜的事実のほか、「それから」など、諸作品をも検証。先達の諸説を論駁しつつ特定し、漱石作品の隠された真実をも提示する迫真の論攷。約90頁におよぶ関連年表・資料・未発表写真も収録。学会を激震させた衝撃の論文集。

四六判上製256頁 ＋口絵8頁
本体2500円

〈漱石の初恋〉を探して

漱石没後100年！　小屋家（漱石の親友・大塚保治の家）から出た漱石の手紙、井上眼科の明治24年のカルテ、etc. 新発見資料に引き寄せられ、辿り着いた漱石の初恋の女性。迫真のドキュメント！

四六判上製192頁 ＋口絵8頁
本体2000円